HEYNE <

Das Buch

Linda, 36, führt eine kleine Pension am untersten Zipfel der Insel Rügen. Fünf Jahre lang mietete sich das Ehepaar Paul und Paula aus Berlin immer im Juli in ihrer Pension ein. Es ist ein Paar, das Linda immer in Erinnerung geblieben ist und das sie für ihre aufrichtige Liebe und die Zärtlichkeit heimlich bewundert. Als nach einem Jahr Unterbrechung plötzlich nur noch Paul kommt, ist er völlig verändert. Er redet kaum, und so dauert es eine Weile, bis Linda erfährt, dass Paula gestorben ist. Linda selbst ist seit einem guten Jahr mit dem bodenständigen Markus zusammen. Sie ist zwar glücklich mit ihm, fühlt sich jedoch unter Druck gesetzt, weil Markus unbedingt mit ihr zusammenziehen möchte. Pauls tiefe Traurigkeit berührt sie, und so beschließt sie, ihn durch allerlei Inselablenkung und mit einem persönlichen Glücksmomenteprogramm aufzumuntern. Doch das ist gar nicht so einfach, denn Paul ist so in sich gekehrt, dass er von Lindas Hilfe zuerst einmal nichts wissen möchte. Außerdem ist Markus alles andere als begeistert von ihrem Engagement…

Die Autorin

Katharina Jensen, geboren 1984, verbrachte ihre Kindheit und Jugend an der Ostseeküste in Stralsund und auf der Insel Rügen, bevor sie zum Psychologiestudium und Arbeiten nach Berlin zog. An die Ostsee, vor allem auf die Insel Rügen, zieht es sie nach wie vor mehrmals im Jahr: Denn was gibt es Schöneres, als dort das leichte Wiegen der Dünen im Wind zu beobachten und den Sand zwischen den Zehen zu spüren?

Lieferbare Titel

An der Ostsee sagt man nicht Amore

KATHARINA JENSEN

JEDEN TAG EIN BISSCHEN Meer

ROMAN

WILHELM HEYNE VERLAG
MÜNCHEN

FSC
www.fsc.org
MIX
Papier aus verantwortungsvollen Quellen
FSC® C014496

Verlagsgruppe Random House FSC® N001967

Originalausgabe 07/2018

Printed in Germany
Umschlaggestaltung: Eisele Grafik Design, München
unter Verwendung von Gettyimages/Sabine Lubenow/LOOK-foto
Redaktion: Dr. Diana Mantel
Satz: Uhl + Massopust, Aalen
Druck und Bindung: GGP Media GmbH, Pößneck

ISBN 978-3-453-42227-8
www.heyne.de

»Geh zu ihr und lass Deinen Drachen steigen,
Augen zu, dann siehst Du nur diese eine!
Halt sie fest und lass Deinen Drachen steigen!«

Ulrich Plenzdorf (aus dem Lied »Geh zu ihr« der Puhdys)

Für Ben

Im Hafen in Gager, 10. Juli

Paula,

jetzt bin ich wieder hier. Auf unserer Insel, an unserem Zufluchtsort, an dem wir so viele schöne Stunden verbracht haben. Stunden, die nur uns beiden gehörten. Hand in Hand. Arm in Arm. Ineinander verschlungen in der Blümchenbettwäsche in Zimmer 3. Die kleine Pension »Nordwind« in Gager sieht so aus wie immer. Mit ihrem Blick auf den verwinkelten Hafen und all die kleinen und großen Segelboote, die Kutter der Fischer, die schon morgens um fünf mit einem lauten Rattern auf den Bodden hinausfahren und nur den Geruch von Diesel zurücklassen. Und die abends im Licht des Sonnenuntergangs auf dem Wasser wiegen wie kleine Kinder in den Armen ihrer Mutter. Weißt du noch, wie wir damals, mit einer Flasche Wein an der Kaimauer sitzend, beschlossen haben zusammenzuziehen? Oder wie wir bei unserem letzten Urlaub hier die Entenmutter mit ihren Küken beobachtet und davon geträumt haben, unsere Familie zu vergrößern und aus zwei bald drei zu machen? Ich erinnere mich, wie der Ostseewind Deine braunen Haare zum Wirbeln gebracht hat. An die Sommersprossen, die auf Deiner Nase tanzten, wenn Du gelacht hast. Was Du hier besonders oft, besonders intensiv getan hast.

Ich erinnere mich an Deine blassen Hände mit den langen schmalen Fingern, die zärtlich über die Haare an meinem Arm strichen. Ich erinnere mich an den Klang Deiner Stimme, die immer ein wenig zu laut sprach.

Und während ich jetzt wieder hier sitze, mit Blick auf den Hafen, habe ich fast das Gefühl, ich könnte Deine Anwesenheit spüren. Als würde Dein Atem an meinem Ohr kitzeln, während wir gemeinsam der Sonne zusehen, wie sie langsam in den Bodden sinkt. Und gleichzeitig ist es, als würde mein Herz brechen, als würde es wieder und wieder in tausend kleine Einzelteile zerspringen. Als sei all der Schmerz, den ich in den letzten Monaten, in diesen einundzwanzig Monaten und fünf Tagen, seitdem Du weg bist, ununterbrochen spüre. Ein Schmerz, unendlich wie das Meer. Ein Schmerz wie düstere Wellen, die mich mit sich ziehen, untergehen lassen und dann wieder ausspucken und an Land spülen. Ich liege im Sand, und ich atme und weiß doch nicht, wie ich weiterleben soll. Ich weiß nicht, was ich mit diesem Leben anfangen soll, ohne dich.

Ohne Dich macht nichts Schönes Sinn. Ohne Dich geht die Sonne morgens auf und abends wieder unter, es scheint der Mond, mal schmal, mal voll – aber all das bedeutet nichts. Meine geliebte Paula, meine große Liebe, ich vermisse Dich so sehr. Ich vermisse Dich jeden Tag, als sei es der erste Tag ohne Dich.

Dein Paul

Kapitel 1

Ich glaube, mein größtes Talent ist, dass ich den Gästen in meiner Pension »Nordwind« ein Gefühl der Geborgenheit gebe, ohne aufdringlich zu wirken. Wenn zum Beispiel ihre Kaffeetasse leer ist, dann versuche ich, sie so schnell wie möglich aufzufüllen, ohne den Gästen den Eindruck zu vermitteln, ich würde sie die ganze Zeit beobachten oder ihnen hinter dem kleinen Frühstücksbüfett geradezu auflauern.

Auch das richtige Frühstücksbüfett gehört zu den Kunststücken meiner Arbeit: Natürlich ist es ganz entscheidend, was dort angeboten wird. Bei mir gibt es zuallererst einmal Brötchen und Brot, jeden Morgen frisch von meiner Mama gebacken, die gleich nebenan ihre Bäckerei hat und mich auch sonst stets unterstützt. Die Marmeladen dazu koche ich selbst ein, je nach Saison mit Erdbeeren, Pflaumen oder Birnen (Rezepte stammen ebenfalls von meiner Mutti). Das Geschirr mit den zarten blauen Wellen am Rand, auf dem alles serviert wird, hat der Töpfermeister in Middelhagen entworfen und hergestellt. Die Wurst stammt von der Rügener Landschlachterei in Gademow. Und natürlich ist das Obst saisonal und kommt, soweit möglich, aus der Region. Die Verwendung von lokalen Produkten ist mir besonders wichtig, selbst wenn das meist etwas mehr Geld kostet.

Aber wenn wir Rüganer hier auf unserer Insel nicht zusammenhalten, wer denn dann? Immerhin sind wir eine verschworene Gemeinschaft, die im Winter schon mal gemeinsam vom Festland abgeschnitten sein kann, wenn die Straßen nicht schnell genug geräumt werden (der Winter überrascht den Winterdienst ja bekanntermaßen jedes Jahr).

Neben den Lebensmitteln habe ich kleine, selbst bemalte Schilder aufgestellt, auf denen steht, woher sie stammen (meine Kalligrafiefähigkeiten habe ich mir dank Internetvideos angeeignet – und ich bin mächtig stolz darauf!). Ich bin mir sicher, dass meine Gäste das besonders zu schätzen wissen. Immerhin schmeckt doch die Marmelade gleich noch viel besser, wenn man weiß, wer sie eingekocht hat und wenn sie in einem originellen kleinen Krug präsentiert wird. In der Mitte des Büfetts prangt, als i-Tüpfelchen sozusagen, immer ein großer Strauß bunter Feldblumen – da bekommt man morgens gleich gute Laune! Sowohl beim Pflücken als auch beim Angucken.

Es sind diese kleinen aber feinen Details, die mir an meiner Arbeit besonders viel Spaß machen. Vor allem aber liebe ich die Vielseitigkeit. Und dass ich in meiner Pension mein eigener Herr bin. Ich entscheide, was wichtig ist – gemeinsam mit meinen Gästen natürlich. Zwar habe ich vielleicht nicht die gleichen Profite wie die Bettenburgen in Binz oder Göhren, aber eben auch nicht den gleichen Druck, ständig noch mehr und mehr zu verdienen. Zu optimieren und dann noch ein bisschen mehr zu optimieren und alles bis ins letzte Detail auf Effizienz zu trimmen. Ich möchte jeden Tag etwas Besonderes schaffen, um Menschen damit glücklich zu machen. Das mag etwas hochgegriffen klingen … und damit genau richtig. Denn wenn meine Ziele schon zu klein sind, wie soll denn erst die Realität sein?

Mir fällt auf, dass die Käseplatte etwas Verstärkung gut gebrauchen könnte und laufe darum kurz in die Küche, um noch etwas mehr von unserem Inselkäse, dem Rügener Badejunge, zu holen. Wie so oft hänge ich weiter meinen Gedanken nach. Ja, es stimmt, so richtig viel Gewinn mache ich mit der Pension nicht. Mein Freund Markus meint ja öfter, dass ich wirtschaftlicher denken soll. Aber Markus – so viele positive Eigenschaften er sonst auch haben mag – ist wirklich kein guter Gastgeber. Er ist eher jemand, der die Dinge mit kühler Sachlichkeit auf Kosten und Nutzen abklopft, während ich mit dem Bauch entscheide. Und den Augen und dem Herzen. Ich möchte, dass Dinge schön aussehen und sich gut anfühlen. Deshalb würde ich zum Beispiel lieber einen Pullover kaufen, der besonders hübsch aussieht und meinetwegen etwas teurer ist, als zwei weniger schöne für den gleichen Preis. Für Markus zählen dagegen Funktionalität und ein gutes Preis-Leistungs-Verhältnis. Wie das schon klingt: Preis-Leistungs-Verhältnis. Brrr! So technisch – da läuft es mir kalt den Rücken herunter. Wo das Preis-Leistungs-Verhältnis regiert, gibt es doch keinen Platz für Träume oder Visionen. Andererseits: vielleicht braucht jeder Träumer den Realisten in seinem Leben, um vollkommen zu sein? Schließlich findet Markus praktische Lösungen, wenn ich mal wieder den Wald vor lauter Bäumen nicht sehen kann. Im Gegensatz zu mir braucht er keine hundert To-do-Liste-Listen, um durch den Alltag zu kommen – er weiß immer, was als Nächstes passieren soll, und lässt sich bei Weitem nicht so leicht ablenken wie ich. Insofern glaube ich schon, dass Markus und ich ein gutes Team sind. Er ist hundertprozentig für mich da, und ich kann mich immer voll und ganz auf ihn verlassen. Markus ist ebenfalls ein Fischkopf wie ich. Ich kenne ihn seit Kindertagen, denn er stammt aus dem Nachbarort. Wir beide sind Rüganer durch und durch, unsere Herzen schlagen im Takt der Wellen. Das sollte man niemals unterschätzen! Außerdem kommt er hervorragend mit meiner Mutter zurecht, und meine Mutter mag ihn auch sehr – was von großer Bedeutung für mich ist, denn meine Mutter ist ein wichtiger Teil meines Lebens. Ihr Haus kann ich von der Pension aus sehen, und ich gehöre zu den »Kindern«, die auch mit Mitte dreißig immer noch gerne ihre Freizeit mit ihrer Mama verbringen.

Und genau wie meine Mutter sind meine Gäste für mich eben enorm wichtig, angefangen beim Frühstück, bei dem sie alles vorfinden sollen. Als ich das Frühstücksbüfett um Bärlauch- und sahnigen Rügener Käse ergänze, fällt mein Blick auf den gestern neu angekommenen Gast. Er sitzt alleine draußen am Tisch vor dem Fenster und hat mir halb seinen schmalen Rücken zugedreht. Irgendwie kommt er mir bekannt vor, wenn auch nur sehr schwach. Der Mann, den ich auf etwa Ende dreißig und damit nur ein paar Jahre älter als mich selbst schätzen würde, scheint ganz vertieft in einen Text, den er gerade schreibt. In seiner Hand liegt ein eleganter Füllfederhalter, der gleichmäßig über die weißen Seiten gleitet und dort Worte verfasst, die ich nicht lesen kann. Nicht dass ich sie lesen würde, wenn ich es denn könnte. Wie gesagt, Privatsphäre ist ein heiliges Gut in meinem Haus. Der Mann mit dem dunklen Lockenschopf sieht mit seiner extrem blassen Haut aus, als sei er eine ganze Weile vom Tageslicht abgeschnitten gewesen. Und auch seine dunkle Kleidung hat nichts Sommerliches an sich. Als hätte der Winter bei ihm gerade erst geendet, und als wäre es höchstens März, aber niemals schon Juli. Sein Blick ruht auf dem Papier vor ihm und geht nur hin und wieder scheinbar ziellos ins Weite. Man könnte meinen, er genießt die Aussicht auf den kleinen Hafen und den Bodden, über den Möwen im gleichmäßigen Flug gleiten. Aber sein angespannter Körper verrät, dass ihn irgendetwas von diesem Genuss abhält. Er schaut nicht ins Weite, um den Ausblick zu bewundern, sondern um nur ja keinen Augenkontakt mit irgendjemand anderem aufzunehmen. Vielleicht weil man dann zu viel in seinem Gesicht lesen könnte – es ist offensichtlich, dass er keine Nähe wünscht. So, als würde er in einem Kokon sitzen: Er scheint ganz und gar verschlossen, als hätte er sich komplett abgenabelt vom Rest der Welt. Und wäre da nicht die verblasste Spur von Grübchen in seinem Gesicht, man könnte meinen, der Mann hätte jahrelang nicht gelacht. Oder am Ende noch nie! Ja, er hat etwas Tragisches an sich, als ob er mitten im Sommer erfroren wäre.

»Linda, Fritz ist am Telefon, er fragt, welchen Fisch du diese Woche bestellen möchtest?«, unterbricht unsere Köchin

Christa, Gott sei Dank, meine Gedanken, die sich mal wieder (wie so oft) ähnlich einer Spirale immer schneller drehen, ohne wirklich irgendwo anzukommen – darum helfen mir ja auch die ewigen To-do-Listen immer so sehr, die ich jeden Tag in mein schönes Notizheft mit Ledereinband kritzle. Ich nicke ihr zu und übernehme dann das Telefongespräch mit Christas Mann Fritz, unserem »Hausfischer«. Mein Blick ruht jedoch weiterhin auf dem Profil des nun wieder emsig schreibenden Mannes dort draußen. Woher kenne ich ihn nur? Ach, es macht mich wahnsinnig, wenn mir solche Sachen nicht einfallen! Das ist, als wenn man den Namen eines bekannten Schauspielers sucht und dann tagelang an nichts anderes denken kann, bis er einem endlich einfällt und dann förmlich aus einem herausplatzt. Ich starre ihn weiterhin an, als er sich plötzlich in meine Richtung dreht. Kaum sehe ich seine eisblauen Augen, durchfährt es mich auf einmal wie ein Blitz. Das ist doch … aber das kann doch gar nicht wahr sein! Kann sich dieser Mann wirklich so verändert haben? Ich muss nachher gleich mal im Buchungssystem nachschauen. Als der Mann ankam, bin ich wahrscheinlich gerade unterwegs gewesen, zumindest kann ich mich nicht erinnern, ihn hier persönlich begrüßt zu haben – das muss wohl meine Mutter oder meine Kollegin Tamara übernommen haben.

»Linda?«, fragt Fritz am anderen Ende auf einmal, und meine Gedankenkette, an deren Ende der Name des gesuchten Gastes steht, reißt jäh ab. Schnell konzentriere ich mich nur noch auf das Gespräch. Glücklicherweise ist Fritz wortkarg wie immer – drei Worte am Stück zeugen bei ihm schon von einem angeregten Gespräch –, und gemeinsam beschließen wir ohne störenden Small Talk, dass meine Gäste in dieser Woche Scholle und Steinbutt auf der kleinen Bistrokarte finden werden. Zwei Fische, die Christa gerne und außerordentlich gut zubereitet.

Ich versuche, die Speisekarte jede Woche nach dem, was Fritz ins Netz gegangen ist, auszurichten. Neben Fisch gibt es außerdem immer noch Pasta und Quiche, sodass auch die Vegetarier etwas zu essen haben. Und das alles mit Gemüse, das ich im Garten hinter dem Haus anbaue, also einhundert Prozent Bio. Mittlerweile habe ich mich zu einer durchaus talentierten Gärtnerin gemausert – und das war harte Arbeit! Mir ging wirklich alles ein, egal wie oft oder wie wenig ich gegossen und gedüngt habe. Als ich schon aufgeben wollte im Glauben, dass ich einfach nicht über den berühmten grünen Daumen verfüge, entdeckte ich mein erstes Radieschen. Es strahlte mich eines Morgens mitten aus dem Unkraut in Pink-Weiß an, und ich juchzte vor Glück. Danach klappte es auf einmal mit dem Mangold, Kohlrabi und allen möglichen Salatblättern. Heute ernte ich selbst Gurken, Zucchini und Tomaten im Überfluss – und jeder, der selbst einen Garten hat, weiß, dass das die herausforderndsten Gemüsesorten sind. Und ich freue mich jedes Mal wahnsinnig, wenn ich weiß, dass es meine selbst gezogenen Radieschen und Co. sind, die da im Salat und all den anderen leckeren Speisen unseres kleinen Bistros landen.

Ich bin wirklich stolz darauf, dass meine Mutter und ich hier so etwas wie einen kleinen Familienbetrieb führen: die

»Nordwind«, das Bistro und der kleine Laden mit ihren Backwaren, »Astrids Backstube«, benannt nach meiner Mama. Die Gäste wissen die persönliche Note bei uns zu schätzen. Hier werden sie noch mit Namen angesprochen und gehen nicht unter in der Anonymität eines Hotelkomplexes. Sie kommen gerne, weil die Atmosphäre gemütlich und das Essen mehr als lecker ist.

Das köstliche Essen liegt natürlich vor allem an meiner talentierten Köchin Christa und dem hervorragenden Fisch, den ihr Mann Fritz für uns fängt. Christa Kliesow kenne ich, seit ich ganz klein war, und sie ist eine der engsten Freundinnen meiner Mutter – und ihr Sohn Fritz junior war schon im Kindergarten einer meiner besten Freunde. Früher hat sie in einem großen LPG-Betrieb gekocht (so wie meine Mutter auch), und nach der Wende war sie viele Jahre arbeitslos. Als ich die Pension und das Bistro vor etwas mehr als sechs Jahren eröffnet habe, war mir sofort klar, dass Christa unsere Köchin werden musste. Zum einen weil ich wusste, dass ihre Kochkünste absolut unschlagbar sind, aber auch weil ich mich gerne mit Menschen umgebe, denen ich voll und ganz vertrauen kann. Und Christa ist einfach ein Fels in der Brandung. Die Tatsache, dass ich ihr damit nach vielen Jahren der Arbeitslosigkeit gleichzeitig wieder eine Aufgabe geben konnte, die ihr wirklich Spaß machen würde, war eine wunderbare Begleiterscheinung.

Meine Familie und ich leben seit vier Generationen auf der Insel Rügen. Und vielleicht macht mich das zu einer Langweilerin, aber ich wollte hier nie wirklich weg. Ich bin kein

Mensch für die hektische Stadt, und nicht am Meer zu leben, scheint mir ebenfalls unvorstellbar. Manche Leute fragen sich wohl, ob sie was verpasst haben, wenn sie immer dort bleiben, wo sie sind – aber so geht es mir nicht. Ich muss nicht erst durch die halbe Welt hetzen, wenn ich einen Ort habe, der mir richtig gut gefällt.

Abgesehen davon: Es war immer mein Traum, eines Tages eine Pension zu eröffnen. Als dann vor acht Jahren mein Großvater starb und mir ein kleines Erbe hinterließ, wusste ich anfangs nicht, wie ich das Geld am besten anlegen könnte. Meine Mutter hatte noch gesagt, ich sollte einfach auf mein Herz hören und dann wüsste ich schon, was ich mit dem Erbe anfangen soll. Nur wollte mir mein Herz erst nichts sagen, es schwieg sich geradezu aus. Und ich wartete noch auf ein Zeichen, das mir irgendwie den Weg in die richtige Richtung weisen würde.

Aber dann, eines Tages, es war vielleicht vier Wochen nach der Beerdigung, ging ich an einem etwas stürmischen Tag am Hafen entlang ganz in Gedanken, wie meine Zukunft aussehen sollte. Und plötzlich wehten mir ein paar Zettel vor die Füße. Ohne groß nachzudenken, griff ich schnell nach ihnen, bevor sie ins Hafenbecken fielen, und drehte mich verwirrt um, wem denn diese Zettel weggeflogen waren – auf ihnen konnte ich unter anderem den Grundriss eines Hauses sehen. Ein älterer Mann im Anzug stürmte auf mich zu: »Junge Frau, hier! Danke, dass Sie meine Unterlagen aufgehalten haben! Ich dachte schon, ich muss gleich im Meer danach tauchen!«

Der Mann stellte sich als Makler vor, der das alte, seit Jahren leer stehende Haus am Hafen überprüfen sollte. Ausgerechnet dieses schöne alte Haus! Darin hatten wir als Kinder Verstecken gespielt und als Jugendliche heimlich geraucht – und jetzt sollte es abgerissen werden. Viele Jahre war es völlig vernachlässigt worden und verfiel mehr und mehr. Das Haus war zu DDR-Zeiten eine Gaststätte, eine der wenigen, die es gab und um die herum sich immer eine lange Schlange bildete (vor allem bei Regen). Aber nach dem Mauerfall war der alte Besitzer gestorben, und der neue hatte sich nicht mehr groß darum gekümmert, denn er lebte selbst in Hamburg. Ihm schien es egal zu sein, was aus dem schönen Gebäude wurde, und so war das große Reetdachhaus langsam verfallen.

Der Makler erzählte, dass der Besitzer keine Lust hatte, umständlich nach einem Käufer zu suchen und er es jetzt am liebsten einfach abreißen lassen würde. Da klopfte mein Herz auf einmal ganz laut und heftig, und ich wusste: Das war ein Zeichen, dass mir diese Unterlagen wortwörtlich vor die Füße geflogen waren! Ausgerechnet jetzt hatte ich das Geld und eine schöne Anlagemöglichkeit zugleich – das musste meinen Traum von einer Pension wahr machen!

Also nahm ich all meinen Mut zusammen und habe das Gebäude für einen sehr guten Preis gekauft. Der Verkäufer war so froh, das Gebäude endlich loszuwerden, dass ich gar nicht lange verhandeln musste. Der Name »Nordwind« war dann ebenso schnell gefunden, immerhin hatte mir der Wind (egal, ob er jetzt aus Nord, Süd oder Ost kam) das Angebot vor die Füße geweht – ich wollte mich damit selbst immer an dieses wunderbare Zeichen erinnern. Und so gehörte auf einmal dieses wunderschöne Haus (das eben nur ein wenig Renovierung und neuer Zuwendung bedurfte) mir, und ich habe die Investition keinen Tag bereut.

Natürlich, es ist nicht immer einfach, die monatlichen Raten des Kredits abzustottern, der für die Renovierung nötig war. Vor allem weil ich im Sommer so viel Geld einnehmen muss, dass es auch noch für die Wintermonate reicht, in denen wir hier ziemlich einsam und manchmal noch dazu völlig eingeschneit sitzen – aber ich brauche selbst nicht viel. Ich lebe in der kleinen Dachgeschosswohnung über den Pensionszimmern, und selbst wenn Markus nun schon seit einigen Monaten darauf drängt, dass ich doch endlich zu ihm ziehen soll, bin ich dort in meinen eigenen vier Wänden meist wunschlos glücklich. Zwar werde ich mit der Pension nicht reich, aber zum Glück ist das auch nicht mein Lebensziel. Das ist wohl eher, mich um andere Menschen zu kümmern, was mir die Pension eben voll und ganz bietet.

Ich fülle noch ein paar Kaffeetassen auf, schenke meinen Gästen ein sonniges Lächeln und gehe dann in meine kleine Büroecke neben der Rezeption. Dort klettere ich auf meinen (zumindest für mich) viel zu hohen Bürostuhl (mit meinen knapp 1,60 Meter ist quasi alles hoch) und fahre schnell den Computer hoch, um mich dann voll und ganz dem Reservierungssystem zu widmen. Es sieht gut aus, fast alle Tage im Juli und August sind ausgebucht. Unsere vier Doppelzimmer und die zwei Einzelzimmer sind gerade groß genug, dass Gäste sich hier auch mehr als ein paar Tage lang wohlfühlen können. Manche bleiben sogar ein paar Wochen, es gibt einige Urlauber, die im Frühjahr anreisen, wenn auf der Insel alles zu blühen beginnt, und die uns erst im Sommer, kurz bevor der große Ferienansturm kommt, wieder verlassen. Es gibt Urlauber, die schon an ihrem letzten Tag für das kommende Jahr, gleiche Zeit, gleiches Zimmer buchen. Es gibt Urlauber, die man schnell mit dem Namen kennt, weil sie so offen und sympathisch sind. Und solche, mit denen man erst etwas warm werden muss.

Als Kind (und ja, ich gebe es zu, sogar heute noch) war ich ein großer Fan der Sendung »Traumschiff«, und ein bisschen wie in der Serie ist das auch bei uns. Es gibt die großen und kleinen Dramen, an denen man teilnimmt (ob man will oder nicht – wenn das frisch vermählte Paar sich zum Beispiel beim Frühstück lautstark streitet, wessen Eltern nun mehr Geld zur Hochzeit beigesteuert haben, kann man das ja schlecht überhören), und die Gäste, die sich einfach mal aussprechen wollen (vor allem die allein reisenden älteren Herrschaften). Gut, ein Kapitänsdinner veranstalten wir hier nicht – aber wenn jemand während seines Aufenthalts in meinem Haus Geburtstag hat, fahre ich schon mal die Wunderkerzen zum Frühstück auf. Ich gestehe, dass es auch schon die einen oder anderen Gäste gibt, die mir besonders ans Herz gewachsen sind. Menschen, die immer wieder kommen und bei denen es mir jedes Mal schwerfällt, sie gehen zu sehen. Dazu gehört der zerstreute Professor Petersen, der jedes Jahr über Ostern aus Hamburg anreist und mit dem ich schon so viele lange Gespräche über Gott und die Welt geführt habe. Und für den ich immer ein paar besonders gute Flaschen Rotwein zur Seite stelle. Aber auch die Familie Meißner aus Sachsen, deren Zwillingsjungs ich kenne, seit sie noch nicht einmal laufen konnten – und nun sausen sie im Sommer bereits mit ihren Laufrädern über die Radwege.

Als das mit Markus und mir ernst wurde, hat er mir mal in einem Streit vorgeworfen, dass ich eben viel zu sehr an den Leben anderer Menschen teilhabe und mir viel zu wenig aus meinem eigenen (und wenn wir mal ehrlich sind auch aus seinem) mache. Ich glaube, er wollte damit wohl ausdrücken, dass ich nicht egoistisch genug bin und mich nicht genügend auf mich selbst (und auf ihn!) konzentriere. Aber so bin ich nun einmal. Ich nehme viel Anteil an dem, was anderen Menschen widerfährt, ob im realen Leben oder auch nur im Fernsehen. Was mich einmal berührt, geht mir jahrelang nicht aus dem Kopf. Natürlich weiß ich, dass diese Welt nicht perfekt ist und dass zu jeder gegebenen Zeit Unheil, Ungerechtigkeiten und Leid herrschen. Und dass ich dagegen nicht viel tun kann. Aber umso mehr sehe ich es als meine Pflicht an, mich wenigstens um die Menschen, die um mich herum sind, zu kümmern. Nicht wegzuschauen, wenn es ihnen schlecht geht. Da zu sein, wenn und wo man mich brauchen könnte. Selbst wenn es nur das perfekte Frühstück im Urlaub ist, das den Tag für meine Gäste dann umso schöner macht. Das halte ich für einen ungerechten Vorwurf, denn dass man sich für seine Mitmenschen interessiert, ist ja nun wirklich kein Verbrechen. Gerade in der Dienstleistungsbranche sollte es eigentlich eine Selbstverständlichkeit sein, dass man sich fragt, wie man die Kunden glücklich machen kann. Vor allem bei so einer Pension ist das eben manchmal mehr als nur ein 9-to-5-Job.

Nur als Beispiel: Wenn einer der Meißner-Zwillinge nachts plötzlich krank wird und sich auf sein Bettlaken erbricht, dann ist es für mich selbstverständlich, dass ich aufstehe und der Familie helfe. Ihnen neue Bettlaken bringe und so weiter und so fort.

In all den Jahren, die meine Mutter ihre kleine Bäckerei bereits betreibt, habe ich immer beobachtet, wie sie für ihre Kunden dieses gewisse Extra an Service angeboten hat. Sie hat sich nie darauf ausgeruht, dass es weit und breit keine andere Bäckerei wie »Astrids Backstube« gab. Ihr Angebot war weder nullachtfünfzehn, noch bestand es nur aus dem Minimum, das man eben sowieso leisten muss. Nein, sie kannte schon immer die Namen und Vorlieben ihrer Kunden. Und wenn jemand ganz dringend einen Geburtstagskuchen gebraucht hat, dann war es eine Selbstverständlichkeit, dass sie diesen Wunsch wenn nötig über Nacht erfüllt hat. Bis heute ist sie, was das angeht, mein großes Vorbild.

Ich starre nachdenklich auf die Fotografien an der Wand gegenüber, Schwarz-Weiß-Bilder von der Insel, die ich während meiner Lehre gemacht hatte und die sicherlich nicht gut genug für eine Ausstellung waren, aber mir eben gut gefielen. Zumal sie mich an eine besondere Zeit in meinem Leben erinnerten: Damals war ich noch so jung und frei. Klar, ich war mitten in der Hotellehre, aber ich habe damals auch gemerkt, dass es genau das war, was ich machen wollte. Und trotz der Arbeit und Berufsschule hatte ich einfach noch viel mehr Zeit für meine Hobbys und andere schöne Dinge – Zeit, die ich mir heute einfach viel zu selten nehme. Vor allem weil die Pension mir gehört und ich damit auch eine unheimliche Verantwortung für mich und meine Mitarbeiter trage.

Beim Gedanken an die Vergangenheit fällt mir plötzlich ein, dass ich ja nachsehen wollte, ob der blasse Mann mit den dunklen Locken draußen wirklich derjenige ist, den ich wiedererkannt zu haben glaube, aber in diesem Moment kommt Markus hereingerauscht, weshalb ich ohne weitere Recherchen von meinem hohen Stuhl hüpfe und auf ihn zugehe.

»Na, mein Schatz«, begrüßt er mich mit einem schmatzenden Kuss und muss sich dabei mit seiner stattlichen Größe von 1,92 Meter weit nach unten beugen: »Hast du heute Nacht gut geschlafen?«

Ich nicke lächelnd und ziehe ihn sanft von den paar Gästen weg, die um diese Zeit noch frühstücken. Darunter sind auch ein paar Kinder, die um die Tische herum Fangen spielen. Markus beobachtet das mit einem Stirnrunzeln – Kinder und vor allem laut spielende Kinder konnten bei Markus noch nie große Begeisterung hervorrufen, weshalb ich ihn lieber in die Rezeption führe, wo es deutlich ruhiger ist. Mittlerweile ist sowieso meine Kollegin Tamara zur Unterstützung aufgetaucht und hat das Büfett ins Visier genommen. Blitzschnell erfasst sie, was nachgefüllt werden muss, und kümmert sich flink darum. Tamara kommt aus Polen und arbeitet nur in der Hochsaison bei uns. Im Winter geht sie dann nach Tirol und hilft dort in einem kleinen Skihotel aus. Sie hat zu Hause in Polen eine kleine Tochter, Mila, die bei der Großmutter aufwächst, und ich bewundere Tamara für die Opfer, die sie für ihre Familie bringt (dieses Jahr wird Mila sie endlich wieder an der Ostsee besuchen kommen, Tamara ist schon seit Wochen aufgeregt deswegen!). Vor allem aber ist sie mir in den letzten Jahren eine echte Freundin geworden mit ihrem unnachahmlichen Humor, ihrer Ehrlichkeit und der Gabe, Dinge immer irgendwie positiv zu sehen.

»Danke, wie ein Stein«, antworte ich Markus auf seine Frage nach meinem Schlaf und wuschele ein wenig durch seine Haare, weil er sonst immer so streng aussieht. Wie mein Kreditberater in der Bank.

»Ich dachte eigentlich, dass du gestern Abend noch zu mir kommen würdest«, sagt er. An seinem Ton höre ich, dass er die Enttäuschung noch nicht überwunden hat.

»Tut mir leid. Ich hatte einfach noch so viel zu tun. Nachdem ich alles für heute vorbereitet hatte, wollte ich nur noch in mein Bett fallen.« Ich streiche ihm leicht mit zwei Fingern über die Wange. Markus hat kaum Bartwuchs, deshalb fühlt sich seine Haut weich und samtig an. In Kombination mit seinen hellblonden Haaren könnte man ihn schon fast als Babyface bezeichnen, auch wenn das überhaupt nicht seinem Charakter entspricht. Denn Markus weiß auf jeden Fall, was er will. Er führt ein erfolgreiches Immobilienbüro mit drei Angestellten und einem Lehrling. Es gibt kaum ein Haus auf dem Mönchgut, das nicht über seinen Tisch geht (nur meine Pension war da mal eine Ausnahme). Und weil die Halbinsel im südlichen Rügen in den letzten Jahren immer beliebter wird, kann Markus immer höhere Verkaufspreise und damit auch Provisionen erzielen. Kurz nachdem wir zusammengekommen sind, hat er dann selbst ein wunderschönes Reethaus am Ende des Ortes, direkt am Deich mit Blick auf den Bodden, gekauft. Ehrlich gesagt, weiß ich selbst manchmal nicht, was mich davon abhält, in das Traumhaus einzuziehen. Aber manchmal habe ich das Gefühl, mir diesen letzten Rest an Selbstständigkeit erhalten zu müssen. Denn bei allen guten Eigenschaften, die Markus hat, kann er doch manchmal sehr bestimmend sein. In den fast zwei Jahren, die wir jetzt zusammen sind, haben wir uns zwar nur eine Handvoll Male wirklich gestritten, aber jedes Mal war der Grund, dass Markus einfach etwas über meinen Kopf hinweg entschieden hatte. Und ich bin nun einmal gerne mein eigener Boss.

Vielleicht liegt das daran, dass ich das von meiner Mutter nicht anders gelernt habe. Immerhin hat sie mich alleine aufgezogen und nebenbei immer gearbeitet. Sie hat mich früh zur Selbstständigkeit erzogen und mir Pflicht- und Verantwortungsbewusstsein geradezu eingetrichtert. Ich weiß, dass sie es oft nicht leicht hatte, als alleinerziehende Frau ohne Partner, mit dem man Erziehungsfragen diskutieren und all die Verantwortung teilen konnte. Vielleicht wirkt ihr Verhalten mir gegenüber darum manchmal etwas widersprüchlich: Sie pocht darauf, dass ich für mich selbst verantwortlich bin, aber mischt sich dann selbst doch ganz gerne ein. Sie wollte immer, dass ich eine selbstständige Frau bin, und wünscht sich doch nichts mehr, als dass ich Markus bald heirate. Damit möglicherweise auch ein paar Träume von ihr wahr werden, die sich nie erfüllt haben.

Und hin und wieder frage ich mich schon, was zwischen ihr und meinem Vater vorgefallen ist. Warum er uns verlassen hat. Aber während ich als Teenager noch versucht habe, irgendetwas über meinen Erzeuger herauszufinden, ist mir das mittlerweile weniger wichtig geworden. Er war eben nicht da. An keinem meiner Geburtstage und auch nicht, als ich das Abiturzeugnis und meinen Abschluss von der Hotelfachschule erhalten habe. Das ist alles, was ich über ihn wissen muss. Und dass meine Mutter nicht erzählen will, was zwischen ihr und diesem Mann vorgefallen ist, muss ich akzeptieren. Auch wenn mir das nicht immer leichtgefallen ist.

»Wenn du endlich zu mir ziehen würdest, müssten wir diese Gespräche gar nicht mehr führen«, höre ich Markus wie aus weiter Ferne sagen.

Ich nicke geistesabwesend und sehe in diesem Moment, wie der blasse Gast mit den Locken die kleine Lobby betritt. Er sieht sich suchend um, und ich lasse Markus mit einem kurz angebundenen »Warte eben« zurück und laufe auf meinen seltsam verschlossenen Gast zu.

»Kann ich Ihnen irgendwie helfen?«, frage ich freundlich, und als er meine Worte hört, scheint er sich geradezu zu erschrecken.

»Ähm«, beginnt er und räuspert sich dann, weil seine Stimme wie ein Reibeisen klingt. Eben wie die Stimme von jemandem, der kaum spricht. »Ich hatte eigentlich nur für ein paar Tage gebucht. Aber ich wollte fragen, ob es möglich ist, dass ich um eine weitere Woche verlängere.«

Unwillkürlich runzle ich die Stirn. Ich weiß, dass wir eigentlich ausgebucht sind. Aus irgendeinem Grund habe ich aber plötzlich das Gefühl, dass ich dem Mann seinen Wunsch unmöglich abschlagen kann. Also gehe ich mit ihm im Schlepptau zum Computer und öffne dann mein Buchungssystem.

Für einen Moment überlege ich, ob ich ihn mit Namen ansprechen soll. Mittlerweile bin ich mir fast hundertprozentig sicher, um wen es sich handelt. Aber was, wenn ich mich doch irre? Immerhin habe ich ihn seit zwei Jahren nicht gesehen. Und wo ist seine Begleitung, die sonst immer an seiner Seite war?

»Paul Schumann«, sagt er auf einmal, während ich noch abwäge, ob er es ist oder nicht.

Trotz meiner Vorahnung bin ich wirklich überrascht. Denn dieser Mann hat fast nichts mit dem Paul Schumann zu tun, an den ich mich erinnere.

To-do-Liste:

- ~~Frühstücks00 auffüllen~~
- ~~Fisch bestellen~~
- Zimmer 3 fertig vorbereiten
- Für Bootsführerschein anmelden
- Mama anrufen!!!

Kapitel 2

Paul Schumann kenne ich nämlich eigentlich nur im Doppelpack. Paul und Paula Schumann. Ein Ehepaar, das früher jedes Jahr im Juli in die »Nordwind« gekommen ist. Bestimmt vier oder fünf Jahre in Folge. Er ist so ein verkopfter Schriftsteller der ganz literarische, intelligente Bücher schreibt (ja, ich gebe zu, ich habe es nie geschafft, seinen angeblich großartigen Bestseller »Viermal Ewigkeit« zu Ende zu lesen) und sie eine Sängerin, wunderschön, mit einer wahnsinnigen Ausstrahlung. Zusammen waren die beiden für mich immer das Traumpaar schlechthin (und das nicht nur, weil sie schon wegen ihrer Vornamen sozusagen füreinander gemacht schienen) und dazu ausgesprochen liebenswürdig und höflich. Leider tauchten sie im vergangenen Jahr plötzlich nicht mehr auf, keine Ahnung, warum. Ich habe mich oft gefragt, was aus ihnen geworden ist und ob sie sich wohl getrennt haben und deswegen nicht mehr kommen. Und jetzt steht Paul Schumann alleine vor mir und sieht aus, als ob er gerade eine Naturkatastrophe überlebt hätte.

Ich versuche, meine Überraschung zu überspielen und lächle ihn freundlich an: »Oh, Herr Schumann, wie schön, Sie wieder begrüßen zu dürfen.« Dann beiße ich mir auf die

Unterlippe und füge noch hinzu: »Entschuldigen Sie, dass ich Sie nicht gleich erkannt habe.« Was natürlich nicht so ganz richtig ist, ich hatte ja geahnt, dass er es ist. Denn so ein Gesicht wie seins vergisst man nicht so einfach. Er nickt leicht, aber man sieht ihm an, dass er in Gedanken ganz woanders ist. Dann scheint er in diese Welt hier zurückzukehren und sagt lapidar: »Du kannst mich ruhig Paul nennen.«

Ich finde seine wenig förmliche Art mehr als sympathisch und erinnere mich in diesem Moment daran, dass wir natürlich längst beim »Du« waren. Immerhin ist Paul nicht zum ersten Mal hier. Kurz überlege ich, ob er sich an meinen Vornamen erinnert, oder ob ich ihn noch einmal sagen soll. Dann fällt mir ein, dass er ihn ja von dem kleinen Namenskärtchen ablesen kann, das an mein Revers geheftet ist.

»Und, ist noch was frei? Ich nehme auch die Dachkammer«, unterbricht er meine Gedanken. Paul lächelt nicht, als er das sagt. Stattdessen schimmert in seinen Augen ein seltsamer Ausdruck, den ich nicht recht einordnen kann. Er scheint irgendwie besorgt. Besorgt, dass ich kein Zimmer frei haben könnte. Dass er weg muss. Dass er irgendwohin zurückmuss, wo er nicht sein will. Ich schaue mit zusammengekniffenen Augen auf den Bildschirm vor mir und überlege fieberhaft, wo ich Paul unterbringen kann. Seine Worte hallen in meinem Kopf nach. »Ich nehme auch die Dachkammer.« Vielleicht ist das wirklich die Idee, denke ich plötzlich. Neben meiner kleinen Dachgeschosswohnung befindet sich tatsächlich noch ein Zimmer. Ich vermiete es normalerweise nicht an Gäste, weil es eigentlich viel zu klein ist, aber manchmal bringe ich einen Handwerker, der sich auf Wanderschaft befindet, dort unter – wobei diese in den letzten Jahren immer weniger geworden sind. In dem Zimmer gibt es ein Bett, einen Schreibtisch und sogar eine kleine Dusche und Toilette. Es ist alles andere als luxuriös, und wegen der Dachschräge könnte manch einer es als etwas beklemmend empfinden, dort zu übernachten – weswegen ich es eben normalerweise nicht anbiete. Abgesehen davon, dass ich direkt daneben wohne und die Wände nicht besonders dick sind – aber ich habe nicht das Gefühl, dass ich mir bei dem stillen Paul Sorgen um Lärmbelästigungen machen muss. Und falls doch, kann ich ohne Probleme auch ein paar Nächte bei Markus übernachten.

Ich schaue den blassen Mann nachdenklich an. Er nimmt meinen Blick nur kurz auf und scheint dann schon wieder geistesabwesend durch mich hindurchzuschauen.

»Ich habe tatsächlich eine Dachkammer«, sage ich langsam, »sie ist aber nicht besonders luxuriös. Und sehr klein ...«

»Das macht gar nichts«, antwortet er schnell. »Was würde sie denn pro Nacht kosten?«

Kurz muss ich überlegen, welchen Preis ich für die Kammer überhaupt verlangen kann. Ein normales Einzelzimmer in meiner Pension kostet in der Hauptsaison 85 Euro inklusive Frühstück. »40 Euro inklusive Frühstück«, antworte ich kurz entschlossen.

Er schaut mich überrascht an. »Das ist aber preiswert.«

»Das Zimmer ist auch wirklich klein«, sage ich lächelnd.

»Kein Problem. Ich brauche nicht viel«, er schaut nachdenklich auf seine schmalen Hände, »Ich habe ja eigentlich noch zwei Nächte in meinem Einzelzimmer gebucht, aber wäre es in Ordnung, wenn ich heute schon in die Dachkammer umziehe? Es würde mir helfen«, er zögert kurz, »nun ja, etwas Geld zu sparen.«

Ich nicke langsam und bin doch gleichermaßen verwundert. Soweit ich mich erinnern kann, wirkten die beiden, Paul und Paula, nie, als ob sie je finanzielle Probleme gehabt hätten. Und immerhin war Paul ein Bestsellerautor, sehr erfolgreich, soweit ich weiß. Aber so, wie Paul sich optisch völlig verändert hatte, konnte es ja auch sein, dass das nicht mehr der Fall war. Die Frage, wo Paula geblieben war, brannte mir auf der Zunge, aber natürlich verkniff ich es mir, ihn darauf anzusprechen. Wer weiß, wann die beiden sich getrennt hatten und ob der gute Paul schon drüber weg war. Alles, woran ich mich erinnere, wenn ich an dieses Paar dachte, das seit Jahren regelmäßig eine knappe Woche im Juli Urlaub hier machte, war eine pure Bilderbuchbeziehung. Ein Pärchen wie im Film, liebevoll, gut aussehend, charismatisch und sympathisch. Eines von diesen Paaren, die immer in ein angeregtes Gespräch miteinander vertieft waren, die ständig zusammen lachten, und selbst wenn sie zusammen schwiegen, wirkte es nie, als wenn sie sich nichts mehr zu sagen hatten. Und irgendwie deprimierte mich der Gedanke, dass selbst solche scheinbar perfekten Paare irgendwann auseinandergehen.

»Ich würde das Zimmer noch etwas herrichten, und dann kannst du gegen Mittag rein«, sage ich kurz entschlossen. Natürlich würde ich mit dieser kurzfristigen Umbuchung etwas Geld verlieren. Andererseits kam ja durch die ungeplante Vermietung der Dachkammer dann wieder etwas mehr rein. Und selbst wenn das nicht so gewesen wäre, hätte ich einem Stammkunden seinen Wunsch nicht abgeschlagen.

»Vielen Dank«, Paul sieht mich mit seinen traurigen Augen an, und ich zweifle nicht einen Moment daran, das Richtige getan zu haben. Dann dreht er sich um und geht langsam mit seinem Rucksack in Richtung Ausgang. Ich schaue ihm nach und spüre auf einmal Markus' Hand an meiner Hüfte.

»Was ist das denn für ein komischer Kauz? Der sieht ja fertig aus …«, raunt er mir zu, und sein Atem kitzelt an meinem Nacken.

»Hmm«, erwidere ich leise, »ich weiß auch nicht, was mit dem passiert ist, früher sah er ganz anders aus.«

»Ach, du kennst ihn?«

»Er und seine Frau kommen eigentlich immer im Juli. Bis auf das letzte Jahr, da kamen sie gar nicht. Und nun ist er alleine hier …«

»Ja Linda, Menschen trennen sich nun einmal. Wahrscheinlich ist sie ihm weggelaufen, kein Wunder, der ist aber auch ein komischer Kauz«, stellt Markus trocken fest und erntet dafür ein Augenrollen von mir.

»Nicht die beiden«, murmle ich dann noch, »die waren echt was Besonderes …«

Markus zuckt mit den Schultern. »Da steckste nicht drin … Geht uns ja auch nichts an. Mal was anderes, hast du heute Abend schon was vor?«

Ich schüttle den Kopf. In Gedanken gehe ich nun alle Möglichkeiten durch, was mit Paul und Paula passiert sein könnte, dass Paul so aussieht, wie er aussieht. Vielleicht hat sie ihn aus heiterem Himmel verlassen? Ihn betrogen? Oder ist gar wirklich mit einem anderen Mann weggelaufen? Obwohl das irgendwie alles nicht so recht zu dem Eindruck passt, den ich damals von ihr hatte. Aber man kann ja nicht in Menschen hineingucken …

»… Linda?«, höre ich auf einmal Markus wie aus weiter Entfernung fragen.

»Was, Schatz?«

»Woran denkst du gerade mal wieder?«

»Ähm, ich habe gerade überlegt, was ich für heute Mittag noch alles vorbereiten muss …«, antworte ich schnell. Ich weiß selbst nicht genau, warum ich ihm nicht die Wahrheit sage. Aber ich sehe ihm an, dass er mir sowieso nicht ganz glaubt.

»Ich habe dich gefragt, ob wir heute Abend ein bisschen mit meinem Boot rausfahren wollen?«

»Ja klar, gerne«, sage ich und schenke meinem Freund mein schönstes Lächeln.

»Gut«, kommentiert er zufrieden und drückt mir dann einen feuchten Kuss auf die Lippen, »und hör auf, dir über deine Gäste solche Gedanken zu machen. Du bist hier nicht der Kummerkasten für verlorene Seelen.« Mit diesen Worten und einer leicht winkenden Handbewegung verabschiedet er sich.

Ich wische mir leicht mit der Rückenseite meiner Hand über die Lippen (ja, zugegebenermaßen mag ich feuchte Küsse nicht besonders) und versuche mir dann zu sagen, dass Markus recht hat. Besser, ich mische mich da nicht ein. Wenn dieser Paul reden will, wird er es schon tun. Und vielleicht ist es besser, wenn er es nicht tut. Denn es stimmt ja, mir gehen die Schicksale anderer Menschen immer viel zu nah. Dann stecke ich mir mein Handy in die hintere Tasche meiner Jeans und rufe Tamara zu, dass ich hochgehe, um die Dachkammer herzurichten.

Gegen halb eins taucht Paul Schumann wieder in der Lobby auf, als ich gerade über der Buchhaltung sitze. Ich winke ihm zu, und gemeinsam steigen wir die Treppen hoch. »Na, warst du ein bisschen am Strand?«, frage ich ihn freundlich, immerhin herrscht heute strahlender Sonnenschein, mit bestimmt 27 Grad draußen.

Er schüttelt leicht den Kopf. »Da waren mir viel zu viele Menschen. Ich habe mich deshalb hier in der Bucht auf einen der großen Steine gesetzt.«

Lächelnd nicke ich, obwohl ich den Gedanken, mehr als zwei Stunden einfach nur auf einem Felsen zu sitzen, merkwürdig finde. Andererseits, was hat man im Urlaub schon für Verpflichtungen – und jeder Mensch entspannt sich eben auf seine Art. Als wir oben ankommen, öffne ich die Tür zu dem kleinen Dachzimmer. Paul, der vielleicht knappe 1,80 Meter groß ist, muss sich kaum bücken, als er das Zimmer betritt. Markus mit seinen 1,92 Meter kracht hier immer an die Dachschrägen, weshalb er mich so ungerne in meiner Wohnung besucht.

»Klein, aber gemütlich«, sage ich mit Blick auf das Zimmer. Und wirklich, mit der frischen Bettwäsche und dem Obstkorb, den ich Paul noch auf den kleinen Tisch gestellt habe, macht das Zimmer einen mehr als einladenden Eindruck.

Paul antwortet nicht, sondern wendet sich nun dem runden Dachfenster zu, von dem man den Hafen von Gager und die Bucht vom Hagenschen Wiek sieht. Er scheint sich für einen Moment völlig in der Aussicht zu verlieren. »Was für ein toller Blick«, sagt er schließlich, und ich bin froh, dass er mit dem Zimmer zufrieden ist.

»Also«, sage ich und klatsche leicht in die Hände, »hier ist der Schlüssel. Sag mir Bescheid, wenn du deine Sachen aus deinem alten Zimmer geräumt hast.«

»Hab ich schon«, antwortet er, ohne den Blick vom Dachfenster abzuwenden. Dann dreht er sich doch um und zeigt auf seinen kleinen Rucksack.

»Oh, du reist aber mit leichtem Gepäck«, grinse ich, aber als er nicht reagiert und nur weiter aus dem Fenster starrt, verabschiede ich mich schnell und schließe leise die Tür hinter mir. Draußen bleibe ich noch einen Moment nachdenklich stehen und wundere mich wieder, was für ein seltsamer Einsiedlerkrebs aus dem Mann geworden ist, den ich als ruhig, aber dennoch witzig und vor allem offen in Erinnerung hatte.

Ein paar Tage lang sehe ich praktisch nichts von Paul Schumann. Er scheint sich in seinem Zimmer verschanzt zu haben, und manchmal entdecke ich ihn nicht einmal am Frühstücksbüfett. Ich habe keine Ahnung, womit er sich die Zeit vertreibt. Jeden Vormittag verschwindet er für ein paar Stunden, und in dieser Zeit reinigt meistens Tamara sein Zimmer. Am liebsten würde ich sie einfach fragen, ob sie etwas Auffälliges in dem Raum entdeckt hat, aber natürlich tue ich das nicht. Eigentlich ist es auch gar nicht meine Art, so neugierig zu sein. Ich weiß selbst nicht so genau, warum mich der traurige Mann so sehr beschäftigt. Manchmal lausche ich, ob ich irgendeinen Ton aus seinem kleinen Zimmer nebenan höre, aber da ist nichts.

In den letzten Nächten habe ich sowieso bei Markus geschlafen – und ich muss zugeben, dass es sehr schön war, in seinem großen, perfekten Haus aufzuwachen. Dort steht man auf und kann sofort einen der schönsten Ausblicke auf der Insel Rügen genießen. Mein Wecker scheucht mich immer kurz vor sechs aus dem Bett, und dann setze ich mich auf die kleine Holzbank vor Markus' Haus, trinke einen Kaffee und genieße einfach nur die Stille. Eine Stille, die lediglich vom Schreien der Möwen unterbrochen wird.

Jeden Tag einen kleinen Ausflug ans Wasser, das hatte ich mir letzten Sommer noch fest vorgenommen, als ich mich vor lauter Arbeit in der Hochsaison kaum noch daran erinnerte, dass ich selbst eigentlich direkt am Meer wohne. Um mich herum lauter Touristen, die jeden Morgen glücklich zum Meer aufbrachen und abends noch viel glücklicher und braun gebrannt zurückkamen – nur ich blieb blass und sah das Meer nur vom Fenster aus. Darum hatte ich mir selbst versprochen, täglich entweder im Meer zu schwimmen oder mir einen Spaziergang dort zu gönnen oder wenigstens einen ruhigen Ausblick darauf zu genießen – wie eben in solchen Momenten am Morgen bei Markus!

Etwa fünfzehn Minuten später tuckert Fritz auf seinem Boot vorbei, wenn er pünktlich wie immer zum Fischen aufbricht, und das ist dann mein tägliches Startsignal. Es waren ruhige, entspannte Morgen gewesen bei Markus. Aber ich würde lügen, wenn ich nicht zugeben würde, dass dieser seltsam traurige Mann in meiner Pension mir ab und zu durch die Gedanken geflattert ist. Mit Markus habe ich darüber natürlich nicht gesprochen, ihm passt es ja sowieso nicht, dass ich mich so viel mit den anderen beschäftige. Doch egal, was ich mache: Paul Schumann geht mir einfach nicht aus dem Kopf.

So plätschern die Tage dahin, und ich tue das, was ich immer tue. Bis ich eines Abends mal doch wieder in meiner kleinen Wohnung übernachte. Markus hatte angekündigt, dass er lange arbeiten müsse – und so wohl ich mich manchmal auch in seinem Haus fühle, alleine bin ich dort äußerst ungern. Ich fühle mich immer ein wenig wie ein Gast und eben nicht richtig zuhause. Es sind eben nicht meine Möbel, meine Bilder und meine Deko (was auch daran liegt, dass Markus und ich uns selten auf etwas einigen können, wenn es um Einrichtungsgegenstände geht. Denn ich mag es romantisch-verspielt und gerne auch mal bunt, er liebt skandinavische Möbel, an denen keine Ecke zu viel ist).

Also sitze ich abends in meiner Wohnung, schaue die Tagesschau und blättere nebenbei in einer Zeitschrift, als ich plötzlich von nebenan Musik höre. Ich brauche einen Moment, bis ich verstehe, dass die Klaviermusik aus Pauls Zimmer kommen muss und nicht von den Fernsehnachrichten. Aufmerksam geworden, schalte ich den Fernseher aus, hocke mich an die Wand, die zwischen meinem Wohnzimmer und seiner Kammer liegt, und spitze die Ohren. Es handelt sich um ein trauriges Klavierstück, sehr klassisch ohne irgendwelchen Schnickschnack, das der Mann rauf und runter hört. Ich lausche den Tönen eine ganze Weile, bis ich mir endlich ein Herz fasse und meine Wohnung verlasse, um an seine Zimmertür zu klopfen.

Paul öffnet erst nach einer Weile und ohne die Musik im Hintergrund zu stoppen. Er schaut mich aus geröteten Augen, die hinter einer kleinen runden Brille stecken, fragend an, und sofort bereue ich es, überhaupt rübergekommen zu sein. Was denkst du dir dabei, Linda?, frage ich mich in Gedanken streng selbst. Lass doch den armen Mann bloß in Ruhe. Warum willst du immer die Welt retten? Aber nun gibt es kein Zurück mehr, deshalb lächle ich Paul schief an. »Entschuldige die Störung, aber meine Wohnung ist ja nebenan, und ich habe die Klaviermusik gehört …«

»Ist sie zu laut?«, fragt er schnell, während er sich mit einer fahrigen Bewegung eine Locke aus dem Gesicht streicht, die daraufhin noch ein wenig auf seinem Kopf hin und her hüpft.

»Nee, nee, gar nicht«, bemühe ich mich schnell zu sagen, »Es ist nur …«, ich komme ins Stocken und weiß selbst nicht genau warum, »das Klavierstück ist wunderschön, und ich wollte fragen, von wem es ist.«

Über sein Gesicht huscht ein leichtes Lächeln, und in diesem Moment bin ich froh, gekommen zu sein, denn sonst hätte ich es nicht für möglich gehalten, dass dieser traurige Mann überhaupt noch die Fähigkeit besitzt, zu lächeln.

»Das ist das Ständchen von Schubert«, er blickt verträumt an mir vorbei, »›Leise flehen meine Lieder‹ …«

Ich muss zugeben, dass ich nicht so der Klassikfan bin, und insofern sagt mir Schubert natürlich etwas, aber auch nur gerade mal auf die Weise, wie man eben Mozart oder Beethoven kennt. Aus dem Musikunterricht mit Frau Heinz, die immer mit ihrem Zeigestab im Takt auf der Tischplatte mitklopfte und einem mit ihrer Strenge nicht gerade die Liebe zur klassischen Musik vermitteln konnte.

»Ach so«, antworte ich daher unschlüssig und fühle mich augenblicklich etwas dämlich. Ich wünschte, ich könnte etwas Klügeres zu dem Thema sagen und damit das Gespräch weiter am Leben erhalten. So etwas wie: »Ach ja, Schubert! Seine Schaffensperiode der Klavierkonzerte strotzte ja bekanntlich geradezu vor kompositorischer Eleganz.« Aber hätte ich so etwas zu sagen, wüsste ich ja auch, dass die Musik im Hintergrund von Schubert stammt und hätte von Anfang an gar nicht fragen müssen.

Paul und ich stehen uns einen Moment lang schweigend gegenüber, dann nimmt er seine Brille ab und reibt sich über die Augen. Ich nehme das als Wink mit dem Zaunpfahl, dass er müde ist und bestimmt keine Lust darauf hat, mich in die Geheimnisse der klassischen Musik einzuweihen. Mit einer seltsam ungelenken Handbewegung winke ich ihm zu. »Na gut, danke für die Info. Ich gehe dann mal wieder. Einen schönen Abend noch.«

Er nickt mir zu, und seine Augen sehen zum ersten Mal nicht traurig, sondern fast ein bisschen amüsiert aus. Ich flüchte schnell zurück in meine Wohnung. Als ich die Tür hinter mir zuziehe, atme ich erst einmal tief durch. »Was war das denn, Linda?«, frage ich mich selbst flüsternd und bekomme natürlich keine Antwort. Bewegungslos verharre ich noch einen Augenblick hinter der Tür und lausche, ob die Klaviermusik nebenan noch spielt, aber inzwischen ist alles still. Dann schüttle ich mich kurz und setze mich auf mein kuschliges Sofa, mit dem großen roséfarbenen Blütenprint. Zur Ablenkung schalte ich den Fernseher wieder ein. Doch trotz des tollen Films, der heute Abend läuft und den ich schon so lange sehen wollte (eine tragische Liebesgeschichte aus der Zeit des Mauerbaus), bleibe ich einfach nicht bei der Geschichte auf dem Bildschirm. Immer wieder schweife ich ab zu Paul ... bis ich schließlich aufgebe und mich in mein Bett verziehe, wo ich mir einfach verbiete, an etwas anderes als an Schlaf zu denken.

Mitten in der Nacht wache ich von mächtigem Donnern und Blitzen auf, die durch mein Schlafzimmer hetzen, als wären sie auf der Flucht. Ich stehe auf, um das Fenster zu schließen, damit der heftige Regen nicht auf meinen schönen Kelimteppich prasselt und alles nass macht. Als ich direkt vor dem Fenster stehe, entdecke ich im Hafen eine regungslose Gestalt. Zuerst finde ich den Fremden, der dort nachts im Regen steht, unheimlich, doch bei genauerem Hinsehen entdecke ich, dass es sich wohl um Paul Schumann handelt. Er steht einfach nur da und lässt sich von dem heftigen Regenguss durchnässen. Und egal, wie heftig das Gewitter grollt und blitzt, er scheint nicht einmal kurz zusammenzuzucken. Stattdessen starrt er völlig regungslos auf die Boote, die sich im Wind heftiger hin und her bewegen als sonst. Ich beobachte den Mann verwundert und ehrlich gesagt ein wenig besorgt. Wer tut denn so etwas?

Natürlich überlege ich kurz, ob ich zu ihm hinuntergehen soll. Vielleicht braucht Paul Schumann Hilfe?

Doch kaum kann ich überlegen, wo meine Regenjacke ist, kann ich die Gestalt plötzlich nicht mehr sehen. Also verwerfe ich den Gedanken wieder und krabble zurück in mein Bett. Und überhaupt, das geht dich alles nichts an, Linda, rede ich mir wie ein Mantra ein. Aber natürlich dauert es ewig, bis ich endlich wieder einschlafe. Die ganze Nacht hindurch habe ich seltsame, unruhige Träume, an die ich mich am Morgen nicht mehr genau erinnern kann.

Ich bin froh, als Tamara am nächsten Morgen die Lobby betritt, um mir einen Teil der Arbeit abzunehmen. Denn ich fühle mich wie durch einen Fleischwolf gedreht. Schlaf ist so etwas wie mein Lebenselixier. Wenn ich nicht meine acht bis neun Stunden bekomme (ja, ich gebe zu, da bin ich verwöhnt!), sieht es düster aus. Tamara bemerkt natürlich sofort, dass ich nicht ganz auf dem Damm bin. Sie schaut mich mitleidig an. »Linda, was ist los mit dir? Du siehst aus wie ›Schlaflos in Seattle‹?«

Als ich ihre Worte höre, muss ich unwillkürlich lachen. Tamara ist von Hollywoodromanzen geradezu besessen. Sie kennt ganze Dialoge und Monologe auswendig, die sie gerne mit ihrem polnischen Akzent zitiert.

»Schlaflos in Gager wohl eher …«, sage ich grinsend. »Ich weiß auch nicht, das Gewitter hat mich irgendwie aufgeweckt, und dann konnte ich nicht mehr einschlafen …«

»Welches Gewitter?«, fragt Tamara, während sie ihre langen dunklen Haare zu einem Pferdeschwanz bindet.

»Na, heute Nacht. Das hat doch ohne Ende gedonnert.«

»Ach so?«, kommentiert meine Kollegin und zuckt dazu mit ihren schmalen Schultern, »Das habe ich gar nicht mitbekommen. Ich schlafe immer wie ein Stein. Überall, egal wie groß der Lärm. Das ist eine meiner größten Stärken.«

Ich überlege kurz, ob ich Tamara von meiner nächtlichen Beobachtung erzählen soll, und entscheide mich dann dafür. »Während des Gewitters habe ich etwas Komisches gesehen, als ich mein Fenster schließen wollte«, raune ich ihr zu, »unten am Hafen stand eine Gestalt, ich glaube, es war einer unser Gäste. Paul Schumann – weißt du, wen ich meine?«

»Der, der aussieht wie ein Maschmisch aus Orlando Bloom und Robert Pattinson?«, fragt Tamara zu meiner Überraschung wie aus der Pistole geschossen.

»Ähm, Mischmasch ... ja, genau der«, murmle ich, weil mir mein Interesse für ihn auf einmal fürchterlich peinlich ist. Natürlich habe ich auch bemerkt, dass Paul Schumann gut aussieht. Das ist mir schon aufgefallen, als er vor fünf Jahren zum ersten Mal in unserer kleinen Lobby stand. Aber Tamara soll nicht denken, dass ich irgendwie an dem interessiert bin. Das bin ich nämlich absolut nicht. Mal abgesehen davon, dass ich ja Markus habe. Es ist vielmehr so, dass mir Paul leidtut. Ja, irgendwie weckt seine Traurigkeit ein tiefes Mitgefühl in mir.

»Kam der nicht sonst immer mit so einer wunderschönen Frau?«, sagt Tamara auf einmal.

»Ja genau!«, rufe ich ein bisschen zu laut und dämpfe sofort wieder meine Stimme, »Ich frage mich, warum die beiden sich getrennt habe. Die waren doch so ein Traumpaar ...«

»Wir sagen in Polen, Neugier ist die erste Stufe zur Hölle«, stellt meine Angestellte trocken fest und schaut mich spitzbübisch aus ihren dunkelbraunen Augen an.

»Haha«, sage ich und ziehe eine Grimasse. Dann mache ich eine wegwerfende Handbewegung. »Na ja, ist ja auch egal«, schiebe ich noch hinterher. Tamara hat recht, was bin ich auf einmal so neugierig? Sonst schnüffle ich doch auch nicht in den Privatangelegenheiten meiner Gäste herum. Ich schaue mich suchend um und überlege, was ich eigentlich machen wollte, bevor ich mit Tamara in dieses Gespräch geraten bin. Sie dreht sich derweil um und geht auf ein Gästepaar zu, um ihnen etwas Kaffee nachzuschenken.

Meine To-do-Liste erinnert mich daran, dass ich heute auf den Wochenmarkt wollte, und als ich gerade auf dem Weg zu meiner Wohnung bin, um meine Tasche zu holen, laufe ich ungebremst in Paul Schumann hinein.

»Hoppla«, rufe ich aus und komme mir augenblicklich ein bisschen erwischt vor. Ja, ich spüre förmlich, wie mir die Röte ins Gesicht schießt. Auch wenn es unmöglich sein kann, dass Paul etwas von dem Gespräch zwischen mir und Tamara mitbekommen hat.

»Macht nichts«, antwortet Paul lächelnd. Mir fällt auf, dass er heute etwas besser drauf zu sein scheint als gestern Abend.

»Wohin des Weges? Besondere Pläne für heute?«, frage ich deshalb noch, weil es wirklich so aussieht, als wolle Paul Schumann irgendwohin.

»Ich wollte ein bisschen in den Zickerschen Bergen wandern. Das Wetter soll so toll werden.«

»Das ist eine super Idee, vom Bakenberg aus hat man eine fantastische Aussicht auf Klein-Zicker, Thiessow und das Alt-Reddevitzer Höft…«

Er nickt und streckt mir einen weißen Block Papier entgegen: »Vielleicht küsst mich dann endlich mal wieder die Muse«, sagt er, bevor er sich mit einem Lächeln verabschiedet und in Richtung Frühstücksbüfett läuft.

To-do-Liste:

- Zum Wochenmarkt fahren
- Mit Christa und Tamara die Menükarte besprechen
- Zum Bootsführerschein anmelden (wirklich!!!)
- Noch mal versuchen, Mama zu erreichen

Auf dem Bakenberg, 16. Juli

Meine geliebte Paula,

heute geht es mir etwas besser. Es ist, als hätte das nächtliche Gewitter mir ein wenig von dem Schleier genommen, der mich sonst ständig umhüllt wie undurchdringlicher Nebel. Heute Morgen habe ich mit Hans telefoniert, und auch wenn er mir – wie in den meisten Gesprächen, die ich in den letzten Monaten mit ihm geführt habe – erneut ins Gewissen geredet hat, endlich wieder mit dem Schreiben anzufangen, war dieses Mal etwas anders. Zum ersten Mal hat sich nicht alles in meinem Inneren auf Widerstand gestellt. Und ich weiß, dass er ja wirklich nur mein Bestes will und nicht nur als mein Agent, sondern auch als guter Freund zu mir spricht. Ich weiß ja, dass er recht hat: Die letzte Rate von meinem Vorschuss ist fast aufgebraucht, und so langsam muss ich dem Verlag mal wieder etwas liefern. Immerhin konnte ich unsere Wohnung in Berlin untervermieten und habe in der Pension die deutlich günstigere Dachkammer ergattert. Ich weiß außerdem, dass im Verlag alle hinter mir stehen, mir »volle Rückendeckung« geben, wie Hans gerne sagt, aber bisher hat mich dieser Druck nur noch mehr gelähmt. Doch heute Morgen konnte ich mir zum ersten Mal wieder vorstellen, etwas aufs Papier zu bringen. Den

Worten, die in meinem Kopf herumschwirren, endlich wieder einen Sinn zu geben. Aus ihnen Geschichten zu formen, die Menschen berühren. Weißt du noch, wie ich die Idee zu diesem Rügen-Roman hatte? Vielleicht sollte ich das wieder aufnehmen? Jetzt, wo ich schon einmal hier bin. Der maulfaule Fischer, die lustige Köchin und natürlich Linda, die immer noch mit einer unnachahmlichen Herzlichkeit und Feinfühligkeit ihre Pension führt und dabei so sympathisch ist, wie wir sie kennengelernt haben – Figuren hätte ich genug. Vielleicht könnte ich auch mal wieder etwas Historisches machen? Du siehst, ich denke zum ersten Mal wieder über die Arbeit nach.

In jedem Fall sitze ich hier nun auf diesem kleinen Berg, den Du als gebürtige Münchnerin natürlich nicht als Berg bezeichnen würdest, und schaue über das gesamte Mönchgut. Dieser weite Blick tut mir gut, er hat fast etwas Therapeutisches. Von wegen, Perspektive und Zukunft. Hans hat mir auch wieder einmal eine Standpredigt darüber gehalten, dass ich mich so gehen lasse – was niemals dein Wunsch gewesen wäre. Und ich weiß, dass er recht hat. Aber es ist so schwer, irgendetwas Schönes oder Gutes in diesem Leben zu finden, in dem Du so schmerzlich fehlst. Aber heute habe ich mir zumindest vorgenommen, es mal zu versuchen. Die letzte Nacht, dieser Moment, als ich im Hafen im strömenden Regen stand, während die Blitze um mich herum grell aufleuchteten und der Donner dazu wütend grollte, hat mich irgendwie aufgerüttelt. Es fühlte sich fast so an, als wenn Du zu mir gesprochen hättest. Wir wissen beide, dass Du etwas von einem heftigen Gewitter hattest, wenn Du sauer warst. Ich will Dich nicht wütend machen, meine liebe Paula. Ich will, dass Du weißt, dass ich Deinen größten Wunsch respektiere. Und ich werde mich bemühen, auch ohne Dich weiterzumachen.

Ich liebe Dich, Dein Paul

Kapitel 3

Ich laufe den kleinen Trampelpfad hinunter, der mich von hinten zum Wochenmarkt führt. Vorne haben unzählige Touristen ihre Autos und Fahrräder abgestellt, und ich hätte dort nie im Leben einen Parkplatz gefunden (auch weil ich heute aufgrund meines akuten Schlafmangels und der damit verbundenen Langsamkeit etwas spät dran bin). Zum Glück kenne ich die Fischer, die am hinteren Ende des Marktes, im Hafen von Thiessow, neben ihren Booten Stellplätze für ein paar Autos haben und die mich immer großzügigerweise dort parken lassen. Ich winke in diesem Moment einem von ihnen zu, der gerade an einer Maschine steht, um sein Netz zu entwirren. »Grüß dich, Linda«, ruft er freundlich zurück.

Es ist so eine Art ungeschriebenes Gesetz unter uns Einheimischen, das wir einander helfen. Natürlich brauchen wir alle die Touristen. Wir alle (oder zumindest die meisten von uns), sind froh, dass sie da sind – aber im Sommer kann das hier auf unserer Insel mitunter schon etwas anstrengend werden. Vor allem wenn wir auf unserer eigenen Insel kaum hin und her kommen, weil überall gewaltige Blechkolonnen durch die Dörfer rollen. Genauso nervig wie der Stop-and-go-Verkehr sind die Touristen, die mit Tempo 60 über die

Landstraße tuckern, um ja nichts vom schönen Ausblick zu verpassen, während man selbst bereits viel zu spät für seinen Termin ist. Manchmal habe ich schon überlegt, bestimmte Strecken einfach mit dem Boot zu bewältigen, aber dafür müsste ich endlich mal den Bootsführerschein machen. Und obwohl Markus seit Monaten darauf drängt, hatte ich dafür einfach noch keine Zeit.

Auch auf dem Wochenmarkt schieben sich bereits die Massen durch die schmalen Gänge auf der großen Wiese, auf der er aufgebaut ist. Die Grünfläche liegt direkt hinter dem Deich auf der anderen Seite der Straße, die im gesamten Mönchgut parallel zur Ostseeküste entlangführt. Nur knapp hundert Meter entfernt von hier liegt das Meer, hinter dem dichten Kiefernwald, in dem es selbst im Hochsommer angenehm kühl ist. Dafür, dass ich hier lebe, bin ich viel zu selten am Strand, denke ich wieder einmal und ärgere mich fast ein wenig darüber. Aber im Sommer drängen sich Windschutze und Strandmuscheln so dicht an dicht, dass es sowieso schwer ist, das Meer wirklich zu genießen. Vor allem dann, wenn die Herbststürme im Jahr zuvor mal wieder besonders heftig wüteten und einen Großteil des hellen Strandsandes ins Meer getragen haben. Von unserem einst viele Meter breiten Strand ist mittlerweile nur noch ein schmaler Streifen übrig. Zum Teil ist der auch noch bedeckt mit kleinen unregelmäßigen Türmen aus braungrünen Algen. Beim Gedanken an die Algen und vor allem ihren einzigartigen Geruch vermisse ich das Meer auf einmal trotzdem so sehr, dass ich beschließe, heute Nachmittag unbedingt einen kleinen Strandbesuch in meinen übervollen Terminkalender zu quetschen. Ich blicke sehnsüchtig Richtung Ostsee und atme dann einmal tief ein. Der Regen in der vergangenen Nacht hat eine wunderbar frische Luft gebracht, und ich spüre förmlich, wie sich meine Lunge mit dem frischen Sauerstoff füllt. Aber schon jetzt zeigt das Thermometer 25 Grad an, deshalb bin ich mir sicher, dass es einer dieser perfekten Sommertage wird, an die man sich dann noch im Winter erinnert. Mein Blick fällt auf meine Armbanduhr, und ich stelle fest, dass ich schon bald wieder in der Pension zurück sein muss, um die heute ankommenden Gäste in Empfang zu nehmen. Ja, es gibt noch einiges zu tun, bis ich endlich ans Meer kann. Also schaue ich mich kurz um und ziehe dann die Einkaufsliste aus meiner Tasche.

Viele Lebensmittelhändler auf dem Markt kommen aus der Gegend, und man kennt sich untereinander. In den letzten Jahren und mit ansteigender Größe des Marktes sind jedoch auch immer mehr fremde Anbieter mit ihren Wagenanhängern dazugekommen. Zum Teil tingeln diese den ganzen Sommer von einem Wochenmarkt auf Rügen und Umgebung zum nächsten. Sie bieten aber selten Lebensmittel an, sondern eher Töpferwaren, Kleidung, Souvenirs und solche Sachen. Vieles in durchaus toller Qualität, aber alles Dinge, die ich nicht brauche. Denn ich komme nur, um hier Lebensmittel zu kaufen. Was natürlich immer schwieriger wird in dem Wuling von Menschen. Ich kämpfe mich zuerst einmal zu Ilonas Stand durch. Ilona – eine echte Alteingesessene – macht die besten Senfsorten Rügens und verkauft all die besonderen Öle, die man in unserem kleinen Supermarkt in Gager nicht bekommt. Als sie mich in der Menschenmenge entdeckt, winkt sie mir fröhlich zu. »Linda, wie schön, dass ich dich auch mal wieder zu Gesicht bekomme! Die letzten Male war ja immer Tamara da ...«

Ich schüttle der Frau mit den leicht blondierten Haaren die Hand, wozu ihre großen Brüste im Takt wippen. »Ja, ich hatte in letzter Zeit so viel im Büro zu tun. Jetzt lichtet sich das Ganze langsam etwas ... Aber wie geht es euch? Alles in Ordnung?«

Ilona zuckt ein wenig mit den Schultern, was wohl so viel heißen soll, wie »geht so«. Dann plappert sie in ihrer mir vertrauten, geschwätzigen Art los: »Dieter hatte ja seine Hüft-OP und ist nun drei Wochen bei der Reha in Ahrenshoop. Das heißt, dass ich im Moment alles alleine machen muss. Zum Glück haben die Enkelkinder bald Schulferien, und dann kommen alle zu uns. Ich grusle mich langsam in diesem leeren Haus.«

»Oh, und wie geht es Dieter?«, frage ich erstaunt. Meine Köchin Christa, sonst die Quelle für Klatsch und Tratsch aus der Gegend, hatte mir noch gar nichts davon erzählt.

»Ach der«, sagt Ilona lachend, »der hat doch die Zeit seines Lebens da. Er wird von morgens bis abends betütelt, und die alten Weiber stellen ihm nach.«

»Na, nicht dass er sich noch einen Kurschatten zulegt«, kommentiere ich ebenfalls lachend.

»Pah, sobald die merken, was für ein anstrengender Kauz

der ist, bringen die ihn freiwillig zu mir zurück«, ruft Ilona und zieht eine Grimasse, die verrät, dass sie es zwar ein bisschen ernst meint, aber doch nicht ganz.

»Falls du irgendwie Hilfe brauchst, kannst du dich auf jeden Fall immer bei mir melden«, sage ich und drücke Ilona kurz die Hand. Denn bei allem Gewitzel weiß ich doch, dass es ihr sicher schwerfällt, ohne ihren Dieter zu sein.

Ilona drückt meine Hand dankbar zurück und streicht mir dann etwas von ihrem neuesten Senf auf ein Stück Baguette. »Hier probier den mal, gelbe, braune und schwarze Senfsaaten. Verfeinert mit Honig und Mohn, kann man auch eine wunderbare Senfkruste für Fisch draus machen.«

Ich greife nach dem Brotstück und schiebe es mir in den Mund. Der Geschmack ist wirklich einzigartig! Begeistert nicke ich, während ich vor lauter Genuss nichts außer »Mmmmmhhhh« rausbringen kann.

»Und bei euch? Deine Mutter hat mir erzählt, dass du und Markus endlich zusammenziehen wollt.«

Ich schaue Ilona baff an, als ich das höre. Wie kommt meine Mutter darauf, so etwas herumzuerzählen? Nicht nur, dass es nicht stimmt – ausgerechnet Ilona so etwas zu stecken ist geradezu fahrlässig. Ich mag Ilona wirklich gerne, aber sie ist nicht gerade eine verschlossene Auster in Sachen Tratsch und Klatsch!

Ilona reicht mir ein weiteres Stück Brot und zeigt auf das Senfglas, auf dem »Sanddorn-Senf« steht.

»Na ja«, sage ich kauend und habe nun das dringende Bedürfnis den Quatsch, den meine Mutter da herausposaunt hat, wieder geradezurücken, »Markus hat mich gefragt, ob ich nicht bei ihm einziehen will. Aber ich fühle mich in meinem Dachgeschoss eigentlich ganz wohl … hmmm, der mit Sanddorn schmeckt aber auch super!«

»Aber Linda-Mädchen«, redet Ilona sanft auf mich ein, »Du musst doch langsam echt mal an die Zukunft denken. Du willst doch Familie. Die macht man nicht aus zwei unterschiedlichen Häusern …«

»Ja, ja …«

»Und du und Markus, ihr seid doch so ein schönes Paar. Glaub mir, mein Mädchen, jahrelang haben wir uns alle gefragt, wer die schöne Linda erobern würde … Meine Söhne wolltest du ja nicht.« Das sagt sie mit einem Lächeln, und ich weiß, dass es sich dabei um keine wirklich ernst gemeinte Kritik handelt.

»Ich mag Markus ja auch. Aber zusammenziehen, das ist ein großer Schritt.«

»Ach Deern, manchmal muss man einfach etwas wagen. Was ist denn das Schlimmste, was passieren kann?«

Darauf fällt mir natürlich nichts zu sagen ein, selbst wenn spontan alle möglichen Worst-case-Szenarien durch meinen Kopf rattern. Eines davon lautet: Ich werde schwanger, und dann haut Markus ab. Warum sollte, was meiner Mutter passiert ist, nicht auch mir passieren? Aber diese tief sitzende Angst, die mich seit meinen Jugendjahren begleitet, also seitdem ich wirklich verstanden habe, dass mein Vater uns einfach im Stich gelassen hat, teile ich ungern mit Ilona auf dem Wochenmarkt. »Na ja«, sage ich schließlich und wechsle ins Plattdeutsch, von dem ich leider viel zu wenig spreche, »Kummt Tied, kummt Raad.«

»Kümmt allens so, as't kamen mutt«, antwortet Ilona mit einem breiten Lächeln.

Nachdem ich, bepackt mit mehreren Sorten Senf, Walnussöl und guten Ratschlägen, bei Ilona fertig bin, steure ich noch einige andere Stände an, bevor ich schließlich meine Einkäufe in den Kofferraum meines alten Volvo Kombi lade. Markus bezeichnet mein Auto ja gerne abfällig als Leichenwagen, aber ich hänge an meinem Drachenmobil (so benannt, weil ich ihn ursprünglich gekauft hatte, um meine großen Lenkdrachen darin zu verstauen). Mittlerweile habe ich meine Drachen längst verkauft, weil ich sowieso nie Zeit hatte, sie im Nordwind tanzen zu lassen (daher auch der Name für meine Pension übrigens). So wie ich auch keine Zeit mehr hatte, die Drachen oder irgendetwas anderes zu fotografieren – das war ebenfalls ein großes Hobby von mir. Aber das Auto hat sich auch ohne Hobbys und nur für die Pension als Allzweckwaffe erwiesen. Es gibt eigentlich nichts, was hier nichts reinpasst. Wenn es sein müsste, könnte ich gut und gerne ein paar Tage in dem Wagen leben. Nicht dass das nötig wäre, aber es ist ja dennoch gut zu wissen.

Während ich mit dem Drachenmobil wieder zurück in die »Nordwind« sause, kommt mir die Geschichte mit Ilona wieder hoch. Warum erzählt meine Mutter Ilona solche Sachen? Eigentlich sollte ich meine Mutter dringend darauf ansprechen, zumindest nehme ich mir das vor.

Dabei meint meine Mutter das gar nicht böse, da bin

ich mir sicher. Vielmehr meint sie es gut, viel zu gut. Denn meine Mutter war in jedem Fall immer sehr darauf bedacht, dass es mir gut geht – und sie war der festen Überzeugung, dass niemand besser wissen kann, was gut für mich ist, als sie. Manchmal fing das schon bei ganz kleinen Aktionen an, beim Backen zum Beispiel. Schon als ich ganz klein war, habe ich oft mit ihr zusammen gebacken. Meine Mutter hatte ja schon damals von einer eigenen Bäckerei geträumt, auch wenn sich dieser Traum erst Jahre später erfüllen sollte. Wie gut erinnere ich mich an die gemeinsamen Nachmittage in unserer damals winzig kleinen Küche, die dann immer in eine echte Backstube verwandelt wurde. Dieser Duft hallt heute noch in mir nach! Ob es um Heidesand-Kekse ging (von denen ich anfangs dachte, sie würden garantiert mit echtem Rügener Sand hergestellt werden!) oder um Klassiker wie Zupfkuchen oder gar um Experimente mit allen möglichen Zutaten, die meiner Mutter in die Finger gerieten (was ja vor allem zu DDR-Zeiten nicht immer ganz leicht war, immerhin fehlte es irgendwie immer an allem): Für mich waren nicht nur all die leckeren Kuchen, Torten und Plätzchen, die dabei entstanden, etwas ganz Besonderes, sondern auch die Zeit, die ich dann mit meiner Mutter verbringen konnte.

Nur konnte meine Mutter es damals schon nicht lassen, mir ganz genau zu sagen, was ich machen soll. Klar muss man einem kleinen Kind erst mal erklären, wie eine Form am besten eingefettet wird oder wie man Eier am leichtesten aufschlägt, ohne dabei die ganze Küche in ein Schlachtfeld zu verwandeln – aber meine Mutter erklärte mir es eben nicht einmal, sie erklärte es mir jedes Mal. Und machte es dann oft genug doch wieder selbst.

Das war nie böse gemeint, meine Mutter hatte eben nur genaue Vorstellungen, wie alles aussehen sollte. Und am meisten Angst hatte sie davor, dass ich, wenn ich irgendwo einen Fehler machen würde, fürchterlich enttäuscht wäre. Deshalb habe ich sie sogar einmal dabei erwischt, wie sie meine Dekorationen auf den Plätzchen heimlich noch mal nachgearbeitet hat, damit wirklich alles perfekt war. Also perfekt, wie sie sich eben perfekte Plätzchen vorstellte. Denn eigentlich war mir das alles oft zu viel des Guten, weil ich meine Plätzchen oft viel hübscher fand, wenn die Streusel ungleichmäßig verteilt waren oder zu viel Zuckerguss darauf klebte oder eben drei Zuckerblümchen quer darüber verteilt waren, statt dass nur eins in der Mitte klebte. Aber gleichzeitig wollte ich, dass meine Mama glücklich ist, deshalb habe ich sie immer so machen lassen, wie es ihr am liebsten war. Gerade denke ich mir, dass ich vielleicht doch öfter meiner Mutter hätte sagen sollen, dass sie mich ruhig mal alleine machen lassen sollte. Und wenn es auch nur um die Zuckerblüte auf den Plätzchen ging.

So sehr ich ihr dankbar bin, dass sie mich alleine und oft unter viel Mühen großgezogen hat, so sehr frage ich mich, warum es meiner Mutter gar so schwerfällt, sich weniger in meinem Leben einzumischen. Ich solle mein eigener Boss sein, hatte sie immer betont – aber warum musste sie dann immer noch den Aufsichtsrat eine Etage über mir spielen?

Als ich in der »Nordwind« schließlich ankomme, sitzen bereits ein paar Gäste auf der Terrasse und studieren die Mittagskarte. Ich nicke ihnen freundlich zu und halte hier und da einen kleinen Schnack. Dann tragen Tamara und ich gemeinsam schnell die Einkäufe durch den Hintereingang direkt in die Küche. Christa ist bereits am Kochen und Braten, und der köstliche Geruch von Bratkartoffeln und Speck erinnert mich daran, dass ich heute noch gar nichts Richtiges gegessen habe. Also bitte ich sie, mir ein paar Leckereien zur Seite zu stellen, und als ich die letzte Einkaufsfuhre ausgepackt habe, steht der dampfende Teller bereits auf dem Tresen.

Nachdem ich kontrolliert habe, dass von den neuen Gästen bisher noch nichts zu sehen ist, schnappe ich mir den Teller und laufe hinten aus der Pension hinaus in Richtung des kleinen Häuschens, das wir vor ein paar Jahren ebenfalls auf dem Grundstück gebaut haben und in dem meine Mutter wohnt. Ich ziehe mir einen Stuhl auf der Terrasse heran und halte nach meiner Mama Ausschau. Doch sie ist einfach nicht zu sehen. Wahrscheinlich steht sie noch in der Bäckerei, vermute ich, und ich nehme mir vor, ihr abends einen kleinen Besuch abzustatten.

Während ich mir die Bratkartoffeln einverleibe, denke ich darüber nach, dass ich meine Mutter in den letzten Wochen viel zu wenig zu Gesicht bekommen habe. Gut, ich hatte selbst viel zu tun, immerhin befinden wir uns mitten in der Hochsaison, aber normalerweise kommt sie zumindest abends so oft wie möglich auf einen kühlen Grauburgunder auf unsere Bistroterrasse. Manchmal sitzen wir gemeinsam mit Christa, Fritz und Markus bis in die späten Abendstunden dort und lachen und philosophieren über das Leben. Ich liebe es, die Tage so ausklingen zu lassen, inmitten der Menschen, die mir am meisten bedeuten.

Aber beim Gedanken daran realisiere ich, dass meine Mama in letzter Zeit richtiggehend untergetaucht ist. Also beschließe ich, der Sache in einer ruhigen Minute mal nachzugehen. Sei es, indem ich meine Mutter einfach direkt frage oder Christa, was manchmal auf das Gleiche hinausläuft. Christa ist nämlich nicht nur die beste Freundin meiner Mama, sie ist auch so etwas wie eine Ersatzmutter für mich. Wenn Mama früher in den unerbittlichen Morgenstunden, schon um vier Uhr morgens in der Kantine backen musste, war es Christa, die mich anzog und für den Kindergarten und später die Schule fertig machte. Mich und ihren Sohn Fritz junior, der für mich eben fast so etwas wie ein kleiner Bruder ist. Apropos, da fällt mir ein, dass ich noch einiges für seine Hochzeit vorbereiten muss. Der Sohn von Christa und Fischer Fritz wird nämlich in ein paar Wochen seine geliebte Anne heiraten, und ich habe mich bereit erklärt, mich um die Dekoration des Fests zu kümmern. Blumen, Tischdeko und natürlich das Anrichten des Büfetts. Beim Gedanken an die bevorstehende Hochzeit fallen mir Ilonas Worte von vorhin wieder ein: »Du willst doch Familie.«

Irgendwie schon komisch, dass alle um einen herum das so als gegeben annehmen. Dass man heiraten und eine Familie gründen will. So als gäbe es keine andere Option, keine Alternative zu diesem traditionellen Lebenskonzept. Nicht dass ich mich wirklich dagegen sträube, denn ja, ich will schon Familie. Wenigstens ein Kind, vielleicht sogar zwei. Und ja, so langsam sollte ich wohl wirklich mal in die Pötte kommen. Ich bin immerhin schon sechsunddreißig, für Frauenärzte gelte ich damit, glaube ich zumindest, schon als alt. Worte wie Risikoschwangerschaft und Spätgebärende schwirren mir durch den Kopf.

Auf einmal breitet sich ein schaler Geschmack in meinem Mund aus, den selbst die hervorragend gewürzten Bratkartoffeln nicht überdecken können. Was, wenn ich meine Chance verpasst habe und nie Mutter sein werde? Was, wenn es längst zu spät ist? Vielleicht ist mein Vorrat an Eizellen inzwischen auf eine unbrauchbare Kleinstzahl dezimiert, und diejenigen, die noch geblieben sind, lassen qualitätsmäßig wahrscheinlich auch arg zu wünschen übrig. Und wer weiß, ob das bei Markus noch alles so frisch ist. Ich meine, Männer bilden sich ja immer ein, dass sie noch bis ins hohe Alter Kinder zeugen können (Promis wie Ulrich Wickert und Rod Stewart machen es ja für alle sichtbar vor) – aber seien wir doch mal ehrlich: Die Spermien werden mit den Jahren ja auch nicht gerade fitter oder schneller. Wie auf Befehl klingelt mein Telefon, und als ich sehe, dass Markus anruft, muss ich grinsen.

»Ich habe gerade an dich gedacht«, sage ich lachend, als ich abnehme.

»Oh, ich hoffe, nur Gutes.«

»Ich habe mich gerade gefragt, ob deine Spermien wohl noch fit genug für ein Baby sind«, platze ich heraus und beiße mir danach sofort auf die Unterlippe. Linda, was ist um Himmels willen nur in dich gefahren?

Am anderen Ende herrscht kurz Stille. Dann dringt ein heiseres Hüsteln durch das Telefon. »Ich bin im Büro«, flüstert Markus, und es ist einer dieser Momente, in denen ich mich frage, warum mein Freund immer so ein Spießer sein muss.

»Schon gut«, erwidere ich säuerlich.

»Lass uns heute Abend darüber reden«, versucht er sich an einem tröstenden Ton. »Soll ich uns was kochen?«

Ich nicke zögerlich. Als mir auffällt, dass Markus diese Geste durchs Telefon nicht sehen kann, sage ich nur müde: »Ja klar, warum nicht.«

Wir verabschieden uns, und ich räume schnell mein Geschirr zusammen, bevor ich wieder zurück zur Pension gehe. Wenn ich heute Nachmittag wirklich mal wieder an den Strand will, muss ich jetzt noch ein paar Telefonate führen und Mails beantworten. Das macht sich schließlich nicht von selbst.

Während ich mich in meine kleine Büroecke hinter der Lobby verkrieche, sehe ich im Augenwinkel, wie Paul Schumann durch den Eingangsbereich geht. Wobei »gehen« eine schamlose Untertreibung ist. Er rennt, als hätte ihn etwas gebissen. Seine Augen sind stark gerötet, und die Locken stehen wild von seinem Kopf ab. Im ersten Moment fürchte ich, dass er eine starke allergische Reaktion auf irgendetwas hat, im zweiten Moment begreife ich, dass Paul aussieht, als ob er geweint hätte. Und ich muss zugeben, dass mich das irgendwie berührt. Markus weint nie, und ich habe schon oft so bei mir gedacht, dass das irgendwie unheimlich ist.

Ich heule bei jedem traurigen Film, manchmal auch bei traurigen Büchern und ja, sogar, wenn ich mal wütend, enttäuscht oder einfach nur erschöpft bin. Für mich hat das was Befreiendes. Insofern ist mir jeder Mensch, der diesen Gefühlen genauso ihren freien Lauf lassen kann, schon mal grundsätzlich sympathisch. Bevor ich mich allerdings durchringen kann, ob ich auf Paul zugehen und ihm meine Hilfe anbieten soll oder nicht, ist er schon die Treppe hochgehastet und verschwunden. Seltsam, denke ich noch, heute Morgen war er doch so gut drauf.

»Was ist denn in den gefahren?«, höre ich auf einmal Tamaras Stimme hinter mir und zucke vor Schreck zusammen.

»Keine Ahnung«, antworte ich schließlich und klappe dann meinen Laptop auf. »Vierunddreißig neue E-Mails«, verrät mir mein Mailprogramm, was ich mit einem tiefen Seufzer quittiere.

»Ich frage mich wirklich, was mit diesem Paul nicht stimmt. Warum ist der so komisch dran?« Tamara platziert sich nun direkt neben mich auf den Schreibtisch und macht mir damit deutlich, dass das Gespräch für sie noch nicht beendet ist.

»Du meinst drauf?«, korrigiere ich Tamara grinsend.

»Dran, drauf. Ich finde, du solltest den mal unter deine Fittiche nehmen!«, sagt sie entschlossen.

»Ich? Wieso denn ich?«

»Linda, wenn einer so eine Nuss wie diesen Paul knacken kann, dann doch du. Ich kenne niemand, der sich mit so viel Begeisterung in die Tragödien anderer Menschen wirft…«

»Na, nun übertreibst du aber etwas«, entgegne ich entrüstet.

»Findest du? Denk mal drüber nach. Dieser Paul braucht eindeutig jemanden, der ihn ein bisschen raufmuntert.«

»Aufmuntert …«

»Sag ich doch!«

Ich schaue meine Kollegin skeptisch an. »Man kann aber nur jemanden aufmuntern, der auch aufgemuntert werden will.«

»Ah«, ruft sie und fuchtelt mit ihrem Zeigefinger vor meinem Gesicht herum, »Kropla do kropli i będzie morze.«

»Ich verstehe nur Bahnhof.«

»Tropfen für Tropfen formt das Meer«, übersetzt sie die Worte freundlicherweise für mich, und damit dreht sich Tamara um und läuft wieder in Richtung Küche.

Ich bleibe etwas ratlos zurück, denn auch mit der deutschen Übersetzung bin ich mir nicht so sicher, was Tamara damit meint. Bevor ich aber heute gar nichts mehr schaffe, öffne ich schnell mein Mailprogramm. Die vielen unbeantworteten E-Mails lenken mich zuverlässig die nächste Zeit ab.

Als ich endlich alle Anfragen bearbeitet, einige offene Punkte wie meine neu eingefädelte Kooperation mit dem Fahrradverleih in Groß-Zicker geklärt und die neuen Gäste empfangen und in ihre Zimmer gebracht habe, gehe ich endlich hoch in meine Wohnung. Jetzt nur noch schnell den Bikini und ein Handtuch einpacken, dann mache ich mich direkt auf den Weg zum Strand, denke ich fröhlich und nehme zwei Stufen auf einmal. Das Wetter ist ja selbst im Sommer nicht immer so strahlend wie heute. Wie oft hat es im Juli schon durchgeregnet, und ich musste dann jeden Morgen in enttäuschte Gäste-Gesichter gucken, die natürlich nicht nach Rügen gekommen waren, um hier auf ihren Zimmern zu hocken und in den Regen hinauszuschauen.

Während ich die Tür zu meiner Wohnung aufschließe, lausche ich einen Moment lang, ob ich irgendein Geräusch aus der Dachkammer höre. Diese Eigenart habe ich mir angewöhnt, seitdem ich das Zimmer an Paul Schumann vermietet habe. Allerdings höre ich nichts und laufe irgendwie beruhigt in meine Wohnung, um meine Sachen zu holen. Auf dem Weg nach draußen fällt mein Blick auf den Spiegel, der neben meiner Wohnungstür hängt. Und der zeigt mir, dass ich wirklich mal wieder etwas Zeit in mein Äußeres investieren sollte. Ich muss dringend mal wieder ein paar Strähnchen machen lassen, denke ich beim Begutachten meiner mittelblonden Haare, die ich meistens in einem hohen Dutt zusammengebunden trage. Auch zur Kosmetikerin könnte ich mal wieder. Dann schneide ich eine Grimasse – klar, ich bin kein Schminkpüppchen, aber ein bisschen mehr geht da schon, Linda, denke ich kritisch und nehme mir vor, ganz bald einen Termin zu vereinbaren. Spätestens zu Fritz juniors Hochzeit, was ja wirklich ein guter Anlass für eine Generalüberholung wäre!

Als ich meine Tür abschließe, steht plötzlich Paul auf dem Flur. Es scheint nicht so, als hätte er etwas Bestimmtes vor. In gewisser Weise sieht er verloren aus.

»Hey Paul, alles okay?«, spreche ich ihn an und bemühe

mich um einen extra lockeren Ton. Man sieht ihm eindeutig an, dass nicht alles okay ist, aber ich möchte ihn nicht in Verlegenheit bringen.

Er fährt sich durch seine dunklen Locken und zuckt mit den Schultern. Diese Geste weckt mal wieder voll und ganz mein Mitgefühl. »Ich will an den Strand«, sage ich spontan, »Hast du Lust mitzukommen?« Tamaras polnische Weisheit kommt mir wieder in den Sinn. Tropfen für Tropfen formt das Meer – oder wie war das?

Paul schaut mich etwas irritiert an, und ich weiß nicht, ob ihn das Angebot selbst oder die Tatsache, dass es von mir kommt, verwirrt.

Zu meiner Überraschung (ja, ich gebe ehrlich zu, es war mehr eines dieser hypothetischen Angebote, die man macht und bei denen man sowieso nicht damit rechnet, dass der andere zusagt) nickt er langsam und sagt dann: »Ich hole nur noch schnell meinen Rucksack.«

Ich bin etwas verblüfft und bereue jetzt augenblicklich doch, dass ich ihn gefragt habe. Mensch, Linda, denke ich bei mir, du wolltest in Ruhe ein bisschen am Strand in der Sonne lümmeln, die Ostsee genießen, und jetzt schleppst du diesen menschgewordenen Ausdruck an Traurigkeit mit. Das ist alles Tamaras Schuld. Was redet sie mir auch so einen Unsinn ein? Aber Paul scheint schlagartig besser gelaunt, und so besänftige ich mich selbst damit, dass ich eine gute Tat vollbringe. Da fällt mir ein, dass ich eigentlich mit dem Fahrrad fahren wollte. Fieberhaft überlege ich, wo ich jetzt so schnell ein zweites Rad für Paul herbekomme. Die Mieträder vom Fahrradverleih werden erst morgen gebracht. Dann erinnere ich mich, dass Tamara noch eine alte Gurke auf dem Hof stehen hat, mit der sie manchmal am Wochenende radelt. Gut, es ist ein Damenrad, aber das wird der gute Paul schon überleben.

To-do-Liste:

- ~~Zum Wochenmarkt fahren~~
- Zum Bootsführerschein anmelden (wirklich!!!)
- Noch mal versuchen, Mama zu erreichen
- Termin bei Friseur und Kosmetikerin vereinbaren
- Paul aufmuntern

Kapitel 4

Als ich ihm das froschgrüne, leicht verrostete Tamara-Mobil zeige, muss Paul grinsen, und ich stelle erneut fest, wie extrem sich sein Gesicht verändert, wenn er nicht so traurig dreinschaut. Es ist fast, als würden sich die Bestandteile neu zusammensetzen, und aus dem Bild von Verlust und Unglück wird etwas ganz und gar Hoffnungsvolles.

»Na, ob ich damit bis zum Strand komme, bin ich mir nicht so sicher …«, er schaut mich mit hochgezogenen Augenbrauen an.

»Wir werden es erst dann wissen, wenn wir es ausprobieren«, kommentierte ich ebenfalls grinsend. Gemeinsam schwingen wir uns auf unsere Fahrräder und radeln los. Ich fahre vorweg und leite uns auf den Feldweg, der vom Hafen in Gager zwischen den Zicker'schen Bergen entlangführt. Neben uns türmen sich die kleinen Hügel auf, die für uns Flachlandtiroler eben schon Berge sind (echte Tiroler würden sich krumm biegen vor Lachen, nehme ich an). Auch wir selbst müssen mit unseren Rädern einen nicht unwesentlichen Hügel emporstrampeln. Aber als wir den Berg hinunterfahren und die kleinen Kieselsteine unter unseren Rädern knirschend wegspringen, überholt mich Paul. Sein Gesicht hat inzwischen einen völlig anderen Ausdruck angenommen. Er sieht entspannt und gleichzeitig erfreut aus.

Es geht doch nichts über eine rasante Abfahrt mit dem Rad, denke ich, und freue mich, dass Paul anscheinend dieselben Dinge gute Laune bringen, die auch ich liebe. Wir überqueren die Straße und biegen auf den Fahrradweg in Richtung Strand, und nun ist es Paul, der voranfährt. Uns kommen ein paar Familien entgegen, die ihren Strandtag bereits beendet haben. Sie sind mit Windschutz, Strandmuschel und allerlei Spielzeug bepackt und haben leicht rötlich glänzende Gesichter. Die Kinder plappern fröhlich, und der Duft von Sonnenmilch liegt in der Luft. Wir fahren langsam an ihnen vorbei, weiter Richtung Meer. Zu unserer Linken breitet sich eine der vielen weiten grünen Wiesen aus, die die Landschaft auf dem Mönchgut ausmachen. Mittendrin weidet eine Herde Schafe, deren »Böhs« und »Bähs« der leichte Wind zu uns herüberträgt. Vereinzelt säumen Birken unseren Weg, deren weiße Stämme in einem wunderschönen Kontrast zu ihrem grünen Blätterkleid stehen. Überhaupt ist alles so wunderbar grün, es riecht nach Sommer, und Insekten schwirren aufgeregt durch die warme Luft – ich hätte keinen besseren Tag für meinen Ausflug auswählen können. Nach ein paar Minuten Fahrradweg sausen wir in den Kiefernwald hinein, der parallel zum Strand entlangläuft. Ich warte gerne noch ein, zwei Strandabschnitte ab und nehme nicht gleich den ersten Aufgang, an dem ein großer Parkplatz für einen nicht enden wollenden Besucherstrom sorgt.

Paul und ich fahren schweigend nebeneinander her, als

er mich plötzlich fragt, wie lange ich schon auf Rügen lebe. Also erzähle ich ihm, dass ich eigentlich mein ganzes Leben hier verbracht habe, und sein Blick schwankt zwischen Bewunderung und Unverständnis. Ehe ich mich versehe, erzählt mir Paul von seiner Kindheit in Brandenburg und dass er immer dort wegwollte. Ich bin so fasziniert von seinen Worten (denn wenn man Paul Schumann erst einmal ein paar Sätze am Stück reden hört, bemerkt man, wie ungewöhnlich und vor allem ungewöhnlich schön er sich ausdrückt), dass ich sogar meinen üblichen Strandaufgang verpasse und wir deshalb weiter fahren, als ich geplant hatte. Kurz vor Thiessow schließen wir die Räder dann an einen Baum an und laufen barfuß den restlichen Weg zwischen den Dünen entlang in Richtung Meer. Die Ostsee hat sich heute besonders schön gemacht und glitzert uns in einem strahlenden Türkiston entgegen. Wir laufen ein paar Meter am Strand Richtung Lobbe, wo wir dann unsere Handtücher in den Sand fallen lassen.

Als mir bewusst wird, dass ich jetzt mein Kleid ausziehen sollte und dann im Bikini neben diesem mir irgendwie doch immer noch völlig unbekannten Mann sitzen werde, bereue ich schlagartig wieder, ihn eingeladen zu haben. Zwar bin ich als FKK-Kind aufgewachsen, und auch wenn ich seit meinen Teenagerjahren selbst nicht mehr die Freikörperkultur praktiziere, stört es mich überhaupt nicht, wenn andere nackt sind oder ich selbst nur im Bikini den Strand entlanglaufe. Ich mag meinen Körper, der sicherlich nicht perfekt ist, in dem ich mich allerdings – zumindest in den letzten Jahren – meistens sehr wohlfühle (ich glaube jeder von uns hat mal Tage, wo das weniger zutrifft). Aber: Neben jemandem, den man so halb kennt (und dann eigentlich immer angezogen antrifft), plötzlich halb nackt zu sitzen, finde ich trotzdem komisch. Prüfend schiele ich zur Seite, um zu sehen, was Paul macht, und zu meiner Überraschung sitzt er schon in Badeshorts auf seinem Handtuch und schaut verträumt in Richtung Meer. Sein Oberkörper ist blass, aber erstaunlich trainiert. Ganz im Gegensatz zu seinen wilden Locken auf dem Kopf hat er nur spärliches Brusthaar, das sich in einer feinen Linie bis zum Bauchnabel hinunterrankt.

»Die Ostsee ist irgendwie ein seltsames Gewässer«, sagt er auf einmal.

Ich nicke, auch wenn ich nicht genau weiß, was er damit meint. Ehrlich gesagt, habe ich gerade auch andere Sorgen. Kleid aus oder anbehalten?, hämmert es in meinem Kopf. Auf einmal komme ich mir lächerlich vor. Wo ist denn dein Problem, Linda? Das ist doch hier kein Date. Paul Schumann und du, ihr seid Bekannte, vielleicht werdet ihr Freunde, in jedem Fall gibt es keinen Grund, sich so ins Hemd, ähm, ins Kleid, zu machen. Ich ziehe mir also schnell mein Blumenkleid über den Kopf, bevor ich es mir doch noch mal anders überlege, und ignoriere die Tatsache, dass Paul mich gerade in dem Moment anschaut. Mein rotblau gestreifter Bikini ist immerhin keiner von diesen Bikinis, die eigentlich mehr zur Schau stellen, als sie verdecken. Der Schnitt ist sportlich, und so betont er meine großen Brüste nicht übermäßig.

»Wieso findest du, dass die Ostsee seltsam ist?«, nehme

ich seinen Gedanken von vorhin wieder auf und lasse etwas Sand durch meine Finger rieseln.

»Es ist ein Meer, aber doch kein richtiges Meer. Brackwasser.«

»Das klingt so abfällig«, antworte ich, obwohl ich doch weiß, dass er recht hat. »Es ist immerhin das größte Brackwassermeer der Erde«, schiebe ich noch hinterher, nicht ohne Stolz.

»Hm«, er nickt, aber scheint noch nicht ganz überzeugt.

»Und wenn man sich überlegt, dass die Ostsee von hier bis nach Sankt Petersburg, bis hoch in den Norden von Schweden geht, das ist schon irgendwie beeindruckend!«

»Okay, okay, ich sehe schon, du bist Fan …«, er hebt die Hände, als ob er sich ergeben will.

»Na, was hast du denn gedacht? Ich lebe ja auch hier. Und ehrlich gesagt, bin ich viel zu wenig am Strand. Jeden Tag an die Ostsee – das habe ich mir mal vorgenommen. Klappt leider aber viel zu selten.«

»*Jeden Tag ein bisschen Meer*, das gefällt mir.«

Ich blinzle Paul durch die Sonne an. Was für eine tolle Formulierung. Klar, der Mann ist ja auch vom Fach.

»Hast du schon mal eine Flaschenpost gefunden?«, fragt Paul mich plötzlich ohne Übergang.

Ich schüttle den Kopf. »Nee, leider noch nie. Obwohl ich schon so lange hier lebe und oft an diesem Strand entlanggelaufen bin. Aber noch nie eine Flaschenpost. Ich vermute, die Ostseebewohner sind nicht so die Flaschenposttypen.«

Bei meinem letzten Satz muss er grinsen. »Die Ostseebewohner sind überhaupt eher verschlossen, was?«

Ich nicke. »Hier wird nicht viel geschnackt. Nur das Nötigste eben.«

»Du bist aber gar nicht so.« Er greift nach etwas Sand und lässt ihn sich nun ebenfalls durch die Finger rieseln. »Danke, dass du mich mitgenommen hast. Ich weiß, dass ich nicht gerade die fröhlichste Gesellschaft bin ...«

Ich unterdrücke das Bedürfnis, ihn nach dem Grund für seine Traurigkeit zu fragen, und denke mir dann, dass das etwas ist, womit Paul schon selbst herausrücken muss.

»Das letzte Jahr war echt hart«, spricht er zu meiner Überraschung weiter.

»Willst du drüber reden?«, wage ich einen Vorstoß, vor allem weil es sich falsch anfühlt, seine Andeutung so komplett zu ignorieren.

Paul Schumann schaut aufs Meer und antwortet nicht. Ich komme mir etwas doof vor. Als ob meine Frage an einer Bushaltestelle wartet, an der kein Bus mehr hält. Paul antwortet und antwortet einfach nicht.

»Okay, ich gehe jetzt mal ins Wasser«, sage ich kurzerhand, um die Stille zu übertönen, und springe auf. Mein seltsamer Begleiter macht keine Anstalten, mir zu folgen, also gehe ich alleine. Irgendwie auch besser so, denn ich bevorzuge es, alleine zu schwimmen. Meistens schwimme ich erst ein ganzes Stück aufs Meer, sodass ich nicht mehr zwischen den kreischenden Kindern und ihren schwatzenden Eltern festhänge. Noch über die ersten zwei Sandbanken hinaus. Und dann noch ein Stückchen weiter. Danach lasse ich mich auf dem Rücken treiben, die Ohren im Wasser, sodass sämtliche Außengeräusche nur noch gedämpft zu hören sind. Ich gleite einfach so über die Ostsee – die Sonne im Gesicht und mit einer Leichtigkeit ausgestattet, die sich wie Fliegen anfühlt. Alle Gedanken, an Paul, an seine Andeutungen, an überhaupt alles, sind auf einmal aus meinem Kopf verschwunden.

Als ich eine Weile später, sehr entspannt, aber etwas verfroren, wieder aus dem Wasser laufe, sehe ich, dass Paul und seine Sachen verschwunden sind. Auf meinem Kleid liegt dafür ein kleiner weißer Zettel mit den Worten: »Ich bin schon mal los, vielen Dank für das ›bisschen Meer‹.« Nachdenklich starre ich auf die mit blauem Kugelschreiber geschriebenen Worte und stecke den Zettel dann in meine kleine Strandtasche. Was für ein seltsamer Abgang, denke ich noch und lasse mich dann mit einem tiefen Seufzer auf mein Handtuch in den Sand fallen. Die Abendsonne strahlt in mein Gesicht, und ich freue mich, dass ich nun alleine bin und Zeit für mich habe. Ich schließe die Augen und versuche, einfach an nichts zu denken.

Als ich abends bei Markus eintreffe, weht aus der offenen Küche ein verlockender Geruch in das Wohnzimmer. Er wirft gerade zwei Steaks mit einem lauten Zischen in die Pfanne und sieht dabei so begeistert aus, dass ich mir die Bemerkung verkneife, dass ich eigentlich nicht so gerne Steak esse. Wir kennen uns ja jetzt auch schon lange genug, dass er das wissen müsste. Und trotzdem will er immer wieder, dass ich seine Steaks probiere, immer in der Hoffnung, dass ich sie irgendwann zu schätzen weiß. Immerhin entdecke ich im Ofen ein paar knusprige Rosmarinkartoffeln, und auf dem

Tisch steht bereits ein grüner Salat, in dem kleine dunkelrote Cherrytomaten hervorblitzen. Ich fülle mir bereits ein wenig davon auf den Teller.

»Wow, hast du so einen Hunger?«, kommentiert mein Freund, während er uns ein Glas Rotwein eingießt.

»Total. Ich war heute Nachmittag am Strand und bin bestimmt zwanzig Minuten geschwommen …«

»Ach? Warum hast du mir nicht Bescheid gesagt? Ich hätte mir doch auch ein paar Stunden freigenommen«, sagt Markus prompt, und auf einmal fühle ich mich wie eine Betrügerin. Ich kann ihm nicht einmal sagen, dass ich gerne alleine sein wollte, weil ich ja nicht alleine da war. Ihm zu erklären, warum ich mit Paul am Strand war, halte ich auch für keine gute Idee. Selbst wenn Markus kein Typ für Eifersucht ist, und es ja wirklich keinen Grund gibt, auf Paul eifersüchtig zu sein, wahrscheinlich würde er es in den falschen Hals bekommen.

Er reicht mir das Weinglas, und wir prosten einander zu. Ich nehme einen großen Schluck. Das Getränk hat sofort die Wirkung eines Wahrheitsserums.

»Ehrlich gesagt, war ich mit einem Gast dort. Weißt du, dieser deprimierte Autor, wir hatten uns doch noch über den unterhalten. Ich hatte ihn auf dem Weg getroffen, und weil er mir so leidtat, habe ich ihn gefragt, ob er mitkommen will, denn so ein bisschen Meer schadet doch niemandem, und …«

»Das ist ja mal wieder sehr nett von dir«, unterbricht Markus meine kleine Rede.

Leider bin ich mir nicht sicher, ob er das ernst oder

ironisch meint. Ich schaue meinen Freund unsicher an, und als er meinen Blick auffängt, lacht er leise. »Linda, guck nicht so skeptisch. Ich weiß doch, dass du eine gute Seele bist und es nicht ertragen kannst, wenn es anderen Menschen schlecht geht. Glaub ja nicht, dass ich auf diesen Gruftie-Typen eifersüchtig bin.«

»Dafür gibt es auch gar keinen Grund«, sage ich schnell. »Der lebt sowieso total in seiner eigenen Welt…«

Bei aller Geduld scheint Markus jetzt genug von dem Thema zu haben, das sehe ich ihm sofort an. Ich frage ihn daher schnell, wie sein Tag war. Er berichtet mir von einer Besichtigung mit einem wohlhabenden Pärchen aus Frankfurt am Main, das sich für ein Grundstück direkt am Hafen in Groß-Zicker interessiert.

»Kriegen die denn da eine Baugenehmigung?«, frage ich überrascht.

Markus macht ein verschmitztes Gesicht. »Linda, mit Geld geht alles, das weißt du doch…«

Ich bin nicht sonderlich begeistert von der Aussicht, dass der schöne kleine Hafen gegenüber der alten Zicker'schen Kirche bald zugebaut sein wird, wenn das so weitergeht. Und dann noch von irgendwelchen Leuten, die noch nicht einmal von hier sind und die wahrscheinlich – seien wir mal ehrlich – wenn es hochkommt, ein-, zweimal im Jahr für ein Wochenende herkommen werden. Auch hier wirkt der Wein leider wie ein Wahrheitsserum, also teile ich meine Gedanken mit Markus, und er schaut mich daraufhin an, als sei ich ein mieser Spielverderber. »Du klingst schon wie Fritz und Christa. Bloß alles so lassen, wie es ist. Bloß keine Veränderung ...«, er zieht die Steaks aus der Pfanne und knallt sie etwas zu heftig auf den Tisch, sodass die Platte einen Moment lang wackelt, und damit auch unsere Weingläser.

»Das hat doch damit nichts zu tun«, verteidige ich mich, während ich beide Weingläser reflexartig festhalte. »Neues ist super, und du weißt, dass ich wahrlich nicht zu denen gehöre, die die Touristenströme verdammen. Ich lebe ja auch davon. Aber man muss doch nicht alles zu Geld machen ...«

Wir schauen uns einen Moment lang schweigend an. Irgendwie fürchte ich, dass jetzt die Stimmung dahin ist, aber dann setzt Markus sich und lächelt mich leicht an. »Dafür liebe ich dich ja, dass du so idealistisch bist. Und noch ist das letzte Wort bezüglich dieses Grundstücks ja auch nicht gesprochen.«

Ich nehme kurz seine Hand und drücke sie fest. »Danke für das tolle Abendessen«, sage ich ablenkend.

»Gern geschehen. Ach, und übrigens, Linda«, Markus springt auf einmal auf und reicht mir dann einen Stapel Papier, »ich habe dich endlich für einen Bootsführerscheinkurs angemeldet. Morgen geht's los. Die Papiere dazu habe ich dir bereits ausgedruckt.«

Ich höre kurz auf, mein Steak zu kauen, und schaue Markus überrascht an. Das ist ja mal wieder typisch, denke ich und merke, wie Wut in mir aufsteigt. Mal wieder hat er einfach über meinen Kopf hinweg entschieden. Gleichzeitig versuche ich, mir selbst zu sagen, dass er es nur gut meint und ich den Bootsführerschein wirklich schon lange machen wollte. Trotzdem, dass er so gar nichts mit mir abspricht, mich nicht einmal fragt, ob ich gerade überhaupt

Zeit habe – das ärgert mich. Markus scheint mir meine Wut geradezu anzusehen, denn plötzlich hält auch er inne und unterbricht sein Essen kurz. »Bist du jetzt sauer?«, fragt er bedrückt, »Ich wollte dir nur eine Freude machen!«

Ich nicke, weil ich weiß, dass er recht hat, aber gleichzeitig ärgere ich mich immer noch. Selbst wenn ich versuche, mir das nicht in meinem Gesicht anmerken zu lassen.

»Sag mal, hast du eigentlich meine Mutter in letzter Zeit gesehen?«, frage ich ihn stattdessen, denn ich fürchte, nur ein radikaler Themenwechsel kann diesen verkorksten Abend noch retten.

Markus schüttelt den Kopf.

»Wir haben uns ein paar Nachrichten geschrieben, aber ich habe sie schon lange nicht mehr als ein paar Minuten am Stück getroffen, und auch das immer nur bei der Arbeit. Wenn sie morgens in der Bäckerei ist, habe ich ja selbst immer so viel zu tun. Und abends scheint sie immer unterwegs zu sein.« Ich fülle mir noch eine Portion Kartoffeln auf den Teller. »Sie kommt frühmorgens, liefert die Brötchen bei Christa ab, und dann verschwindet sie. Das ist doch komisch, findest du nicht?«

»Was meinst du, was dahintersteckt?«, fragt Markus. Ich sehe ihm an, dass er sich nun wirklich bemüht, auf mich einzugehen.

Ich zucke mit den Schultern und beiße in eine der kleinen köstlichen Kartoffeln. »Keine Ahnung, aber eines kann ich dir sagen, da ist was im Busch.«

»Vielleicht hat sie jemanden kennengelernt?«, fragt Markus auf einmal.

»Was? Wen soll sie denn kennengelernt haben? Und wo?« Der Gedanke kommt mir völlig absurd vor.

»Deine Mutter ist doch eine attraktive Frau. Vielleicht im Internet …«

»Um Gottes willen, da treiben sich doch nur Spinner herum«, ich schaue meinen Freund entsetzt an, »jetzt mache ich mir wirklich Sorgen.«

»Willst du, dass wir mal bei ihr vorbeigehen?«

Ich nicke langsam und stehe auf.

»Ach so, jetzt gleich?«, fragt Markus überrascht.

»Ja klar, wann denn sonst?«, beschließe ich und ziehe ihn an der Hand hinter mir her.

Als wir gerade sein Haus verlassen und den Deich in Richtung Pension und Wohnhaus meiner Mutter entlanggehen, unterbricht das schrille Klingeln von Markus' Handy die Abendruhe. Ich beobachte ihn mit hochgezogenen Augenbrauen, während er abnimmt und dann »Ich müsste dafür kurz in meine Unterlagen schauen« sagt. Da er das Haus ohne Ringordner verlassen hat, nehme ich an, dass unser Ausflug damit abgebrochen ist. Markus lässt meine Hand los und bedeckt kurz das Handy. »Geh schon mal vor, ich komme gleich nach«, raunt er mir zu und macht auf dem Absatz kehrt. Und ich stehe da und frage mich zum hundertsten Mal, warum Markus denn nicht einmal sein Handy zu Hause lassen und sich nur mit mir beschäftigen kann.

To-do-Liste:

- ~~Zum Bootsführerschein anmelden~~ – angemeldet worden
- Endlich jeden Tag zum Strand!
- Markus (mal wieder und dieses Mal endgültig) erklären, dass ich keine Steaks mag
- Meine Mutter besuchen

Im Dachzimmer in der »Nordwind«, 17. Juli

Paula,

»Geh zu ihr und lass Deinen Drachen steigen. Augen zu, dann siehst du nur diese eine, halt sie fest, und lass Deinen Drachen steigen.«

Weißt du noch, wie ich Dir nach unserem ersten Treffen diese Worte geschickt habe? Sie waren der Titelsong vom DEFA-Film »Die Legende von Paul und Paula«, an den ich sofort denken musste, als ich Dich zum ersten Mal traf und Du mir Deinen Namen gesagt hast. Die Paula zu meinem Paul. Ich konnte gar nicht glauben, dass Du wirklich so heißt. Du als Wessi kanntest weder den Film noch die Puhdys, die den Song singen. Fandest es nur witzig, dass wir Paul und Paula hießen. Als ich Dir irgendwann gestand, dass die Worte, die ich Dir geschickt hatte, nicht aus meiner Feder stammten, warst Du enttäuscht. Enttäuscht darüber, dass ich als Schriftsteller keine eigenen Worte fand, die ausdrückten, was ich für Dich empfinde. Nichts Maßgeschneidertes, nichts, was extra für Dich getextet wurde. Kein Gefühl, das ich nur für Dich gefühlt habe. Und dann noch als E-Mail. Das war nichts für Dich, Du Romantikerin, deren Maßstab für Liebe aus Opern wie La Bohème *oder* Tosca *stammte. Also die ganz große Liebe, das Drama, die Entbehrung und die schicksalhafte Verknüpfung zweier Menschenleben, die ohne einander nicht sein können. Dieses Alles oder Garnichts, nach dem Du Dein ganzes Leben leben wolltest. Die Wahrheit ist, es fiel mir immer schwer, Dir Briefe zu schreiben. Es ist, als ob all meine Fähigkeiten, Worte in Sätze und dann in Gedanken zu verwandeln, vor dieser Herausforderung haltmachten. Bin ich gut darin, Geschichten über andere Menschen zu schreiben? Ja. Also zumindest war ich es mal vor dieser nicht enden wollenden Schreibblockade. Ich kann die Emotionen anderer Menschen hervorragend skizzieren, kann ihnen Glück und Leid ins Leben diktieren – aber Dir zu erklären, was Du für mich bedeutest und was ich fühle, wenn ich in Deine Augen sehe, das fiel mir immer schwer. Irgendwie schon eine Ironie des Schicksals, dass es mir jetzt (zumindest ansatzweise) auf einmal gelingt und dafür die Geschichten ausbleiben, die ich sonst in allen Richtungen gewittert habe. Wie hast Du immer gesagt: Paul, ich wünschte, ich hätte Deine Fantasie. Tja, was soll ich sagen. Ich glaube, Du hast meine Fantasie beflügelt. Mit Dir konnte ich mir alles vorstellen. Es war wirklich, als würden die Geschichten nur so auf mich zufliegen. Jetzt, wo Du weg bist, ist alles, was bleibt, die Realität. Und nicht einmal die kann ich erfassen. Da, wo ich früher Schicksale und Charaktere sah, sehe ich heute nur Schatten. Als stünde ich hinter einem Vorhang, der mich vom echten Leben trennt. Und alle Menschen um mich herum geistern wie im Schattentheater über eine Bühne. Früher habe ich Stunden damit verbracht, mir Storys für den melancholisch dreinschauen-*

den Busfahrer oder das junge Pärchen an der Spreemauer mit der umgekippten Bierflasche vor sich zu überlegen – jetzt ist es, als wäre in meinem Kopf kein Platz mehr für irgendjemand anders. Für die Schicksale anderer Menschen. Für ihre Geschichten, für ihre Glücksmomente und ihre Traurigkeit. Stattdessen entweichen all die Worte, die ich Dir nie schrieb, wie Luft aus einem schlecht verschlossenen Luftballon. So, als wüsste ich nicht, dass es dafür eigentlich längst zu spät ist. Ich weiß, dass ich Dir oft genug gesagt habe, dass ich Dich liebe. Ich weiß, dass Du Dir meiner Liebe sicher warst, dass Du wusstest, wie viel ich für Dich empfinde. Aber wusstest Du auch, dass ich immer an Deinem Haar gerochen habe, bevor ich abends im Bett die Augen schloss? Wusstest Du, dass die kleinen grünen Sprenkel in Deinem rechten Auge mir jedes Mal Herzklopfen beschert haben, wenn ich meinen Blick auf sie gerichtet habe? Und dass manchmal, wenn Du auf der Bühne gestanden hast, so ganz in Deinem Element, eine Träne meine Wange hinunterlief, weil ich so ergriffen war? Ich wünschte, ich hätte Dir das alles gesagt und Dir nicht nur einen Songtext geschickt. Ich wünschte, ich könnte die Zeit zurückdrehen und noch einmal so glücklich sein, wie ich es war, wenn Du aus vollem Herzen über etwas lachen musstest.

Ich liebe und vermisse Dich
Dein Paul

P.S.: Natürlich habe ich gestern doch wieder kein Wort zu Papier gebracht. Es war wirklich frustrierend, ich bin so motiviert gewesen – und dann nichts. Das hat in mir eine richtige Wut ausgelöst, kriege ich denn gar nichts mehr auf die Reihe? Nie wieder? Ich weiß, dass es Dir total wichtig war, dass ich auch ohne Dich nach Rügen fahre. Und ja, irgendwie ist es besser, als zu Hause in unserer Wohnung zu sitzen. Heute war ich sogar am Strand, nachdem die nette Linda mich kurzerhand mitgenommen hatte, und für die kommende Woche habe ich mich dafür angemeldet, den Bootsführerschein zu machen. Das wollten wir doch immer, immer zusammen tun, seitdem wir damals bei unseren Freunden auf dem Segelboot eingeladen waren. Weißt Du noch, wie die beiden sagten, dass ich eine echte Begabung fürs Segeln hätte – ich müsse wohl in meinem früheren Leben ein Kapitän gewesen sein. Und Du das mit einem Kichern quittiert hattest?

Aber obwohl ich versuche, mich nicht vom Leben abzuschneiden, weiß ich einfach nicht, wie ich diese Schreibblockade durchbrechen kann. Die Worte wollen nicht raus. Sie wollen einfach nicht raus!

Kapitel 5

Unschlüssig stehe ich einen Moment lang auf dem Deich und beobachte, wie ein kleines Segelboot über den Bodden wippt. Die untergehende Sonne hat den Himmel in blau-pinke Streifen unterteilt und das Meer in ein sattes Orange getaucht. Ich schaue auf meine Armbanduhr und sehe, dass es kurz nach neun ist. Aber das hat Markus ja noch nie vom Arbeiten abgehalten. Immerhin, um diese Zeit sollte meine Mutter auf jeden Fall zu Hause sein. Eine kleine Gruppe Urlauber radelt an mir vorbei, und wir alle heben die Hände zum Gruß, auch wenn wir einander nicht kennen. Das gehört sich hier so, und vor allem Großstädter, die nur die Anonymität ihrer Mietshäuser kennen, in denen man oft nicht einmal genau weiß, wer über oder unter einem wohnt, begeistert diese Rüganer Freundlichkeit. Selbst wenn Rüganer ansonsten kein sehr zutrauliches Volk sind, das ist natürlich auch klar. Ich falle da, wie unser Fischer Fritz immer so schön sagt, ein wenig »aus der Art« mit meiner Offenheit und der Vorliebe, einfach darauf loszuplappern und mit jedem gleich ein Gespräch anzufangen. Na ja, ich und meine Mutter eben. Darin sind wir uns sehr ähnlich: Angst vor Fremden haben wir nun wirklich nicht.

Schnell laufe ich den Deich entlang und biege schließlich in Richtung Hafen ab. Schon von Weitem sehe ich, dass in dem kleinen Reethaus meiner Mutter noch Licht brennt. Als wir das Haus gebaut haben, wollte meine Mama unbedingt diese riesigen Fenster im Wohnzimmer. Deckenhoch. Zwar meckert sie jetzt jedes Mal darüber, wenn sie diese putzen muss, aber im Grunde genommen hatte sie recht. Denn durch die Fenster hat man von dem Haus aus einen unglaublich schönen Blick auf den kleinen Hafen und die Boddenlandschaft. Da das Reethaus ein paar Meter zur Pension versetzt steht, wird der Ausblick auch durch wirklich gar nichts eingeschränkt. Als sie beschloss, keine Vorhänge anzubringen (»Vorhänge? Dann hätten wir ja die großen Fenster nicht einzusetzen brauchen«, genau das waren ihre Worte), erntete sie von Christa und Fritz natürlich einen verständnislosen Blick. Und egal, wie oft und leidenschaftlich Christa meiner Mutter erklärte, dass keine Vorhänge aufzuhängen etwas für Menschen ohne Kultur oder ohne Geld für Vorhänge sei, sie ließ sich nicht davon abbringen. Die Konsequenz ist, dass man jetzt nur über die Hecke spähen muss, um zu sehen, was im Wohnzimmer meiner Mutter im Fernsehen läuft. »Na und? Ich habe doch nichts zu verbergen«, lautet ihr Kommentar dazu.

So ist meine Mutter: Sie hat einen starken Willen und lässt sich von niemandem reinreden. Ich glaube, dass man so wird, wenn man sein ganzes Leben ohne einen Partner lebt. Klar, sie hat immer auf mich Rücksicht genommen und darauf geachtet, dass es mir gut geht, aber im Grunde genommen führt meine Mutter das selbstbestimmteste Leben, das ich mir vorstellen kann. Sie trifft die Entscheidungen, sie fragt auch mal Menschen um Rat, aber das heißt noch lange nicht, dass sie diesen Rat dann wirklich berücksichtigt. Manchmal kann sie, was das angeht, ziemlich eigensinnig sein – und als ich in der Pubertät war, sind wir einige Male ganz schön aneinandergeraten. Denn ihre dominante Art führte hin und wieder dazu, dass ich mich manchmal bevormundet gefühlt habe. Sie wusste immer besser als ich, was gut für mich war. Welcher Sport, welche Hobbys, welche Freunde. Und hat mit ihrer Meinung nie hinterm Berg gehalten. Gleichzeitig habe ich ihr aber immer vertraut und glaube bis heute fest daran, dass sie nur das Beste für mich will und wollte. Und so sehr sie mir manchmal auch die Meinung zu Dingen gegeigt hat, sie hat mir dabei viel mehr Freiheiten gegeben, als die meisten meiner Freunde von ihren Eltern bekommen haben. Das lag natürlich schon daran, dass sie immer viel arbeiten musste. Und sie hat mir immer das Gefühl gegeben, dass sie voll und ganz an mich glaubt. Auch als ich darüber nachgedacht habe, ob ich die Pension wirklich kaufen soll, war sie die Erste, die mich ermutigt hat. Aber ihre Unterstützung war immer dann am größten, wenn sie auch an den Sinn des Vorhabens geglaubt hat – aber das ist ja vielleicht sowieso total normal. Immerhin wollen Eltern ja nun einmal das Beste für ihre Kinder und haben ihnen einiges an Lebenserfahrung voraus.

Ich nähere mich dem Gartentor und stelle fest, dass der Fernseher meiner Mama heute ausgeschaltet ist. Stattdessen sitzt sie auf dem Sofa und scheint sich angeregt zu unterhalten. Ihr Gesprächspartner hockt im Sessel und hat mir daher den Rücken zugewandt, daher kann ich nicht mal erkennen, ob es sich um einen Mann oder eine Frau handelt. Unwillkürlich bremse ich ab und lasse die Hand, die eben noch das Gartentor öffnen wollte, sinken. Vor ihrem Haus steht ein alter Volvo-Kombi, meinem eigenen gar nicht so unähnlich. Das Wappen auf dem Kennzeichen verrät, dass der Besucher aus Niedersachsen kommt. Braunschweig, um genau zu sein. Ich stutze. Kennen wir jemanden aus Braunschweig? Tatsächlich meine ich mich zu erinnern, dass wir früher, noch zu DDR-Zeiten, manchmal das ein oder andere Paket aus dem Westen bekommen haben – waren die nicht auch immer aus Braunschweig? Ich war deshalb davon ausgegangen, dass meine Mutter irgendein entferntes Familienmitglied dort hatte. Irgendjemand, der noch vor dem Mauerbau rübergemacht hatte. Ich denke angestrengt nach, ob wir uns darüber mal unterhalten haben, aber in meinem Kopf blinken nur Fragezeichen auf.

Meine Neugier ist nun allerdings geweckt, und die Frage, wer da auf dem Sessel im Wohnzimmer meiner Mutter sitzt, brennt mir förmlich auf den Nägeln. Andererseits: Hätte meine Mama Familienbesuch, dann hätte sie mich doch dazu eingeladen, oder? Stattdessen ist sie seit Wochen geradezu abgetaucht, und ich erwische sie ja, wenn überhaupt, höchstens für wenige Minuten morgens in der Bäckerei. Und selbst dann scheint sie in letzter Zeit immer etwas gedankenabwesend. Nicht unglücklich, nur eben so, als sei sie nicht richtig da und würde in irgendwelchen Erinnerungen schwelgen, zu denen ich keinen Zutritt habe.

Was, wenn sie tatsächlich einen Mann kennengelernt hat, dieser aus Braunschweig angereist ist und nun in ihrem Wohnzimmer sitzt? Wahrscheinlich hat der Besucher gar nichts mit den Westpaketen von früher zu tun. Warum glaube ich eigentlich, dass es ein Mann ist? Liegt bestimmt am Auto, fährt es mir durch den Kopf. Und daran, dass meine Mutter bei einer alten Freundin kein so riesiges Geheimnis darum machen würde. Am liebsten würde ich einfach an ihrer Tür klingeln, aber bestimmt wäre es ihr unangenehm, wenn ich jetzt einfach so in ihr Date platze. Denn seien wir mal ehrlich, hätte sie mir von ihrer Eroberung erzählen wollen, hätte sie das sicherlich getan.

Ich nehme meine Hand vom Gartentor und schleiche ein paar Schritte um die Hecke herum. Wenn ich auf die andere Seite des Grundstücks laufe, dann kann ich von dort aus erkennen, wer im Sessel hockt, überlege ich und bewege mich in geduckter Position weiter fort. Quasi ein wenig Ninja-Style, und das direkt an der Ostsee – bei diesem Gedanken muss ich ein wenig kichern. Zum Glück ist es mittlerweile dunkel geworden, sodass niemand meinen seltsamen Watschelgang sieht. Die zwei Gläser Rotwein, die ich schon intus habe, helfen meinem Gleichgewichtssinn auch nicht gerade.

Als ich eine halbe Runde um das Haus herumgeschlichen bin, nun deutlich näher am Pensionsgebäude, versuche ich, über die Hecke hinweg etwas zu erkennen. Was gar nicht so leicht ist, denn um auch wirklich noch den letzten potenziellen Eindringling abzuwehren, hat meine Mutter in ihre dichte Sanddornhecke zusätzlich noch eine Heckenrose dazwischengepflanzt. Große Fenster waren die eine Sache – aber ihr Grundstück wollte meine Mutter dann doch geschützt wissen! Das wird mir jetzt allerdings zum Verhängnis, als sich ein Dornenstrauch in meinem schönen beigen Feinstrickpullover verhakt. Ich versuche, mich vorsichtig aus den Fängen der Dornenhecke zu befreien, und verhake mich dabei allerdings auch noch an der Seite. Frustriert stelle ich fest, dass ich nun weder vor noch zurück komme. Da ich sowieso fürs Erste festhänge, ziehe ich die Büsche so gut es geht vorsichtig auseinander, um wenigstens endlich einen Blick auf den Menschen im Wohnzimmersessel zu erspähen. Dabei verbiege ich mich in eine Yoga-ähnliche Position, um meinen Pullover nicht völlig zu ruinieren. Während ich noch denke, dass da definitiv ein Mann sitzt (kann man an der Statur erkennen), verliere ich das Gleichgewicht und plumpse ungebremst in die Hecke. Ich unterdrücke im letzten Moment einen Schrei und versuche, mich augenblicklich wieder aufzurichten. Weil ich am Rücken aber immer noch festhänge, liege ich hier nun wie ein Käfer, der auf den Rücken gefallen ist.

Ausgerechnet in diesem Moment nähert sich von der »Nordwind« aus eine Gestalt. Das kann doch wohl nicht wahr sein! Wie sieht das denn aus? Wenn die Pensionschefin hier in der Hecke hängt wie ein Fisch in Fritzens Netz? Ich versuche, auf die Beine zu kommen, aber mein Pullover hält mich sanft zurück, und ich habe die Hoffnung noch nicht aufgegeben, hier irgendwie mit einem heilen Strickpulli aus der Angelegenheit zu kommen. Immerhin war der nicht gerade billig. Als die näher kommende Gestalt die kleine Laterne passiert, erkenne ich, dass es sich um Paul handelt. Mir bleibt aber auch nichts erspart! Offenbar hat er mich inzwischen auch gesehen, denn er kommt mit vorsichtigen Schritten weiter auf mich zu. So, als wolle er untersuchen, woher die seltsamen Raschelgeräusche kommen, die ich hier mit meiner abendlichen Amateursdetektivarbeit verursache.

»Linda, bist du das?«, höre ich ihn schließlich aus ein paar Metern Entfernung rufen.

»Schhhhhh«, zische ich, weil es alles ist, was mir einfällt, und natürlich weil es nicht sein muss, dass meine Mutter (und ihr unbekannter Begleiter) auch noch mitbekommen, dass ich in ihrer Hecke hänge, um ihnen nachzuspionieren.

Paul duckt sich instinktiv und schleicht nun ebenfalls zu mir herüber. »Ich hänge fest«, flüstere ich und zeige mit der Hand auf meinen Rücken.

»Wie ist das denn passiert?«, fragt Paul, und sein ahnungsloser Blick bezeugt, dass er mich nicht veralbert, sondern ernsthaft an einer Erklärung interessiert scheint.

»Ach weißt du, ich hänge öfter mal abends in Rosenhecken ab«, erwidere ich ironisch, »Ist der neue Entspannungstrend. Für Leute, denen das Relaxen schwerfällt und die man an Rosendornen geradezu festhaken muss.«

Er guckt mich stutzig an und grinst dann. Sein Grinsen steigert sich zu einem Kichern, und während ich mich noch frage, ob mein depressiver Schriftstellergast nun den Verstand verloren hat, muss ich – ob ich will oder nicht – mitkichern. Zu absurd muss das aussehen, wie ich hier hänge. Wir prusten eine Weile vor uns hin, und als unser Gekicher zu laut wird, zische ich wieder ein »Schhhhhhhhhh«. Davon muss Paul aber nur noch mehr kichern – und ich leider auch –, und schließlich japse ich unter Lachtränen: »Kannst du mich jetzt hier mal befreien bitte?!«

Er nickt eifrig und kommt dann ganz nah an meinen Rücken heran.

»Hast du ein Telefon? Ich bräuchte mal etwas Licht«, raunt er.

»Wenn ich da drankäme, würde ich hier nicht so festhängen«, kläre ich ihn auf und ernte damit ein weiteres Kichern. Die Situation ist so absurd komisch, dass mir erst nachdem Paul gefühlt bereits fünf Minuten an meinem Pullover herumzupft auffällt, wie außergewöhnlich es ist, dass dieser Mann plötzlich sein Lachen wiedergefunden hat. Ich verstumme bei dem Gedanken, und auch Paul, der sich voll und ganz darauf konzentriert, die Dornen Stück für Stück vom Strickpullover zu trennen, sagt nun kein Wort mehr. Ich spüre lediglich, wie seine Hände ab und zu an meinem Rücken tippen, und irgendwie löst das ein seltsames Gefühl in mir aus, das mir kleine Schauer über den Körper jagt. Wir sind uns so nah, dass ich ihn sogar riechen kann. Paul Schumann riecht nach einer Mischung aus Haarshampoo und Rotwein und irgendeinem Parfüm, in dem holzige Duftnoten enthalten sein müssen. In dem Moment, in dem ich spüre, wie der Druck am Rücken nachlässt und die Befreiung endlich geglückt ist, sehe ich, wie im Wohnzimmer bei meiner Mutter der unbekannte Gast aus dem Sessel aufsteht. Sofort ducke ich mich wieder und ziehe Paul mit mir herunter. Der Mann ist groß und hat leicht ergrautes, jedoch sehr volles Haar. Er müsste etwa im Alter meiner Mutter sein. Also doch! Meine Mutter hat einen Liebhaber!

»Wen observieren wir denn hier eigentlich?«, fragt Paul mich flüsternd von der Seite.

»Meine Mutter«, antworte ich ebenfalls leise, »die hat Herrenbesuch.«

Selbst im Dunkeln sehe ich, wie Pauls weiße Zähne hervorblitzen, während er lächelt. »Ist das schlimm?«

»Nur wenn sie das weiter vor mir verheimlicht«, platze ich heraus und ernte einen kritischen Blick.

»Meinst du nicht, deine Mutter ist alt genug? Und wer weiß, vielleicht will sie dir erst davon erzählen, wenn es was Ernstes ist …?«

Ich muss zugeben, dass Paul da natürlich völlig recht hat und beiße mir nun nachdenklich auf meine Unterlippe. »Nee«, sage ich dann schließlich, »Du kennst das Verhältnis nicht, das wir normalerweise haben. Wir erzählen einander alles. Meine Mutter und ich haben eine ganz besondere Beziehung, weil …«, ich verstumme auf einmal. Ich bin mal wieder viel zu redselig. Was interessiert das denn den armen gebeutelten Paul, was ich für ein Verhältnis zu meiner Mutter habe. Und dass mein Vater uns verlassen hat. Und dass ich in letzter Zeit wieder öfter daran denken muss.

Paul schaut mich fragend an. Dabei bemerke ich, was für schöne Augen er hat, schön und sehr traurig. Nur mühsam kann ich mich davon losreißen.

»Egal«, winke ich ab und drehe mich nun langsam von der Hecke weg. Soweit ich das richtig beobachtet habe, begleitet meine Mutter den großen Unbekannten jetzt zur Tür. Wir sollten uns also zügig aus dem Staub machen, auch wenn wir nicht direkt neben dem Gartentor hocken. Ich gehe ein paar Schritte und stolpere fast über eine Weinflasche.

»Ach meine Flasche«, ruft Paul prompt und dämpft dann gleich wieder seine Stimme, »die habe ich da abgestellt, als ich hier in der Hecke etwas hängen sah. Ich dachte ja erst, es handle sich um einen besonders großen Mader …«

Der Alkohol scheint Paul die Zunge und die Stimmung gelockert zu haben. Der Gute ist gar nicht mehr wiederzuerkennen – und ich freue mich darüber. Es ist einfach schön, ihn so entspannt zu sehen. Vor allem, da seine Augen so fröhlich aufblitzen, was ich sogar in der Dunkelheit bemerke – und was mir richtig gut gefällt.

Er greift schnell nach der Flasche und streckt sie mir dann entgegen. »Willst du einen Schluck? Auf den Schreck?«

Ich nicke, und nachdem ich die Flasche abgesetzt habe, laufen wir gemeinsam langsam zu der Terrasse vor der Pension.

Wir lassen uns auf die Stühle fallen und schauen dann beide gedankenverloren auf den Hafen.

»Wow, ich weiß nicht, wann ich das letzte Mal so sehr gelacht habe. Wann ich überhaupt gelacht habe«, unterbricht Pauls Stimme schließlich unser Schweigen.

»Wenn du dich nicht mehr erinnern kannst, ist es definitiv zu lange her …«, kommentiere ich nachdenklich.

»Das ist es wohl.«

»Wie machst du das, Linda? Du scheinst immer so gut gelaunt? So zufrieden …«, er schaut mich mit einer Mischung aus Bewunderung und Skepsis an.

»Warum auch nicht? Mein Leben ist doch wunderbar. Ich tue das, was ich immer wollte, an einem Ort, den ich liebe.«

»Selbst als Paula noch bei mir war und ich keine Schreibblockade hatte, war ich nie so zufrieden wie du.«

Ich sehe im Augenwinkel wie sich Paul die Augen reibt, und weiß nicht, ob das ein Zeichen von Müdigkeit oder Trauer ist. Es ist das erste Mal, dass er seine Frau erwähnt, und ich überlege fieberhaft, ob ich nachfragen soll, was passiert ist. In diesem Moment bemerke ich plötzlich, dass Markus auf uns zugelaufen kommt. Offenbar hat er das Problem von vorhin endlich gelöst. Mir wird klar, dass auch Paul die Ankunft meines Freundes nicht entgangen ist, denn sein Gesicht verfinstert sich schlagartig, und er geht ein Stückchen von mir weg. Bei seiner Größe ist Markus ja auch kaum zu übersehen. Ich gehe ein paar Schritte auf ihn zu und winke ihm. Als ich mich umdrehe, um ihn und Paul sozusagen offiziell einander vorzustellen, ist Paul Schumann bereits verschwunden.

To-do-Liste:

- Herausfinden, wer der fremde Mann bei meiner Mutter war!!!
- Paul und Markus einander vorstellen
- Meinen schönen Strickpulli flicken

Kapitel 6

Als ich am nächsten Morgen aufwache, liegen Markus' lange Beine zur Hälfte auf mir, und es kostet mich einige Kraft, mich aus diesem Klammergriff zu befreien. Ich schaue meinen selig schlafenden Freund an, wuschle ihm leicht durch seine blonden Haare und genieße den kurzen ruhigen Moment. Eigentlich schön, denke ich, dass er ausnahmsweise mal bei mir übernachtet hat. Wahrscheinlich ist das seine Art der Wiedergutmachung für den verpatzten Abend gestern.

Bei dem Gedanken an den gestrigen Abend, den unbekannten Besucher meiner Mutter und der Begegnung mit Paul legt sich meine Stirn aber schnell wieder in Falten. Warum? Ich weiß es nicht. Der große Unbekannte im Wohnzimmer meiner Mutter macht mich genauso nervös wie Paul Schumann – aus unterschiedlichen Gründen natürlich. Aber keine Ahnung, irgendwie habe ich plötzlich das Gefühl, dass große Veränderungen bevorstehen. Dass irgendetwas passieren wird, das mein Leben völlig durcheinanderbringen wird. Aus welcher Richtung genau diese Veränderung kommen wird, weiß ich noch nicht – aber ich spüre sie ganz genau. So wie man das nahende Sommergewitter an einem besonders schwülen Tag spürt. Ich weiß einfach, dass es kommt.

Auch wenn, anders als bei einem Gewitter, keine dunklen Wolken helfen, den genauen Zeitpunkt zu bestimmen. Ich fühle mich ahnungslos und voller Vorahnung zugleich. Da ist so ein Kribbeln in meinem Bauch, eine innere Unruhe, die sich plötzlich breitgemacht hat. Positiv oder negativ? Nicht mal das kann ich sagen. Auf einmal wünsche ich mir, dass ich einen kurzen Blick in die Zukunft erhaschen könnte, nur einen ganz kurzen Blick. Normalerweise lebe ich gerne im Hier und Jetzt, aber dieses Kribbeln macht mich nervös.

Ich schaue wieder auf Markus, der immer noch, hin und wieder unterbrochen von einem leichten Grunzen, tief und fest schlummert. Wo werden wir beide nach dieser Veränderung stehen? Was wird das mit uns machen? Wo treibt uns das alles hin? Und: Treibt es uns überhaupt in die gleiche Richtung?

Ich schüttle diese Gedanken schnell ab und atme tief ein und aus. Los, denke ich mir, wie sagt meine Mama immer? Linda, zerbrich dir nicht den Kopf über ungelegte Eier. Und recht hat sie! Ängstlich in die Zukunft zu sehen lähmt nur – was zählt ist der heutige Tag. Das Hier und Jetzt. Denn jeder Moment passiert nur einmal, und jede verschwendete Minute kommt nie mehr zurück. Inmitten meiner stummen Motivationsrede an mich selbst fällt mir ein, dass es ja heute am späten Nachmittag mit dem Kurs für den Bootsführerschein losgeht. Also überlege ich ab jetzt ganz pragmatisch, was ich dafür wohl am besten anziehe. Denn ich habe vorher noch so viel zu tun, dass ich es nicht schaffen werde, mich im Laufe des Tages noch einmal umzuziehen, bevor ich auf den Kahn hüpfe. Es wundert mich zwar ein wenig, dass wir sogar sofort aufs Boot gehen und nicht erst einmal nur die schnöde Theorie lernen, aber der Lehrer wird sich schon etwas dabei gedacht haben. Wahrscheinlich schauen wir uns zumindest für den Anfang einfach ein paar Dinge auf dem Boot an – der Lehrer wird schon nicht gleich zu einer Weltumsegelung aufrufen.

Ich stehe gähnend auf und öffne die Tür von meinem Kleiderschrank. Langsam gleitet mein Blick über die Regale. Normalerweise habe ich keine Probleme, mich morgens schnell für ein Outfit zu entscheiden, aber heute starre ich eine ganze Weile untätig auf mein Kleiderrepertoire – schließlich muss mein heutiges Outfit von der Pensionsarbeit bis zum Bootskurs alle Lebenslagen mitmachen. Schließlich ziehe ich meine halblange hellblaue Jeans und ein blau-weiß-gestreiftes T-Shirt aus dem Schrank. Ich streife mein Nachthemd ab und beginne, mich anzuziehen. Gerade als ich meinen BH geschlossen habe, klingelt Markus' Wecker. Er schreckt hoch und schaut mich dann verschlafen an.

»Oh«, murmelt er, »Das ist ja ein Ausblick am frühen Morgen!« Er deutet mir an, dass ich noch einmal zu ihm ins Bett kommen soll, und auch wenn ich eigentlich noch tausend Sachen zu tun habe, gebe ich mich in Anbetracht seines Hündchenblickes schließlich geschlagen. Außerdem, wie habe ich mir gerade selbst gepredigt: Lebe im Hier und Jetzt. Auch dieser Moment wird nur einmal existieren. Als wir gerade beginnen, uns zu küssen, klingelt allerdings mein Telefon. Und normalerweise würde ich nie (nie!) in so einer Situation abnehmen, aber ich sehe im Augenwinkel, dass es meine Mutter ist, die da gerade anruft. Also vertröste ich meinen Freund hektisch und nehme schnell ab, bevor sie auflegt und ich sie dann wieder tagelang nicht erreiche: »Mama, ich dachte schon, du bist untergetaucht«, begrüße ich sie vorwurfsvoll.

»Ach Mäuschen«, höre ich ihre vertraute Stimme, und sofort geht es mir besser, »ich hatte so viel zu tun in den letzten Tagen …«

Ja, denke ich, vor allem mit dem großen Unbekannten. »Warum? Was ist denn los bei dir?«, stelle ich mich ahnungslos. Gerade will ich einfach nur, dass sie von sich aus auf mich zukommt und mir klar heraus sagt, wer dieser Fremde in ihrem Wohnzimmer gestern Abend war.

»Ach, eigentlich nichts Besonderes. Die Hochzeit von Fritz junior und seiner Anne hält mich auf Trab. Und dann beliefere ich jetzt auch noch das Taun-Hövt in Groß Zicker …«

»Ich wollte gestern Abend bei dir vorbeikommen, aber du bist nicht ans Telefon gegangen«, unterbreche ich sie. Ich weiß ja leider nur viel zu genau, dass es nicht nur die Arbeit ist, die meine Mutter ablenkt und beschäftigt hält.

»Ja, das habe ich heute Morgen erst gesehen. Du, ich war so müde, ich bin ganz früh ins Bett gegangen …«

Mir klappt die Kinnlade herunter, als ich höre, wie meine Mama mich ohne zu zögern anschwindelt. Markus schaut mich fragend an, als er meinen Gesichtsausdruck sieht. Ich kann einfach nicht glauben, dass mich meine Mutter so schamlos anlügen würde. Das ist doch eigentlich gar nicht ihre Art. Normalerweise vertrauen wir einander blind. Ich habe sie noch nie belogen, selbst dann nicht, als ich in der Pubertät war und einigen Unsinn angestellt habe (so viel Unsinn man eben hier am Ende der Welt machen konnte).

»Ich fange heute mit meinem Bootsführerschein an«, höre ich mich wie automatisiert sagen. »Vielleicht schaffen wir es danach zum gemeinsamen Abendbrot?«

Sie zögert kurz und sagt dann: »Ich muss heute Abend mit Christa noch einmal das Menü für die Hochzeit durchgehen, ein anderes Mal Mäuschen, ich verspreche es dir.«

Ich zweifle keinen Moment daran, dass meine Mutter mich eben zum zweiten Mal in nur wenigen Minuten angelogen hat. Denn Christa hat sich für heute Abend freigenommen, um endlich die Buchhaltung für den kleinen Fischereibetrieb ihres Mannes zu machen, das weiß ich ganz genau. Und ich glaube kaum, dass sie Menü und Buchhaltung auf einmal schultern kann. Mama! Was ist bloß los mit dir? Ich kann es einfach nicht fassen.

Das Gespräch geht mir auch nicht aus dem Kopf, als ich mich am späten Nachmittag in Richtung Hafen aufmache, um mich an dem Treffpunkt zum Bootsführerscheinkurs einzufinden. Zu gerne hätte ich Christa auf das seltsame Verhalten meiner Mutter angesprochen, immerhin sind die beiden beste Freundinnen, und darum konnte es durchaus sein, dass meine Mutter Christa Dinge anvertraut, die sie mir nicht sagen konnte oder wollte. Aber da Christa neben ihrem normalen Tagesgeschäft auch noch einiges für den Abend vorbereiten musste, haben wir keine ruhige Minute für ein Gespräch unter vier Augen gefunden. Überhaupt hatte ich keine ruhige Minute an diesem stressigen Tag, an dem ich wegen des Kurses sogar noch weniger Zeit als sonst für meine üblichen Aufgaben hatte. Während ich mein Mittagessen im Stehen in der Küche verschlang, hatte Tamara mich besorgt gemustert und gefragt, ob ich mir nicht zu viel aufgeladen habe. Aber selbst da hatte ich keine Zeit für ein richtiges Gespräch, und so bleibe ich mit meinen Gedanken alleine und bin jetzt gar nicht mehr unglücklich, dass Markus mich zum Bootsführerschein angemeldet hat – immerhin eine willkommene Ablenkung!

Zu meiner Überraschung steht neben einem kleinen Grüppchen von vier Leuten auch Markus neben dem Segelboot, als ich im Hafen ankomme. Ich will ihn gerade überrascht fragen, was er hier macht und warum er nicht im Büro ist, als plötzlich Paul Schumann angelaufen kommt. »Ach was, Linda«, ruft er, »machst du auch einen Bootsführerschein?«

Ich nicke überrascht und bemerke Markus' kritischen Blick, der verrät, dass er von Paul Schumanns Gegenwart nicht gerade begeistert ist. Die Gelegenheit ist trotzdem günstig, und so stelle ich die beiden endlich einander vor: »Paul, das ist mein Freund Markus«, sage ich und deute auf Markus. Bevor die beiden Männer allerdings über eine kurze Begrüßung hinauskommen, unterbricht unser Lehrer Werner das allgemeine Rauschen aus den verschiedenen Gesprächen rund um uns.

»Joa«, sagt er, und sofort klingt das breit gezogene Plattdütsch durch, das Werner noch perfekt spricht. Werner, damals natürlich noch Herr Behnke, war früher Sport- und Mathelehrer an der Mönchgut-Gesamtschule, auf die Markus und ich gegangen sind (Markus in der Parallelklasse). Werner Behnke war immer ein super Lehrer, bei dem der Unterricht einen Riesenspaß gemacht hat – aber dem Leistung auch echt wichtig war. Dementsprechend stöhnten wir manchmal, wenn er mit einem Wahnsinnstempo durch den Stoff raste, egal, ob es um Sinuskurven oder den richtigen Schwung beim Kugelstoßen ging. Aber nett wie er ist, war er auch der Erste, der uns allen nach dem Abi das »Du« anbot.

»Willkommen zum Kurs für den Sportbootsführerschein See, alle Mann«, ruft Werner gut gelaunt in die Runde.

Zwar bin ich die einzige Frau unter den Kursteilnehmern, aber beleidigt bin ich von dieser Begrüßung nicht. Ich schaue freundlich zwischen den Teilnehmern hin und her und sehe dann auf einmal im Augenwinkel, wie Markus Paul weiterhin auffällig skeptisch beäugt. Richtig unter die Lupe scheint er ihn zu nehmen. Und ist dabei so konzentriert, dass er meinen Blick gar nicht bemerkt. Was hat Markus denn nur?

»Also, es sieht so aus«, erklärt Werner weiter, »ihr müsst auch einen Theoriekurs machen, um die theoretische Prüfung zu bestehen. Dat is' n bisschen wie bei der Fahrschule hier …« Während Werner uns etwas von Navigation, Seemannschaft, Seeschifffahrtsrecht und Wetterkunde erzählt und wie zu guten alten Schulzeiten mal wieder gleich durch alle Themengebiete gleichzeitig rast, schweifen meine Gedanken wieder zu dem seltsamen Telefonat mit meiner Mutter ab. Als Werner mich kurz darauf mit Namen anspricht, habe ich natürlich keine Ahnung, was er gerade gesagt hat.

Ich fühle mich plötzlich wieder wie im Matheunterricht und schaue ihn halb ahnungslos, halb entschuldigend an.

»Bei Linda musst du besonders streng sein«, ruft Markus gönnerisch lächelnd dazwischen, »die ist immer nur am Träumen. Glaub mir, ich kann ein Lied davon singen …«

Mir ist Markus' Kommentar ziemlich unangenehm, und natürlich entgeht mir Pauls Blick nicht, der ihn ebenfalls nicht besonders angebracht zu finden scheint. Aber im Gegensatz zu all meinen anderen männlichen Mitschülern lacht er nicht über die Bemerkung, ganz im Gegenteil, er sieht eher etwas wütend aus.

»Was machst du denn überhaupt hier?«, raune ich Markus zu. Immerhin hat er den Führerschein ja schon lange.

»Na, ich will dir helfen, du passt ja schon bei der Einführung nicht richtig auf.«

»So nu' mal Schluss mit dem Gesabbel, Kinners«, unterbricht Werner unser Geflüster, und ich könnte ihm gerade nicht dankbarer dafür sein. Mein Freund zeigt sich hier mal wieder von seiner schlimmsten Kontrollfreakseite. Und ich bin kurz davor, ihm gewaltig die Meinung zu geigen.

»Ich zeig' euch hüüt erst mal, wat wir auf so einem Kahn allet haben. Bringt ja nüscht, wenn ich euch dat allet theoretisch erkläre, und ihr versteht keen Woort, ne?«

Während die anderen Kursteilnehmer Werner brav auf das Segelboot folgen, hole ich tief Luft und halte dann Markus bestimmt an seinem Arm zurück. »Bei aller Liebe, ich brauche hier keinen Aufpasser. Geh du mal ins Büro zurück, ich schaffe das schon alleine.« Mein Freund schaut mich verdutzt an, da er einen solch scharfen Ton aber nicht von mir gewohnt ist, gehorcht er brav und verabschiedet sich ohne weitere Diskussion. Wenigstens das! Als ich kurz danach ebenfalls das Segelboot betrete, lächelt mir Paul aufmunternd zu, und ich beschließe, mich nun endlich voll und ganz auf den Unterricht mit Werner zu konzentrieren.

Nachdem unser Lehrer uns ein bisschen Grundwissen zu Booten, ihrer Ausstattung und Zubehör vermittelt und alles genau gezeigt hat, geht es in den kleinen Schulungsraum, der sich in dem Hafengebäude befindet. Der Geruch von Fisch und Algen strömt uns entgegen, und während die Touristen ihre Mienen verziehen, macht mir dieses vertraute Aroma gar nichts aus. Wir setzen uns an die kleinen Tische, und wie selbstverständlich hockt sich Paul neben mich. Bevor es losgeht, reißt Werner noch mit Schwung die Fenster auf – und zu meiner Freude kann ich vom Unterrichtsraum aus meine Pension erkennen, wie sie in der Nachmittagssonne leuchtet. Bei diesem schönen Anblick macht mir der Kurs gleich noch viel mehr Spaß, und dann beginnen wir auch schon mit dem theoretischen Unterricht.

Als wir gegen halb neun wieder aus dem Hafengebäude taumeln, haben wir einiges über Segel- und Motorboote gelernt. Werner hatte nicht übertrieben, als er gesagt hatte, dass er den Theorieteil so schnell wie möglich hinter sich bringen wolle: Er ist durch die Themen gerast wie ein Schnellboot. Glücklicherweise fiel es mir aber gar nicht schwer, dem Unterricht zu folgen. Was wohl auch daran liegt, dass ich schon so oft bei Markus auf dem Segelboot mitgefahren bin und er nie müde wird, mir alles, was er dort tut, im Detail zu erklären (was vor allem dann nerven kann, wenn ich mich viel lieber schön auf dem Bug sonnen würde, anstatt einer Markus-Lektion zu lauschen).

»Also an diesen Dialekt muss ich mich erst noch gewöhnen«, murmelt Paul, als wir gemeinsam zurück zur Pension schlendern. Schon in unserer kleinen Unterrichtspause musste ich ihm erst mal ein paar Begriffe erklären, die nur Norddeutsche verstehen.

»Am besten wäre, du belegst noch einen weiteren Kurs in Plattdütsch …«, sage ich dann grinsend. »Aber du hast schon recht, leicht ist Werner nicht zu verstehen. Und dann ist er auch noch durch die Themen gerast wie ein D-Zug. Jetzt haben wir uns aber wirklich ein Glas Wein verdient«, füge ich dann seufzend hinzu.

Paul nickt langsam, und ich habe das Gefühl, dass er noch etwas sagen will, sich dann aber auf die Zunge beißt.

Ich schaue kurz auf mein Handy und sehe, dass Markus mich bereits angerufen und mir eine Nachricht geschrieben hat. Kurz entschlossen klicke ich beides weg und stecke das Telefon wieder in meine Tasche. Der kann ruhig noch etwas schmoren, so wie er sich vorhin benommen hat, denke ich und merke doch, dass meine Wut längst verflogen ist. Ich weiß ja, dass er es eigentlich nur gut meint und mich mit ganzen Kräften unterstützen will. Und irgendwie ist es ja total süß, dass er sich extra freigenommen hat, um mich beim Kurs zu begleiten. Vor der Pension sitzen einige meiner Gäste, und ich lasse es mir nicht nehmen, eine kleine Runde zu machen und mit jedem ein bisschen zu schwatzen. Paul setzt sich währenddessen bereits an den äußersten Tisch und beginnt emsig, etwas zu schreiben. Ich geselle mich kurz darauf dazu und frage ihn neugierig, woran er arbeitet.

»Ich sitze an einem neuen Roman«, beginnt er langsam zu erklären und zeigt auf das Papier, auf dem mehrere Namen stehen, die er mit Verbindungslinien verknüpft hat.

»Und das sind deine Figuren?«, schlussfolgere ich. Bevor Paul antworten kann, bringt Tamara, die heute die Spätschicht übernimmt, uns den bestellten Grauburgunder an den Tisch, und wir bedanken uns im Chor. Sie nickt kurz und zwinkert mir dann verschmitzt zu, was Paul zum Glück nicht bemerkt – dann bleibt sie erwartungsvoll am Tisch stehen, als würde sie hoffen, dass wir ihr erzählen, was wir heute alles gelernt haben. Was ich sofort unterbinde, indem ich meine Kollegin sanft wegschiebe.

»Genau«, sagt Paul mit Blick auf seine Aufzeichnungen. »Ganz am Anfang überlege ich mir, über welche Charaktere ich schreiben möchte. Erst danach denke ich darüber nach, welche Geschichte diejenigen verbindet.«

»Das ist aber ungewöhnlich oder? Ich dachte, man fängt mit der Geschichte an, die man erzählen möchte. Nicht umgekehrt …«

»Das geht natürlich auch. Es kommt eben immer darauf an, wodurch ich genau inspiriert wurde. In diesem speziellen Fall hier sind es die Figuren, die mich so inspirieren. Ich möchte Persönlichkeiten schaffen, die vielseitig sind. Die überraschen und trotzdem, wenn man das so sagen kann, Sinn machen. Ganz so wie echte Menschen eben.«

»Was heißt das denn ›Sinn machen‹? Wann machen Menschen für dich Sinn?«

»Na ja, du zum Beispiel, Linda …«

Ich schaue ihn skeptisch an. »Ja?«

»Du hast ein großes Herz. Du kümmerst dich gerne um Menschen und bist auch gerne in Gesellschaft. Also macht es Sinn, dass du in der Gastwirtschaft arbeitest. Und eben nicht alleine in einem verschlossenen Büro.«

Ich höre ihm gespannt zu. »Und was ist überraschend an mir?«, frage ich weiter.

»Na ja«, murmelt er verlegen und grinst, »so gut kenne ich dich ja noch nicht.«

Ich lächle ebenfalls.

»Aber sagen wir mal so, als du gestern Abend in der Hecke hingst, war das schon überraschend …«

Jetzt muss ich laut loslachen. »War wohl nicht gerade die beste Idee, meiner Mutter hinterherzuspionieren. Eigentlich sollte mich mein Freund Markus ja auch begleiten. Aber der musste im letzten Moment noch etwas für die Arbeit machen. Er ist ein bisschen so ein Workaholic.«

»Dein Freund ist auch etwas Überraschendes an dir«, sagt Paul plötzlich, und ich schaue ihn verdattert an. Was meint er denn bloß damit?

»Inwiefern?«, frage ich ihn.

»Findest du, dass ihr gut zusammenpasst?«, fragt Paul und drückt sich so vor einer Antwort.

»Ähm, warum nicht?«

Er zuckt mit den Schultern. Auf einmal fühle ich mich etwas unbehaglich. Warum hat Paul das gesagt?

»Das ist aber nicht nett. Erst so etwas in den Raum zu werfen und dann nur mit den Schultern zu zucken«, sage ich entschlossen, nachdem wir uns einige Sekunden, gefühlte Minuten, einfach nur angeschwiegen haben.

»Es ist nur, dein Freund wirkt etwas trocken und nicht gerade wie jemand, der über eine hohe emotionale Intelligenz verfügt. Eben ganz im Gegensatz zu dir. Ihr scheint mir doch sehr unterschiedlich zu sein.«

Ich starre Paul wütend an. Wie kann er so etwas sagen? Was fällt ihm ein? Warum mischt er sich so in mein Leben ein? Und dann, ohne weiter nachzudenken, platze ich heraus: »Ich glaube nicht, dass jemand, dem offensichtlich gerade die Frau weggelaufen ist, solche Beziehungsanalysen durchführen sollte!«

Baam. Das sitzt. Nun ist es Paul, der mich völlig entgeistert anschaut. »Du glaubst, dass Paula mir weggelaufen ist?«, sagt er schließlich langsam, und seine Stimme nimmt einen fast schrillen Ton an. Für einen Moment herrscht eisiges Schweigen. Dann springt er auf und schmettert mir entgegen: »Paula ist nicht weggelaufen. Paula ist tot!« Paul macht auf dem Absatz kehrt und rennt los.

Ich spüre, wie mich alle anderen Gäste anstarren. Wie mir die Röte ins Gesicht schießt. Es fühlt sich an, als hätten meine Ohren Feuer gefangen.

Paula ist tot. Jedes Wort fühlt sich an wie spitze Nadeln, die einen unerwartet stechen.

Tamara steht auf einmal neben mir und sieht Paul entgeistert nach, weil sie wie alle anderen Menschen um mich herum jedes einzelne Wort gehört hat.

»Um Gottes willen«, flüstere ich, »Warum habe ich nicht einfach meine Klappe gehalten?«

»Seine Frau ist tot?«, fragt Tamara weiter, und auch ihr steht der Schreck im Gesicht geschrieben.

»Das ist so furchtbar, aber das konnte ich ja nicht ahnen«, ich halte mir voller Entsetzen die Hand vor den Mund, »O Gott, hätte ich bloß nichts gesagt«, stammle ich weiter. »Ich war nur so wütend, dass er so schlecht über Markus gesprochen hat ...«

»Warum hat er denn schlecht über Markus geredet?«

Ich schüttle mit dem Kopf. »Ach, keine Ahnung. Ich weiß auch gar nicht, wie das Gespräch so aus dem Ruder laufen konnte.«

»Aber er kennt doch Markus gar nicht.«

»Eben! Deswegen war ich ja auch so wütend. Aber jetzt habe ich alles noch schlimmer gemacht. Jetzt redet Paul wahrscheinlich nie wieder ein Wort mit mir!«

Tamara tätschelt mir nun beruhigend die Schulter. »Das konntest du doch nicht wissen. Also dass seine Frau nicht abgehauen ist, sondern ...«, sie stockt, und ich schaue sie jetzt noch besorgter an. Tamara sprachlos? Das habe ich noch nie erlebt. »Mach dir bitte keine Vorwürfe Linda ...«, spricht sie schließlich weiter.

Ich bin dankbar, dass Tamara versucht, mich zu beruhigen und ich hier nicht alleine den Blicken der Gäste ausgesetzt bin – auch wenn es bei einem Versuch bleibt, denn im Moment kann ich mich einfach nicht beruhigen. Verwirrt streiche ich mir mit der Hand über die Stirn. Das habe ich verbockt. So viel ist klar. Auch wenn es nicht okay war, wie Paul über Markus gelästert hat. Ich hätte einfach cool bleiben sollen. Unwillkürlich muss ich laut aufseufzen.

Was ist nur los mit mir? Das ist alles so gar nicht meine Art.

Immer noch spüre ich die Blicke der Gäste. Gerade fühle ich mich, als stünde ich hier draußen nackt herum. Als würden mich alle ganz genau beobachten und darauf lauern, was jetzt als Nächstes passiert. So eine Art Live-Telenovela. Um dieser Show, in der ich ja inzwischen die einzige Darstellerin bin, zu entkommen, schnappe ich mir kurzerhand die Weinflasche und laufe dann mit eingezogenem Kopf zu meiner Wohnung in der Hoffnung, dass mich auf dem Weg ja keiner der Gäste anspricht. An der Tür angekommen, halte ich mit dem Schlüssel in der Hand inne und starre eine ganze Weile auf die Tür des Nachbarzimmers. Für einen kurzen Moment ziehe ich in Erwägung, anzuklopfen und das mit Paul sofort zu klären. Ich schaffe solche Dinge lieber schnell aus der Welt – ich hasse es, wenn solche Streitigkeiten wie Gewitterwolken in der Luft hängen. Aber mein Verstand (ach, hallo?! Wo warst du denn eigentlich vor zehn Minuten?) erinnert mich daran, dass das jetzt ganz sicher keine gute Idee ist. Wahrscheinlich ist Paul viel zu aufgeregt, als dass auch nur eines meiner gut gemeinten Worte bei ihm ankommen würde. Ich schüttle leicht den Kopf und schließe dann meine Tür auf.

Kurz bevor ich sie allerdings wieder zumache, höre ich, wie auf einmal schwere Klavierakkorde aus Pauls Zimmer hinüber zu mir klingen. Ich halte noch einen kurzen Moment inne und lausche angestrengt. Ein Schlagzeug setzt ein. Kraftvoll. Paul scheint die Musik auf Anschlag gedreht zu haben. »Geh zu ihr und lass deinen Drachen steigen.«

Na klar, Paul und Paula. Für einen Moment schließe ich die Augen. Natürlich kenne ich den Puhdys-Song, den Titelsong vom berühmten Film »Paul und Paula« (den ich selbst bestimmt zwanzigmal gesehen habe) auch in und auswendig. Das war so etwas wie eine DDR-Hymne. Und natürlich macht es total Sinn, dass Paul dieses Lied an seine verstorbene Frau Paula erinnert. Und wie schicksalhaft ist es eigentlich, dass auch die Paula im Film am Ende stirbt? Ich lehne meine Stirn kurz an die kühle Flurwand und lausche dem eindringlichen Rhythmus und der rauchigen Stimme von Dieter »Maschine« Birr, dem Sänger der Puhdys.

»Augen zu, dann siehst du nur diese eine, halt sie fest und lass deinen Drachen steigen.« Dann schaue ich auf meine Weinflasche, nehme einen großen Schluck und verkrieche mich schließlich in meiner Wohnung. Verzweifelt versuche ich, mich mit einem Film im Fernsehen abzulenken – doch die Musik schallt weiter und weiter durch meine Wände.

To-do-Liste:

- den Kurs für den Bootsführerschein weitermachen, obwohl ich gerade am liebsten das Handtuch werfen würde
- mit Paul sprechen! Mit Paul sprechen!!!

Dachzimmer, »Nordwind« am 19. Juli

Geliebte Paula,

ich weiß gar nicht, wo ich anfangen soll. Seitdem Du von mir gegangen bist, habe ich Dir jeden Tag geschrieben. Jeden einzelnen Tag. Meistens abends, wenn die Welt langsam stiller wurde, aber die Gedanken in meinem Kopf nach wie vor Achterbahn fuhren und ich einfach keine Ruhe finden konnte. Gestern Abend habe ich es zum ersten Mal vergessen. Ich habe schlichtweg nicht daran gedacht, Dir einen Brief zu schreiben!

Das heißt, das stimmt so nicht: Ich habe daran gedacht. Ich war auf dem Weg in den Hafen, wo ich mich auf dem Steg unter der großen Laterne niederlassen wollte, um Dir zu schreiben. Um mit Dir auf die einzige Art, die es noch gibt, in Kontakt zu treten. Um wenigstens ein bisschen Nähe zu Dir zu spüren. Um mich wenigstens eine Stunde am Tag nicht so alleine zu fühlen wie den Rest der quälenden 23 Stunden ohne Dich. Dann traf ich Linda auf dem Weg, sie hing in der Rosenhecke ihrer Mutter fest, und ich … ach, das ist eigentlich auch egal. Fakt ist, ich habe Dir nicht geschrieben. Ich bin leicht beschwipst ins Bett gefallen und habe nicht mehr daran gedacht. Es war wahrscheinlich das erste Mal seit fast zwei Jahren, dass ich eine ganze Weile nicht an Dich gedacht habe. Das erste Mal, seitdem dieser Scheißkrebs Dich so plötzlich und endgültig aus meinem Leben gezerrt hat. Es macht mir Angst, dass ich es vergessen habe. Es macht mir Angst, dass dieser stechende Schmerz sich irgendwann in eine schmerzliche Erinnerung verwandeln könnte. Nicht mehr und nicht weniger. Das fühlt sich an, als würde ich Dich ein weiteres Mal verlieren. Endgültig verlieren. Das wurde mir schlagartig klar, als ich mich eben mit Linda gestritten habe. Ich bin ihr nicht wirklich böse, sie konnte ja nicht wissen, dass Du gestorben bist. Und ich habe mit meinem Urteil über ihren Freund ganz bestimmt eine Meinung geäußert, die mir nicht zusteht. Aber mit ihr fühlte sich das Leben plötzlich für kurze Momente wieder so normal an – jetzt, wo sie weiß, was passiert ist, wird das vorbei sein. Jetzt weiß Linda, dass Du gestorben bist, und sie wird mich mit dem gleichen mitleidigen Blick anschauen wie alle anderen Menschen, die um mein Schicksal wissen. Sie wird mich in Watte packen und auf Eiern laufen. Ich werde nicht mehr Paul sein, sondern Paul der Witwer. Paul, dem etwas Schreckliches passiert ist. Und ja, einerseits will ich das auch, denn ich selbst definiere mich ja ausschließlich über den Verlust. Andererseits war es schön, zumindest ein paar Momente lang mehr als die kombinierte Masse meines Unglücks zu sein. Verheddere ich mich in meinen Gedanken, oder verstehst Du, was ich meine? Ich wünschte, Du wärst hier. Ich wünschte, ich könnte Dich wenigstens anrufen und um Rat fragen. Niemand kannte mich so gut wie Du, vor niemandem war ich so sehr ich selbst. Du hast mich zu einem besseren Menschen gemacht. Weil Du mir mit Deinem Rat zur Seite standst, weil Du mir immer geholfen hast, einen Weg zu finden. Und sei es auch nur, manchmal ein wenig netter zu anderen Menschen zu sein. Ihre Sicht auf die Dinge zu verstehen. Du hast mir mal gesagt, ich sei der beste Mensch, den Du je getroffen hast und dass Du Dich wegen meiner Einfühlsamkeit in mich verliebt hättest. Aber bin ich das wirklich ohne Dich? Vielleicht haben Du, Deine Liebe, der Wunsch, Dir zu gefallen, mich überhaupt erst dazu gemacht. Erst mit Deiner Hilfe konnte ich mich in andere Menschen hineinversetzen, ihre Sorgen und Ängste nachvollziehen. Anstatt mich immer nur mit mir selbst zu beschäftigen. Aber was jetzt? Ich kenne mich doch gar nicht mehr ohne Dich! Wer bin ich eigentlich? Wenn ich jemals irgendwie wieder in diesem Leben ankommen will (will ich das?), muss ich das erst einmal herausfinden. Aber wie?

O Paula, ich wünschte, Du wärst hier. Du warst nicht nur meine Frau, Du warst doch auch meine beste Freundin, meine Vertraute. Meine zweite Hälfte, die Antwort auf meine Fragen. Das Dach, unter das ich mich gestellt habe, wenn es geregnet hat. Und die Hand, die ich ergriffen habe, wenn ich zu fallen drohte.

»Augen zu, dann siehst du nur diese eine. Halt sie fest und lass Deinen Drachen steigen«

Ich sehe immer nur Dich, Paula, aber ich habe das Gefühl, Du stehst auf einem Boot und entfernst Dich langsam von mir. Bleib!

Dein Paul

Kapitel 7

Irgendwann gegen ein oder zwei Uhr nachts halte ich es nicht mehr aus. Paul spielt das Lied immer noch in Endlosschleife, und langsam frage ich mich, ob er das mit Absicht tut, damit ich nicht schlafen kann und mir stattdessen über meinen unbedachten Kommentar den Kopf zerbrechen muss. Ich quäle mich todmüde (und ein wenig schummrig von dem Wein, den ich getrunken habe) aus meinem Bett und beginne, ein paar Sachen in meine kleine Reisetasche zu werfen, die ich morgen brauchen könnte. Dann schnappe ich mir den Schlüssel für Markus' Haus, der sonst meist unberührt in einer kleinen Schale neben meiner Tür liegt.

Bevor ich meine Wohnung verlasse, werfe ich noch einen kurzen Blick in den Spiegel und seufze beim Anblick meiner grauen Augenringe. Überhaupt, ich sehe aus wie hundert! Ich streiche mir mit den Fingerkuppen über meine Wangenknochen und ziehe dabei eine seltsame Grimasse. Dann drehe ich mich um und greife nach meiner Reisetasche. Die Wohnungstür ziehe ich leise hinter mir zu, obwohl das nicht nötig ist, denn »Geh zu ihr« echot laut über den Flur und übertönt jedes andere Geräusch. Ich hoffe nur, die Gäste in den Stockwerken unter uns werden davon nicht gestört. Wenn das morgen so weitergeht, werde ich Paul auffordern müssen, die Musikanlage etwas herunterzufahren. Auch wenn ich jetzt weiß, was ihm so das Herz gebrochen hat, und alles, wirklich alles, dafür tun würde, um ihm zu helfen – ich kann ja schlecht von meinen Gästen erwarten, in ihrem wohlverdienten Urlaub solch einen Lärm hinzunehmen. Abgesehen davon, dass ich mir nicht sicher bin, dass dieses exzessive Hören ein und desselben Liedes Paul irgendwie weiterhilft.

Draußen ist es kühler, als ich gedacht habe (immerhin spüre ich dank der kalten Luft die Wirkung des Weins nicht mehr), und ich mache schnell den Reißverschluss meiner Jacke zu. Wie in den Sommernächten hier oben im Norden üblich, ist es nicht richtig dunkel geworden, und ich kann ohne Probleme die Umrisse der Schiffe im Hafen erkennen. Die Fahnen der Boote flattern aufgeregt im auflandigen Wind. Ein paar Schwäne wippen davon völlig unbeeindruckt auf den kleinen kurzen Wellen hin und her, die Köpfe tief in ihr Gefieder gesteckt. Ich laufe den Weg in Richtung Deich entlang und merke, wie die Spannung ein wenig aus meinem Körper weicht.

Aber erst als ich Markus' Haus betrete, nein, erst als ich mich vorsichtig in seinem Bett an ihn kuschle und er im halb wachen Zustand meine Hand drückt, fühle ich mich irgendwie erleichtert. Doch schon im nächsten Moment zieht sich Markus auf seine Seite zurück, und ich fühle mich noch einsamer als zuvor. Ich rolle mich unter der Decke zusammen und falle kurz danach in einen tiefen, traumlosen Schlaf.

Als ich am nächsten Tag wach werde, liegt statt meinem Freund ein Zettel auf dem Kissen neben mir. »Schlaf dich mal aus, Linda, ich liebe Dich! P.S.: Frühstück steht in der Küche.« Mein Blick fällt auf die Uhr, und ich stelle fassungslos fest, dass es bereits kurz vor zehn ist. Ich glaube, so lange habe ich seit meiner Teenagerzeit nicht mehr geschlafen. Entsetzt springe ich aus dem Bett, und ein stechender Kopfschmerz wirft mich fast augenblicklich zurück in die Kissen. »Aua«, jammere ich leise und reibe mir mit den Fingern über die Schläfen. Und auch so verkatert war ich lange schon nicht mehr. Dabei habe ich die Weinflasche nicht einmal geleert. Aber ein paar Gläser mehr als sonst reichen bei mir anscheinend schon für ein schmerzhaftes Nachspiel.

Ich ziehe mir mein helles T-Shirt, einen blau-weiß gepunkteten Rock und eine leichte roséfarbene Strickjacke an und gehe dann langsam und immer noch leicht schwankend in die offene Küche. Markus hat mir liebevoll einen Teller arrangiert, auf dem neben ein paar frischen Erdbeeren und Weintrauben auch ein Croissant und ein bisschen Weichkäse liegen. Ich bin ganz beeindruckt, dass er sich so viel Mühe gemacht hat. Und sogar den Teller so liebevoll dekoriert hat – das ist eigentlich gar nicht typisch für ihn. Er hat wohl kapiert, dass seine Aktion gestern Abend daneben war – denn so etwas macht Markus sonst nie. Irgendwie süß, denke ich. Gleichzeitig kann ich mich trotzdem nicht recht darüber freuen.

Ich starre auf das Bild von uns, das auf seiner Kommode im Wohnzimmer steht. Wir beide stehen vor der Pension, und ich lächle mehr als er. Markus sieht aus, als wäre er bei einem offiziellen Geschäftstermin. Den Kragen seines Poloshirts hochgestellt. Und obwohl er seinen Arm um mich gelegt hat, hat seine Körperhaltung etwas Distanziertes. Oder vielleicht bin ich es, die sich nicht wirklich an ihn schmiegt. Als würde zwischen uns eine unsichtbare Wand stehen, die uns davon abhält, einander wirklich nahzukommen. Dieses »Verschmelzen«, das man sich in der Liebe so vorstellt, das haben wir nie erlebt. Irgendetwas fehlt, denke ich plötzlich. Irgendetwas fehlt schon lange. Oder vielleicht schon immer? Denn mein Leben könnte eigentlich perfekt sein – und es fühlt sich trotzdem nicht so an. In diesem Moment gestehe ich mir das zum ersten Mal ein.

Das Schreien einer Möwe direkt vor dem Küchenfenster reißt mich aus meinen Gedanken. Markus hat die Eigenart, die Möwen hier manchmal zu füttern, und nun kommt eine von ihnen, ein besonders hartnäckiger Vogel, regelmäßig angeflogen, um ein paar Brotkrümel zu ergattern. Die Möwe landet elegant auf dem Fensterbrett und schaut mich neugierig und ein bisschen fragend an. Eigentlich meckere ich sonst immer, wenn Markus die Möwe füttert, so verlernen sie ja schließlich, sich selbst Futter zu suchen, aber heute gehe ich langsam auf sie zu und öffne dann ganz vorsichtig das Küchenfenster. Ich werfe ihr ein kleines Stück von meinem Croissant vor den Schnabel. Sie flattert aufgeregt, schnappt sich den Leckerbissen und fliegt dann in hohem Bogen wieder in Richtung Bodden.

Einen Moment lang schaue ich ihr nach und frage mich, wo sie jetzt wohl hinfliegt. Falls sie überhaupt eine »sie« ist. Und wenn ja, ob sie vielleicht irgendwo kleine Möwenküken zu versorgen hat. Und wie es überhaupt wäre, wenn man da noch jemanden zu versorgen hätte. Und ob es vielleicht das ist, was mir fehlt? Dann drehe ich mich langsam zu Markus' modernem Kaffeeautomaten und mache mir einen Espresso. Mein Handy piept auf einmal, und ich sehe, dass eine Nachricht von Tamara eingetroffen ist: »Alles okay in Santa Fe aka ›Nordwind‹. Komm einfach, wenn Du ausgeschlafen hast (auch wenn das erst abends ist ;-).«

Beim Lesen muss ich grinsen und bin wieder einmal froh, dass ich Tamara vor all den Jahren eine Chance gegeben habe, obwohl ihr Deutsch damals mehr als dürftig war. Die Wahrheit ist aber auch, dass ich, bevor Tamara damals in meine Pension gerauscht ist (anders kann man es nicht sagen, denn am Tag ihres Vorstellungsgesprächs schüttete es wie aus Kübeln – und dass sie trotzdem mit dem Fahrrad zu unserem Termin geradelt war, war das Erste an Tamara, das mich extrem beeindruckt hat), mehrere Monate lang nach einem Mitarbeiter gesucht habe, aber alle Bewerber aus der Gegend mir entweder zu unfreundlich oder zu träge waren. Tamara hingegen kam zwar klatschnass, aber so voller Energie auf mich zu, dass ich erst nach einer ganzen Weile bemerkte, wie dürftig ihr Deutsch wirklich war. Aber da hatte sie mir schon Bilder ihrer Tochter, damals noch ein Baby, gezeigt, mir erzählt, welche Hollywoodstreifen sie liebt, und damit irgendwie mein Herz erobert. Gott sei Dank. Innerhalb weniger Monate hatte sie die wichtigsten Begriffe drauf. Nach ihrer Arbeit in der Pension setzte sie sich zu Hause hin und lernte Deutsch in einem Onlinekurs. Und nach gerade mal etwa einem Jahr war ihr Deutsch so gut, als würde sie schon mehrere Jahre hier leben. Tamara arbeitete außerdem mit vollem Einsatz. Nie zog sie ein Gesicht, wenn ich sie kurz vor dem Ende ihrer Schicht noch um etwas bat – was sich eben in der stressigen Hochsaison manchmal nicht vermeiden lässt. Sie war extrem fleißig, und das Tollste war: Sie dachte selbst mit. Als wäre die Pension ihr genauso wichtig wie mir. Wirklich, ohne Tamara würde hier nichts so reibungslos laufen. Denn ja, ich habe einen Blick für die Details, aber manchmal verliere ich mich auch in ihnen. Tamara hingegen behält immer den Überblick und weist mich freundlich darauf hin, wenn ich mich mal wieder verheddere. Besser noch, meistens gleicht sie es aus, ohne überhaupt nur ein Wort darüber zu verlieren. Und dafür liebe ich sie! Vor einem Jahr konnte ich ihr endlich das Gehalt deutlich erhöhen und mich somit ein wenig für ihre harte Arbeit und ihr Engagement bedanken.

Nachdenklich schaue ich auf das Croissant in meiner Hand und lege es dann wieder auf den Teller. Stattdessen nehme ich mir ein paar Erdbeeren und die Weintrauben. Ich fülle sie in eine Schale und gehe nach draußen, wo ich mich auf die Holzbank vor dem Deich fallen lasse. In der Ferne sehe ich, wie motivierte Urlauber schon in voller Montur auf ihren Fahrrädern gegen den Wind strampeln. Und davon gibt es heute mehr als genug – vom Wind, meine ich natürlich. So ist das hier bei uns an der Ostsee, einen Tag Hochsommer, am nächsten fast Herbst. Ich ziehe meine dünne Strickjacke etwas enger um meinen Körper und spüre plötzlich das dringende Bedürfnis, mir die Wellen am Strand anzuschauen. Jeden Tag ein bisschen Meer, oder?

Und dann ist er wieder da. Der Gedanke an Paul. Was er jetzt wohl macht? Ob er immer noch »Geh zu ihr« in Endlosschleife hört? Ich schiebe mir eine Weintraube in den Mund und kaue sie langsam und bedächtig. So lange, bis ich nur noch eine flüssige Masse im Mund habe. Dann schlucke ich schwer und habe das Gefühl, nie wieder aufstehen zu können. Als würde mich die Angst davor, in die Pension und damit auch zu Paul zurückzukehren, geradezu lähmen. Lange starre ich auf den Bodden. Noch ein bisschen länger. Und noch länger. Am Ende ringe ich mich dazu durch, erst einmal an den Strand zu fahren. In der Hoffnung, dass mich Wind und Wellen aus meiner Lethargie reißen.

Die Wellen brechen in gleichmäßigen Bewegungen über der zweiten Sandbank und rollen dann langsam in Richtung Strandufer aus. Kurz bevor sie dort ankommen, machen sie noch einmal weiß schäumend einen Satz und sprudeln dann langsam über den weißen Sand. Dabei hinterlassen sie feuchte Kreise, die wie gemalt aussehen. Die meisten Urlauber, die sich heute überhaupt hierher getraut haben, haben sich hinter hohen Windschutzen verbarrikadiert, und für einen Moment fühlt es sich an, als stünde ich ganz alleine am Strand. Ich ziehe mir meine Ballerinas aus und laufe ein paar Schritte ins Meer. Es ist kühler, als ich erwartet habe, und ein leichter Schauer läuft mir über den Rücken. Mein gepunkteter Rock weht aufgeregt im Wind. Ich lehne mich leicht nach vorne, tauche meine Hände in die Ostsee und reibe mir dann mit den nassen Händen über mein Gesicht. Das klare Wasser fühlt sich angenehm erfrischend an, und mir entfährt ein tiefer Seufzer. Als ich plötzlich eine Stimme hinter mir höre, erschrecke ich mich geradezu.

»Jeden Tag ein bisschen Meer, was?«

Ich drehe mich schnell um und blicke in Pauls eisblaue Augen. Sofort fängt mein Herz an, Polka zu tanzen, und ich wünschte, ich könnte das Tempo etwas runterfahren. Aber mein Herz tanzt. Es tanzt so schnell, dass ich mir sicher bin, dass man es von außen sehen muss. Dieses Herz, wie es in meiner Brust aufgeregt hin und her hüpft.

»Sorry, ich wollte dich nicht erschrecken«, sagt Paul schnell und schaut verlegen einer Welle beim Aufbäumen und Auslaufen zu.

»Ich … kein Problem … ich«, stammle ich und versuche krampfhaft, die richtigen Worte in meinem Kopf zusammenzusortieren. »Paul, es tut mir so schrecklich leid. Was ich gestern gesagt habe. Ich wünschte, ich könnte es ungeschehen machen …«

Er winkt ab und macht einen leichten Ausfallschritt zurück. Mein Blick fällt auf seine nackten Füße. Und ich denke plötzlich, dass ich noch nie so perfekt geformte Füße gesehen habe. Mein Blick wandert weiter, und ich sehe, dass Paul seine braune Chinohose bis über die Knöchel hochgekrempelt hat. Sie ist trotzdem unten ein wenig nass geworden. »Ich hatte nicht das Recht, über deine Beziehung so zu urteilen. Kein Wunder, dass du dich angegriffen gefühlt hast, das tut mir ehrlich leid«, sagt er, und ich schaue nun ihn erleichtert an. Bei seinen Worten fällt mir ein riesiger Stein von meinem nun auch etwas weniger wild tanzenden Herzen. Wir lächeln einander vorsichtig an, so als wenn wir beide erst einmal testen wollen, ob jetzt wirklich alles wieder gut ist.

»Hast du Lust auf einen Spaziergang?«, fragt Paul plötzlich, und bevor ich Gründe finden kann, warum ich eigentlich keine Zeit dafür habe, nicke ich bereits und schnappe mir meine Ballerinas. Auch Paul greift nach seinen Turnschuhen, die ein paar Meter entfernt von uns stehen, und bindet sie an den Schnürsenkeln zusammen, bevor er sich die Schuhkette um den Hals legt. Er blinzelt mich grinsend an, und ich muss lachen: »Als Kinder haben wir die Schuhe immer so getragen.« Paul nickt zustimmend, und wir setzen uns gleichzeitig in Bewegung. Nachdem wir ein paar Minuten schweigend nebeneinander hergelaufen sind, fragt er mich plötzlich, ob ich heute gar nicht arbeiten müsse.

Ich mache eine Kopfbewegung, die sich irgendwie zwischen Schütteln und Nicken nicht entscheiden kann, und gestehe dann ehrlich: »Nach dem Stress der letzten Tage und vor allem dem Tag gestern habe ich erst einmal einen Moment zum Luftholen gebraucht …«

»Du gönnst dir nicht viele solcher Momente, was?«, stellt Paul fest, während er eine schöne, gleichmäßig geformte Muschel vom Boden aufhebt.

»Na ja, es gibt halt immer viel zu tun. Die Pension ist mein Ein und Alles …«

»Wann warst du denn das letzte Mal im Urlaub?«

»Urlaub? Na ja, ich meine außerhalb der Saison ist ja hier nicht so viel los. Da entspanne ich mich dann.«

»Wo macht denn jemand Urlaub, der im Urlauberparadies wohnt?«

»Ehrlich gesagt, genau da, wo ich bin. Das letzte Mal im Ausland war ich vor…«, ich lege meine Stirn in Falten und verziehe meinen Mund, »drei Jahren«, sage ich schließlich.

»In…?«

»Schweden«, sage ich fast entschuldigend, weil ich plötzlich finde, dass das ziemlich langweilig klingt.

»Schweden ist klasse, oder?«, antwortet Paul fröhlich und gibt mir damit sofort das Gefühl, dass es total okay ist, nach Schweden zu fahren. Und dass man nicht immer auf den Kilimandscharo kraxeln oder durch Südamerika trampen muss, um etwas Schönes zu erleben.

»Ja, es war toll! Allerdings bin ich sonst nicht so der Weltenbummler. Ich fliege ungern, und mir gefällt es eigentlich da, wo ich bin, schon sehr gut.« Mein Blick schweift über das Wasser. »Und du? Verreist du gerne?«

»Paula war ganz verrückt danach, die Welt zu erkunden«, sagt Paul plötzlich. Als er den Namen seiner verstorbenen Frau erwähnt, kann ich nicht anders, als betreten auf den Sandboden zu schauen, »wir waren zusammen viel in Asien, Indien, Thailand und Vietnam. Unsere nächste große Reise sollte nach Australien gehen.« Er streicht sich seufzend durch seine Locken, die der Wind in alle Himmelsrichtungen verweht hat. Ich schweige, weil ich mir nicht sicher bin, ob Paul noch mehr sagen möchte, oder ob er für den Moment genug preisgegeben hat.

»Australien ist bestimmt spannend… Aber viel mehr würde mich Neuseeland reizen«, höre ich mich auf einmal sagen und kann selbst nicht glauben, was für Worte da aus meinem Mund purzeln. Ehrlich Linda? Neuseeland? Dir wird doch schon beim Gedanken daran, nach Malle zu fliegen, ganz anders … Es ist das erste Mal, dass ich diesen Wunschtraum äußere. Es ist sogar das erste Mal, dass ich wirklich darüber nachdenke, eine solche Reise machen zu wollen. Bisher hatte dieser Traum nur ganz tief in mir geschlummert, ohne dass ich ihn je hätte formulieren können. Obwohl mich die Landschaft in Neuseeland schon fasziniert, seitdem ich den ersten »Herr der Ringe«-Film gesehen habe. Wenn nur der Flug nicht so lang wäre!

»Neuseeland, echt?«, antwortet Paul begeistert, »da wollte ich auch schon immer mal hin.« Er zeigt mit dem Zeigefinger auf sich selbst. »Großer ›Herr der Ringe‹-Fan.«

»Ich auch!«, entfährt es mir begeistert. Die nächsten fünfzehn Minuten debattieren wir leidenschaftlich darüber, welcher »Herr-der-Ringe«-Film der beste war. Wir sind uns schließlich einig, dass es der erste Teil war. Für mich, weil ich diese Aufbruchstimmung am Anfang besonders mochte. Diesen Beginn einer Reise (und weil es weniger Kriegsszenen gab als in den anderen Filmen). Und für Paul, weil es ihn fasziniert, wie langsam alles aus den Fugen gerät und wie Frodo aus seinem Leben gerissen wird.

»Was hast du denn in den nächsten Tagen vor?«, wechsle ich schließlich das Thema. Vor allem deshalb, weil Paul beim Gespräch über das Leben, das aus den Fugen gerissen wird, plötzlich ganz emotional zu werden scheint und wieder seine gerade aufgetauchte Begeisterung verliert.

Er zuckt mit den Schultern, scheint aber dankbar für den Themenwechsel. »Ich weiß nicht, was soll ich Besonderes vorhaben?«

»Na, immerhin bist du auf der schönsten Insel Deutschlands. Was hast du denn von Rügen noch nicht gesehen?«

Paul wackelt leicht mit dem Kopf. »Paula und ich waren eigentlich immer nur auf dem Mönchgut. Es waren ja immer nur ein paar Tage, und die haben wir dann voll und ganz genutzt, um am Strand und im Hafen spazieren zu gehen. Und nicht viel mehr …«

»Warst du schon mal an den Kreidefelsen?«

Er winkt ab. »Ist das nicht schrecklich touristisch?«

»Bei den Störtebeker-Festspielen?«

»Ich weiß nicht – meinst du, das ist was für mich? Dieser ›Robin Hood der Meere‹-Kitsch? Und ist das nicht nur Show und Feuerwerk und Boom und Krach für Touristen?«

»Also hör mal, Klaus Störtebeker ist für uns Nordlichter wie …«, ich verstumme, weil mir kein rechter Vergleich einfallen mag.

»Stierkampf für die Spanier?«, grinst Paul frech.

»Sehr witzig«, antworte ich schnaufend. »Feuersteinfelder in Mukran?«, führe ich dann meine Liste weiter.

»So etwas gibt's?«

Mir entfährt ein Lachen. »Ich seh' schon. In ganz Asien biste gewesen, aber von Rügen kennst du nur den Ausblick aus meinem Pensionsfenster.«

Paul schmunzelt. »Da könntest du nicht ganz unrecht haben …« Er schnappt sich einen flachen Stein und lässt ihn mit einem geschickten Wurf mehrmals über das Wasser springen, bevor er schließlich im Meer versinkt. »Sag mal, hast du denn eigentlich inzwischen herausgefunden, wer der Herrenbesuch bei deiner Mutter war?«

Ich schüttle den Kopf. »Nicht nur, dass sie mir ihre Eroberung verheimlicht, sie hat mich gestern sogar zweimal angeschwindelt, als ich mit ihr telefoniert habe.«

Paul zieht seine dichten Augenbrauen erstaunt hoch, und seine Reaktion ermutigt mich weiterzusprechen. Obwohl ich mich selbst ein bisschen wundere, dass ich Paul das alles erzählen kann, immerhin kennen wir uns ja eigentlich kaum. Aber es fühlt sich richtig an – und Paul lauscht ganz aufmerksam.

»Ich erkenne sie gar nicht wieder. Normalerweise erzählen wir uns alles«, stelle ich traurig fest und werfe nun auch einen Stein ins Wasser. Er plumpst schwer auf den Grund, ohne einen einzigen Hüpfer.

»Warum klärst du das nicht mit ihr? Geh einfach zu ihr hin, und sprich sie darauf an.«

Ich schaue ihn zweifelnd an.

»Linda, wenn mein Leben mich eins gelehrt hat, dann dass man seine Zeit mit den Menschen, die man liebt, nicht vergeuden sollte. Dass man seine Zeit überhaupt nicht vergeuden sollte. Es kann alles so schnell vorbei sein …«

»So wie bei Paula?«, wage ich vorsichtig einen Vorstoß.

»Paula und ich hatten so viele aufgeschobene Pläne. Kinder, aber noch nicht jetzt. Noch mal in Paris leben, aber noch nicht jetzt. Zusammen ein Buch schreiben … Und dann bekam sie diese schreckliche Diagnose. Aus dem Nichts. Nur ihr Magen hatte in den Wochen davor etwas gesponnen, ihr war oft übel, sie erbrach sich. Für einen Moment dachten wir sogar, sie könnte schwanger sein. ›Ein Magengeschwür‹, sagte der Hausarzt. Nichts Schlimmes.

Dreieinhalb Monate später war sie tot. Und alle Pläne waren hin. Alles vorbei.«

»Von einem Magengeschwür?«

»Cup Syndrom, das ist kurz für ›Cancer of unknown primary‹. Metastasen ohne Tumor. In ihrem Bauch. Ihrer Leber. Überall. Und bevor wir überhaupt überlegen konnten, wie es weitergeht. Bevor wir überhaupt begreifen konnten, was da mit ihr passiert, war sie schon nicht mehr da.«

Ich schlucke schwer. »Wann war das?«

»Vor fast zwei Jahren.«

Ich schaue Paul von der Seite an. Zwei Jahre lang trägt er diese Trauer also schon mit sich herum. Und immer noch scheint es so, als hätte dieser Schicksalsschlag ihn erst gestern getroffen. Die Traurigkeit in seinem Gesicht scheint sich dort verankert zu haben, so tief ist sie dort eingegraben. Er bemerkt meinen Blick, und wir bleiben beide stehen.

»Am Ende hat sie nur noch darauf gewartet zu sterben«, sagt Paul leise, und seine Worte werden fast vom Wellenrauschen übertönt. »Ein Organ nach dem anderen hat versagt… Sie hing an einem Sauerstoffgerät. Und dann, am 10. Juli abends um acht, nahm sie das Gerät auf einmal ab. Sah mich mit aufgerissenem Mund an. Atmete noch einmal schwer und starb…« Beim letzten Wort erstickt seine Stimme abrupt.

Ich beiße mir auf die Unterlippe und kann die Tränen kaum zurückhalten. Durch was für eine Hölle die beiden gegangen sein müssen. Durch was für eine Hölle Paul immer noch geht.

»Darf ich dich umarmen?«, entfährt es mir plötzlich.

Ich sehe einen Hauch von Überraschung in seinen Augen, und dann nickt er doch leicht.

Ich umarme ihn mit aller Wärme, die ich habe. So, wie man einen guten Freund umarmt. Und als ich spüre, wie langsam die Spannung aus seinem Körper weicht, laufen mir doch ein paar stumme Tränen über die Wangen. Wer weiß, wie lange Paul so etwas Simples wie eine Umarmung schon nicht mehr zugelassen hat. Er wirkt nicht so, als hätte er im Moment besonders viele aktive Freundschaften – er wirkt einfach nur sehr einsam. Um ihn herum ein Kokon, der jeden Fremden abwehrt. Und ich bin selbst überrascht, dass er diese Umarmung zulässt und sich sogar an mich lehnt. Wir trennen uns vorsichtig voneinander und wischen uns beide verstohlen die Tränen aus dem Gesicht.

»Ach Linda«, sagt Paul dann schlicht, und ich weiß nicht, recht, wie er das meint. Er lässt sich in den Sand fallen, und ich setze mich neben ihn. Schweigend schauen wir den Wellen bei ihrem Tanz zu. Und ich bemerke erst nach einer Weile, dass ihm immer noch Tränen über die Wangen laufen.

To-do-Liste:

- ~~auch heute wieder ans Meer gehen (Jeden Tag ein bisschen Meer!)~~
- ein paar Ausflugsziele für Paul heraussuchen
- zum Friseur gehen
- Markus sagen, dass etwas fehlt (?) (!) (?)

Am Strand, 19. Juli

Paula,

etwas Seltsames ist passiert. Eigentlich sind mehrere seltsame Dinge passiert. Ich bin ganz durcheinander und muss mich erst einmal sammeln. Deswegen schreibe ich dir. Ich weiß natürlich ganz rational, dass Du mir nicht antworten kannst – aber irgendwie denke ich, vielleicht ja doch. Du weißt, dass ich niemand bin, der an den Himmel glaubt. Und daran, dass Menschen dorthin gehen und dann auf uns hinunterschauen. Aber seitdem Du fort bist, tröstet mich dieser Gedanke dennoch. Nicht dass ich wirklich denke, dass Du da oben sitzt. Aber vielleicht gibt es eine Art spirituelle Aura, mit der Du weiterhin bei mir bist. (O Gott, jetzt klinge ich wie ein Guru, verzeih mir – dabei haben wir uns immer über solche Menschen lustig gemacht!). Wie dem auch sei, ich weiß, dass Du irgendwie noch nicht ganz weg bist. Ich weiß es, weil ich Dich festhalte. Weil ich mich so stark an Dich klammere, dass meine Fingerknöchelchen ganz blau sind. Und heute habe ich zum ersten Mal begriffen, dass ich Dich irgendwann loslassen muss. Und dass es vielleicht nicht das Ende ist, sondern (ich wage es kaum aufzuschreiben, weil mir dieser Gedanke jetzt doch auf einmal geradezu ketzerisch erscheint) ein Anfang sein kann. Ein ganz leiser Anfang.

Ich habe heute zum ersten Mal über deinen Tod gesprochen. Und ich habe mich zum ersten Mal umarmen lassen. Es war die erste Berührung, die ich zugelassen habe, seitdem ich das letzte Mal Deine Hand gehalten habe. Ich weiß nicht, ob es einfach Zeit war für diesen Schritt, oder ob es an Linda liegt, die einfach immer wieder auf mich zugeht, furchtlos geradezu. Vielleicht beides zusammen.

Es ist, als hätte Linda mit ihrer Wärme diese Kälte, die ich empfand, seitdem Du fort bist, zum Schmelzen gebracht. Ich habe einfach das Gefühl, dass ich bei ihr ganz ich selbst sein kann. Sie ist wie eine Schwester oder eine beste Freundin. Ist das nicht seltsam? Eigentlich kenne ich sie ja kaum. Und Du weißt, dass ich mich normalerweise nicht so schnell öffne. Aber Linda hat einfach … sie ist so echt. So unverdorben, wenn man das so sagen kann. Ich sehe einfach nur das Gute in ihr. Ihr großes Herz. Sie ist einfach da. Ohne mich unter Druck zu setzen. Ohne mich zu bemitleiden. Und sie gibt mir das Gefühl, dass alles, was ich tue, irgendwie okay ist. Sie verurteilt mich nicht. Aber sie hat auch keine Angst vor diesen großen Emotionen, dieser tiefen Trauer, die ich mit mir herumtrage wie eine unsichtbare Reisetasche. Sie geht mir nicht aus dem Weg, obwohl sie es könnte. Und sie geht meiner Traurigkeit nicht aus dem Weg. Sie nimmt sie an. Als das, was sie ist. Und damit hilft sie auch mir, sie zu akzeptieren. Und vielleicht irgendwann damit zu leben, dass das nun einmal mein Schicksal ist.

Weißt du, in der Zeit nach Deiner Diagnose, in diesen dreieinhalb Monaten voller Angst, Schmerzen, Panik und Hilflosigkeit, in diesen Wochen des Sterbens hast Du kein einziges Mal gefragt »Warum ich?«. Das ist mir erst heute aufgefallen.

Ich werde Dich loslassen, Paula. Noch nicht heute oder morgen, aber bald. Das verspreche ich Dir.

In ewiger Liebe,
Dein Paul

Kapitel 8

Als wir zusammen zur »Nordwind« zurückkommen, steht Tamara gerade draußen und nimmt die Fischlieferung von Fritz entgegen. Sie scheint erleichtert zu sein, mich und Paul zusammen zu sehen. Letzterer verabschiedet sich schnell mit den Worten, dass er heute noch unbedingt arbeiten wolle. Ich nicke ihm lächelnd zu und laufe dann zu Tamara und Fritz.

»Habt ihr euch wieder vertragen?«, raunt sie mir zu, während Fritz seine bereits leeren Kisten zurück in den Lieferwagen stapelt.

»Hmm«, nicke ich gedankenverloren, weil das Gespräch mit Paul, dieser emotionale Moment, als er mir von Paulas Tod erzählte, immer noch in mir nachhallt.

»Du tust ihm gut«, stellt Tamara weiter fest, »und er dir auch!«

Jetzt horche ich doch auf. »Wie meinst du das?«

Sie zieht mich ein kleines Stück beiseite und sagt dann leise: »Linda, in letzter Zeit hast du nicht sehr glücklich gewirkt. Aber seit Paul da ist, ist irgendetwas passiert. Kaum ist er um dich herum, schon wirkst du ganz anders, du lachst mehr, du strahlst, du … Es ist, als ob du wieder am Leben teilnimmst. Also so richtig, meine ich …«

Ich schaue meine Kollegin verwirrt an. Bevor ich jedoch dazu komme, ihre für mich überraschende Beobachtung mit ihr zu besprechen, ruft Christa meinen Namen aus der Küche.

»Linda-Schatzi, kannst du bitte mal zu deiner Mutter rüberlaufen und mir noch ein paar Baguettes bringen. Ich mach doch heute Heringssalat. Sie weiß Bescheid.«

»Ach, das passt gut. Ich wollte eh zu ihr«, rufe ich schnell und bin irgendwie gleichzeitig auch ein wenig froh, vor Tamaras wachsamem Blick flüchten zu können.

Als ich die Bäckerei meiner Mutter betrete, schaut sie gerade seltsam verträumt auf ihr Telefon und zuckt fast ertappt zusammen, als die Türglocke schellt.

»O Linda«, ruft sie und kommt mit offenen Armen auf mich zu. »Na Mäuschen, wie geht es dir?«

Ich würde am liebsten sofort mit all meinen Fragen herausplatzen, aber stattdessen lächle ich sie einfach nur an. Sie sieht gut aus. Ihre hellblonden Haare sind etwas länger geworden und umrahmen in einer leichten Welle ihr braungebranntes Gesicht. Für Anfang 60 hat sie beeindruckend wenige Falten, und ich hoffe sehr, dass ich das von ihr erben werde. »Schick siehst du aus, Mama«, stelle ich fest, »hast du eine neue Jeans?«

»Ja«, antwortet sie lachend und dreht sich einmal im Kreis. Bis auf einen kleinen Bauchansatz ist sie immer noch total schlank. Sogar ein bisschen schlanker als sonst.

»Mama, ich muss dir etwas sagen«, bringe ich mich selbst schließlich dazu, Pauls Rat zu befolgen und mit der Wahrheit herauszurücken. »Ich habe dir neulich Abend nachspioniert. Und ich weiß, dass du Besuch von einem …«, ich stocke kurz, »Herrn hattest …«

Sie schaut mich überrascht an. Leicht amüsiert, aber auf keinen Fall böse. »Und nun fragst du dich, wer das war«, sagt sie langsam.

Ich nicke.

Sie nimmt meine Hand. »Ich möchte es dir wirklich gerne erzählen. Und ich werde es auch bald tun. Aber gib mir noch ein wenig Zeit, ja?«

Ich schaue sie enttäuscht an, und sie streicht mir aufmunternd über die Wange. »Ich will erst einmal selbst sehen, was es ist«, sagt sie schließlich entschuldigend.

Ich schiebe meine Unterlippe vor, aber weiß natürlich auch, dass sie dazu jedes Recht hat. Meine Mutter ist eine erwachsene Frau. Natürlich muss sie mir nicht alles erzählen. Und natürlich hat sie ein Recht darauf, erst einmal selbst zu schauen, wie sich die Dinge mit diesem Mann in ihrem Leben entwickeln – das kann ja auch schieflaufen. Immerhin war da viele Jahre niemand. Jedenfalls hat sie mir nie jemanden vorgestellt.

»Ich war heute Morgen in der ›Nordwind‹, aber Tamara hat mir erzählt, dass du bei Markus geschlafen hast«, wechselt sie in einen lockeren Plauderton über, während sie die Baguettes in einen tiefen Korb legt. »Seid ihr nun endlich zusammengezogen?«

Ich weiche ihrem Blick aus und schnappe mir stattdessen eine Quarktasche. Auf einmal verspüre ich einen Bärenhunger.

»Linda?«

Ich kaue extra lange, bevor ich ihr antworte. »Nein. Und ich glaube auch nicht, dass wir zusammenziehen werden.«

Sie schaut mich besorgt an, und ich sehe ihr an, dass sie überlegt, ob sie nachfragen soll, was los ist. Wahrscheinlich umso mehr, als dass sie mir gerade etwas sehr Zentrales in ihrem Leben noch nicht verraten hat.

»Weißt du, manchmal frage ich mich, ob es nicht noch mehr gibt im Leben …«, murmle ich und bereue es sofort, diese Pandorabüchse geöffnet zu haben.

»Mehr als Markus? Oder mehr als deine Arbeit und Rügen?«

»Ich kann das gar nicht so genau erklären«, sage ich zögerlich. »Sowohl als auch. Ach, keine Ahnung«, winke ich schließlich lachend ab, »Irgendwie bin ich im Moment so ein bisschen durcheinander. Vielleicht ist Vollmond.«

»Vielleicht liegt es auch an deinem Gast, diesem Paul?«, fragt sie mit einem etwas seltsamen Lächeln.

Nun liegt es an mir, erwischt zu gucken. Erst Tamara und jetzt meine Mutter. Nur dass schon der Tonfall bei meiner Mutter ganz anders klingt, wesentlich weniger begeistert – und dazu eben dieses nicht ganz vollständige Lächeln. »Woher weißt du denn davon?«

Sie macht eine abwinkende Bewegung, die das eben Gesagte wohl herunterspielen soll. »Christa hatte vor Kurzem mal etwas in die Richtung erwähnt. Und ich weiß ja noch, wie toll du ihn und seine Frau immer gefunden hast.«

»Seine Frau ist vor zwei Jahren gestorben«, sage ich schlicht und nicht so, als ob ich es selbst erst gestern erfahren hätte.

»Das ist ja schrecklich! Sie war doch noch so jung.«

Ich nicke schweigend.

»Und nun hast du es dir zur Aufgabe gemacht, diesem Mann wieder ins Leben zu helfen?«

Ich starre konzentriert auf meine Quarktasche, um meiner Mutter ja nicht in die Augen sehen zu müssen. Wie gut sie mich kennt. Das ist mir manchmal richtig unheimlich. Aber dieser seltsame Ton gefällt mir nicht.

»Linda, du kannst nicht immer das Schicksal der gesamten Welt auf deine Schultern laden«, fährt sie mit sanfter Stimme fort.

»Das tue ich doch gar nicht«, antworte ich trotzig.

»Du hast dich in diesen Paul doch schon ein bisschen verguckt, als er zum ersten Mal hier in der ›Nordwind‹ war …«

Ich merke jetzt, wie sich mein ganzer Körper versteift und wie ich unbedingt aus diesem Gespräch fliehen möchte. »Du, Mutti, ich muss jetzt mal zurück«, rufe ich ein bisschen zu laut, »Christa wartet sicher schon auf das Brot.«

»Okay meine Süße«, sagt meine Mutter und drückt mir noch einen Kuss auf die Wange, »wollen wir übermorgen abendessen gehen?«, ruft sie mir dann noch hinterher, als ich schon die Tür geöffnet habe und mit einem Fuß draußen stehe.

Ich nicke und gehe, ja laufe fast zur Pension zurück.

Den Rest des Tages gehe ich in Gedanken immer wieder das Gespräch mit meiner Mutter durch. Auch die Unterhaltung mit Paul am Strand lässt mich einfach nicht los. All diese furchtbaren Sachen, die er mir über Paulas Krankheit erzählt hat. Und ich spüre förmlich, wie unsere Umarmung in mir nachhallt. Wie mich der Geruch seines Parfüms durch den Tag begleitet.

Als ich abends unter der Dusche stehe, bin ich fast froh, ihn abzuwaschen. Ich krieche in mein Bett, und es duftet nach einem neuen Waschpulver. Und als ich endlich im Bett liege, die Decke bis zum Kinn hochgezogen, versuche ich, mir Pauls Gesicht heute am Strand in Erinnerung zu rufen. Aber es gelingt mir nicht. Und das ist irgendwie beunruhigend – denn eigentlich kann ich mich immer sehr gut an Gesichter erinnern, und die einzigen Gesichter, die ich immer sofort zu vergessen scheine, sind von Männern, in die ich mich verliebe. Das war seltsamerweise schon immer so bei mir, schon seit der ersten Verliebtheit als Teenager. Ich schiebe den Gedanken erschrocken beiseite und schließe schnell die Augen, um endlich einzuschlafen und bitte über nichts, absolut gar nichts mehr nachdenken zu müssen.

Ich stehe auf einmal bis zu den Waden in der bitterkalten Ostsee. Der Wind weht mein Kleid umher wie eine Fahne, die mal in die eine, mal in die andere Richtung zeigt. Von hinten scheint mir die Sonne auf den Rücken und verbreitet so eine angenehme Wärme, die im Kontrast zu meinen eisigen Füßen steht. Als ich plötzlich Pauls Stimme höre, drehe ich mich erwartungsvoll um. Ich blinzle gegen die Sonne und kann anfangs nur die Umrisse seines schmalen Körpers sehen. Er kommt langsam auf mich zu, und mein Herz schlägt immer schneller. Bobom. Bobom. Immer schneller, bis ich nichts außer meinem Herzschlag spüre. Bis mir dieses pochende Herz die Brust fast aufsprengt. Paul kommt immer näher. Seine Locken wehen im Wind und verdecken fast vollständig sein Gesicht. Als er nur noch wenige Meter von mir entfernt ist, streckt er seine Hand in meine Richtung aus, und unsere Fingerkuppen berühren sich sanft. Seine Lippen formen Worte, aber das Rauschen des Meeres überdeckt sie, und egal, wie sehr ich mich anstrenge, ich kann ihn nicht verstehen. Er kommt noch ein bisschen näher. Jetzt kann ich die feinen Linien sehen, die sich vom Lachen um seine Augen gebildet haben. Aber auch die etwas tiefere Sorgenfalte, die diagonal von seiner rechten Augenbraue auf die Stirn führt und dort in der Mitte verebbt. Ich betrachte, wie sich seine Grübchen in kleinen Hügelchen erheben, jetzt, als er mich anlächelt. Er kommt näher und näher, küsst meine Stirn, während seine Finger durch mein Haar gleiten. Ich schaue in seine eisblauen Augen, und für einen Moment existieren nur wir zwei. Nur dieser Moment. Nur dieser Ort. Nur seine Hände in meinen. Er beugt sich langsam nach vorne. Und seine Lippen berühren meine. Ich murmle leise und seufze leicht.

Doch bevor ich überhaupt begreife, ja geschweige denn genießen kann, was hier gerade passiert, wird die Magie des Augenblickes abrupt unterbrochen. Plötzlich kracht und donnert es neben uns laut. Blitze zucken durch die Luft, und wir fahren vor Schreck auseinander. Über der Ostsee ist wie aus dem Nichts ein schweres Unwetter aufgezogen. Ich schaue ängstlich über das aufgebrachte, düstere Meer. Die Gischt des Wassers schlägt mir ins Gesicht. Nebel steigt auf. Und darin, in dem dichten Dunst, erkenne ich auf einmal

Paula, die wie ein unheimlicher, halb durchsichtiger Geist über dem Wasser schwebt. Sie starrt mich hasserfüllt an. Als ich mich erschrocken zu Paul umdrehe, ist er verschwunden. Mein Blick sucht verzweifelt den Strand und die hohe Düne ab, aber er ist verschwunden, ganz so, als hätte er sich in Luft aufgelöst. Ganz so, als wäre Paul niemals da gewesen.

Ich erwache in meinem eigenen Schweiß, und im ersten Moment weiß ich gar nicht, wo ich bin. Erst langsam gewöhnen sich meine Augen an die Dunkelheit, und ich erkenne die Umrisse meines Schlafzimmers. Meine kleine Kommode. Das Dachfenster, das zum Hafen hinausgeht. Mein Blick fällt auf den Wecker auf meinem Nachtschrank. Es ist drei Uhr nachts. Leise stöhne ich auf. Und erst dann drängt sich der Traum zurück in mein Bewusstsein. Ich erschrecke etwas, als ich ihn noch einmal Revue passieren lasse, während ich unbewusst mit den Fingern über meine Lippen fahre. Diese Lippen, von denen ich eben noch geträumt habe, dass Paul sie geküsst hat. Ich schüttle vehement den Kopf. Wie kommst du nur darauf, Linda?, frage ich mich stumm selbst. All diese Kommentare von Tamara und meiner Mutter darüber, wie ich mich in Pauls Gegenwart verändert habe und wie ich mich angeblich in ihn verguckt hätte, haben mich ganz verwirrt. Zumindest möchte ich mir gerne einreden, dass es einfach nur daran liegt, dass ich plötzlich solche Dinge von ihm träume.

Doch dann wandern meine Gedanken zurück zum Traum. Und wie es sich angefühlt hat, als Pauls Lippen meine Stirn berührt haben und meine Hand auf seiner lag, und plötzlich wird mir ganz warm und kalt zugleich. Ich schaue sehnsüchtig zur Schlafzimmerwand hinüber. Hinter dieser Wand ist er. Dort schläft er gerade. Oder vielleicht liegt er auch wach? Bestimmt nicht wegen dir, Linda, schelte ich mich selbst. Für Paul gibt es nur Paula – und das wird sich auch so schnell nicht ändern. Ich spüre förmlich, wie sich in mir alles verkrampft. Wie mein Magen flau wird. Vor Verzweiflung über die Gedanken, die ich einfach nicht abstellen kann! Ich will diese Gefühle nicht fühlen!

Kurzerhand springe ich aus dem Bett und laufe ins Bad. Dort spritze ich mir das kalte Wasser, das leise rauschend aus dem Hahn fließt, ins Gesicht. Ich muss das eine ganze Weile lang machen, um mich endlich beruhigen zu können. Mein Herz beginnt wieder normal zu schlagen, und ich lasse mich schwerfällig zurück ins Bett fallen. Dort starre ich eine ganze Weile die Decke an, bevor ich schließlich, keine Ahnung wann genau, wieder einschlafe.

Am nächsten Morgen sehe ich Paul kurz, als ich gerade ein älteres Ehepaar aus Thüringen verabschiede, das eine Woche in der »Nordwind« verbracht hat und mir nun noch einmal ihre Erlebnisse hier auf der Insel Rügen in allen Details schildert. Als ich Pauls wilden Lockenkopf entdecke, fällt mir sofort mein Traum wieder ein, und ich konzentriere mich deshalb vorsichtshalber ganz und gar auf das Rentnerehepaar, damit ich Paul nur ja nicht in die Augen schauen muss. Er wartet einen kurzen Moment an der Tür, und als er merkt, dass das Gespräch noch länger dauern wird – auch weil ich jetzt ganz interessiert so viele Nachfragen stelle, wie mir gerade einfallen – dreht er ab und schlendert langsam in den Frühstücksbereich. Ich folge ihm mit meinem Blick und wende ihn doch wieder schnell ab, als er sich noch einmal umdreht. Die beiden Thüringer vor mir versichern mir noch einmal, dass sie sich keinen schöneren Urlaub hätten vorstellen können und dass sie im nächsten Jahr auf jeden Fall wiederkommen werden. Ich nicke ihnen freundlich zu und verabschiede sie dann mit einem warmen Händeschütteln, bevor ich mich schnell in mein Büro verkrieche. Dort nehme ich mir vor, so lange nicht mehr herauszukommen, bis ich mir einigermaßen sicher sein kann, dass Paul in der Zwischenzeit fertig gefrühstückt hat und nicht mehr hier unten herumschwirrt.

Immerhin schaffe ich in dieser Zeit eine ganze Menge Arbeit weg. Schreibe Mails, telefoniere, bestätige Buchungen und Reservierungen für Mieträder. Antworte auf ein paar durchweg sehr positive Bewertungen bei den einschlägigen Onlineportalen, die für meine Vermarktung seit ein paar Jahren immer wichtiger werden. Außerdem sammle ich endlich mal wieder sämtliche Belege für die Buchhaltung, die mir eine von Markus' Angestellten für einen Freundschaftspreis macht.

Erst gegen zwölf Uhr hüpfe ich von meinem hohen Stuhl. Mein Blick bleibt kurz an einer meiner Fotografien hängen, ein Lenkdrache über der herbstlich, wilden Ostsee (ich erinnere mich noch genau an den Wind in meinem Haar, als ich dieses Bild aufnahm), dann verlasse ich endlich mein kleines Kabuff. Tamara ist gerade damit beschäftigt, ein paar frische Blumen, pink- und rosafarbene Hortensien aus unserem Garten, in der Rezeption und im Bistro zu verteilen. Ich winke ihr zu, und nachdem sie die letzten Blüten zurechtgerückt hat, folgt sie mir in die Küche. Wir besprechen uns dort schnell mit Christa, planen den restlichen Tag, und ich verschlinge währenddessen ein paar Bratheringe mit Bratkartoffeln, die Christa so köstlich zubereitet wie sonst niemand auf der gesamten Insel (behaupte ich jetzt mal, denn natürlich habe ich nicht alle Bratheringe und alle Bratkartoffeln auf Rügen getestet – das wäre auch unmöglich bei der Vielzahl an Restaurants, die es mittlerweile auf unserer Insel gibt. Aber Christa würde sicher jedem Vergleich standhalten!). Als wir unsere kleine Teambesprechung schließlich beendet haben und alle zu ihren Aufgaben zurückkehren, verabschiede ich mich fürs Erste von meinen Kolleginnen – und ernte erstaunte Blicke. Alle sind überrascht, dass ich während des normalen Pensionalltags mal verschwinde, offenbar arbeite ich wirklich zu viel.

»Ach?«, fragt Tamara überrascht, »Wo willst du denn hin, Linda?«

»Na, ich habe doch heute endlich meinen Friseurtermin«, rufe ich beim Hinauslaufen. Ich will so schnell wie möglich weg, nicht dass mir Paul doch noch über den Weg läuft. So hetze ich eiligen Schrittes hinaus und hüpfe erleichtert in mein Drachenmobil, nachdem ich ungesehen aus der »Gefahrenzone« entkommen bin. Ohne weitere Verzögerung lasse ich den Motor an und brause dann los, als wäre ich auf der Flucht. Erst als ich aus Gager herausfahre, drossle ich das Tempo ein wenig. Während ich über die Verbindungsstraße nach Lobbe tuckere, gebe ich die Adresse vom Friseur in mein Navi ein. Normalerweise gehe ich immer zu einem ganz einfachen, preiswerteren Friseur in Göhren, seit Jahren schon. Dort sitze ich ausschließlich zwischen älteren Damen und bestelle immer die gleiche Frisur (eigentlich nur Spitzen schneiden und ein paar Strähnchen), aber meine Mutter hat mir schon vor einer ganzen Weile von dem neuen schicken Laden erzählt, der in Binz in einer kleinen Seitenstraße der Promenade aufgemacht hat – und zu meiner Überraschung habe ich dort spontan noch einen Termin ergattert.

Ich fahre durch Lobbe, wo mir die Besitzer vom »Walfisch«-Restaurant in ihrem Wagen entgegenkommen und mich mit Lichthupe grüßen. Etwas, das sehr oft passiert, wenn ich auf der Insel umherfahre. Alle kennen mein Drachenmobil… und mich. So ist das wohl, wenn man schon immer am gleichen Ort lebt. Und schon erst recht, wenn dieser Ort eine Insel ist. Wir Einheimischen kennen einander eben. Neulinge werden dagegen oft jahrelang skeptisch beäugt, bevor man sie auf einen Fischergeist einlädt, einem besonderen Schnaps, der Nichteinheimischen immer erst einmal den Atem raubt. Bei dem Gedanken muss ich grinsen und steuere dann auf die schmale Alleenstraße, die parallel zum Deich entlangläuft und an deren Rand ein kleines Windschöpfwerk mit Windrad steht. Ich durchquere Middelhagen, passiere die große Linde am Ortseingang und fahre weiter bis zur scharfen Kurve, die mitten durch einen kleinen Wald führt, in dem wir früher immer Pilze suchen waren und der zu der großen Baaber Heide gehört. In dem Waldstück kann man immer noch Blaubeeren finden, und mir fällt ein, dass die Saison zum Pflücken wohl bereits begonnen hat. Ich liebe es, »in die Blaubeeren zu fahren«, auch wenn es sich dabei nur um einen schmalen Waldstreifen handelt.

Das wäre auch eine tolle Unternehmung für Paul, denke ich plötzlich, denn immerhin wollte ich ihm ein paar Ausflugsziele für unsere schöne Insel heraussuchen. Doch im gleichen Moment hallt wieder der nächtliche Traum in mir nach, und ich frage mich, ob es nicht besser wäre, wenn ich erst einmal auf Abstand zu ihm gehen würde. Ich überlege hin und her, während ich durch das Ostseebad Baabe fahre. An der Bahnschranke hält mich das rot blinkende Signal auf, und ich beobachte, wie sich kurze Zeit später der qualmende *Rasende Roland* über die Schienen an mir vorbeischiebt. Die alte Dampflok, die zwischen Göhren und Putbus pendelt, ist eine der wichtigsten Touristenattraktionen auf der Insel. Mir kommt der Gedanke, dass eine Fahrt mit dem *Rasenden Roland* auch auf die Liste für Paul müsste, aber bevor ich mich erneut davon abhalten muss, immer wieder an Paul zu denken, muss ich mich auf die Weiterfahrt konzentrieren. Meine Finger nesteln am Radio, und zu den Klängen von irgendeiner englischen Popmusik fahre ich weiter in Richtung Sellin – die Musik lenkt mich wenigstens ein bisschen ab. Dort holpere ich über das Kopfsteinpflaster mit Blick auf den glitzernden Selliner See. Und dann düse ich weiter an den großen Wiesen und Feldern vorbei, hinter denen das Jagdschloss Granitz ebenfalls prachtvoll in der Sonne leuchtet.

Schließlich biege ich rechts nach Binz ab und fahre etwa zwanzig Minuten nach meinem Start in das schicke Seebad mit den weißen Villen ein. Kein anderes Seebad hat eine vergleichbare Zahl an erhaltenen Bauten der Bäderarchitektur, und während ich mich noch gut daran erinnern kann, wie die meisten Gebäude zu DDR-Zeiten vor sich hingegammelt sind, erstrahlt Binz heute in neuem, vollem Glanz. Kein Wunder, dass sich hier immer mehr noble Hotels, ein echtes Sterne-Restaurant (in dem ich noch nie war, weil Markus von solchem »Tüddelkram«, wie er es nennt, nichts hält) und viele teure Boutiquen niederlassen. Mein Navi lotst mich schließlich in eine Seitenstraße in der Nähe des Strandes, und dort, in einer besonders schönen weißen Bädervilla mit kunstvollen Holzschnitzarbeiten über den Balkonen und kronenartigen Dreiecksgiebeln, liegt der Friseursalon.

Ich finde nur ein paar Meter entfernt einen Parkplatz und laufe dann mit beschwingtem Schritt die Straße mit den großen, verwachsenen Kastanien entlang. Über dem zweiten Stock prangt der Name des Hauses »Meeresgruß«, und ich bin mir sicher, dass man von den beiden höheren Etagen ganz sicher auch die Ostsee sieht. Als ich den Salon im Erdgeschoss betrete, bin ich überrascht, wie ruhig es hier drinnen ist. Zwei elegante Damen mittleren Alters sitzen auf den dunklen Lederstühlen, ansonsten ist es leer. Ich schaue mich neugierig um. Die Einrichtung ist bis auf die Stühle komplett in einem kühlen Weiß gehalten, und selbst die Lilien auf dem Tresen halten sich an diese Farbregel. Das wäre nicht mein persönlicher Einrichtungsstil – ich mag es etwas bunter und gemütlicher –, aber für einen solchen Salon finde ich es total passend. Man hat sofort so ein »Zen-Gefühl« der Entspannung.

Eine gut aussehende junge Frau empfängt mich und führt mich dann zu einem der Stühle. Sie bietet mir »Kaffee, Espresso oder Latte macchiato?« an, und ich entscheide mich für Letzteren. Schon nach wenigen Minuten bringt sie mir das dampfende Glas, das so kunstvoll arrangiert ist, als säße im Hinterraum ein Barista. Ich sinke in dem Stuhl zurück und genieße mein Heißgetränk, während ich angetan der leisen Musik lausche, die im Hintergrund läuft. Dabei bin ich so fasziniert von der sanften Stimme der Sängerin und ihren klugen Texten, dass ich erst gar nicht merke, dass der Friseur bereits hinter mir steht. »Hallo, liebe Frau Hansen, Sie sind das erste Mal bei uns?«, fragt der Mann, den ich auf ein paar Jahre älter als mich selbst schätze und der die tollsten silbergrau melierten Haare hat, die ich je gesehen habe. Ich sage nur Richard Gere in »Pretty Woman«. Nur dass dieser Richard Gere hinter mir definitiv nicht nach einer Pretty Woman sucht, was ich an seiner ersten schwungvollen Handbewegung erahne.

»Ich bin Linda!«, lächle ich ihn freundlich an, »Und ich liebe euren Salon, die Einrichtung, den Kaffee, die Musik!«

Er strahlt über das ganze Gesicht, und ein perfektes Gebiss, das dem Rest seiner ziemlich aus dem Ei gepellten Erscheinung in nichts nachsteht, kommt zum Vorschein. »Ich bin Dennis, und die Dame, die da singt, heißt Alin Coen.«

»Oh, den Namen habe ich noch nie gehört.«

»Eine Band aus dem wunderbaren Hamburg, wo ich ursprünglich herkomme.«

»Oh, du bist Hamburger? Was hat dich denn zu uns an die Ostsee verschlagen?«

Er beugt sich leicht zu mir vor, während er bereits meine Haare ausgiebig begutachtet. »Mein wunderbarer Mann kocht hier im Kurhaus.«

»Uuuh«, stoße ich begeistert aus, »in dem Sterne-Restaurant?«

Er nickt stolz. Und zieht dann seine dichten, perfekt gezupften Augenbrauen etwas zusammen, als er sich wieder meiner Haarpracht widmet. »Linda-Schätzchen«, sagt er schließlich, »Was ist denn deine Originalhaarfarbe?«

»Hm«, sage ich mit einem Schulterzucken, »so mittelblond vielleicht.«

Ehrlich gesagt, lasse ich schon so lange Strähnchen machen, dass ich mich gar nicht mehr wirklich an meine eigentliche Haarfarbe erinnere.

»Hmmmm«, er schüttelt seinen Kopf etwas und schaut mich dann wieder prüfend an, bevor er etwas an meinem Haaransatz herumnestelt, »ich finde deine Originalhaarfarbe eigentlich ganz schön. Was hältst du davon, wenn ich dir nur ein paar goldene Highlights mache und danach das Ganze mit Gloss auffrische? Damit bringen wir viel mehr Struktur in deine Haare, wir arbeiten mit dem Licht, und du wirst sehen, dass sie dann auch ganz anders fallen. Und vor allem wird es nicht gefärbt aussehen, sondern total natürlich.«

Ich schaue ihn etwas überrascht an. So eine professionelle Beratung habe ich ja noch nie bekommen. Die Aussicht auf diese glänzende Traumhaarfarbe beglückt mich augenblicklich. Und deshalb nicke ich begeistert.

»Und was machen wir beim Schnitt?«, fragt er gleich weiter.

Ich schaue ihn fragend an, bereit, mich auch was das angeht voll und ganz in seine Expertenhände zu begeben. »Was meinst du?«

Er breitet die Haare schwungvoll aus, und sie fallen weit über meine Schultern. Ich trage sie so selten offen, dass mir gar nicht aufgefallen ist, wie lang sie mittlerweile schon geworden sind.

»Du hast so schöne leichte Wellen«, ruft er begeistert aus, »die würden noch besser zur Geltung kommen, wenn das Haar etwas kürzer wäre.«

»Wie kurz denn?«, frage ich etwas ängstlich. So richtige Kurzhaarfrisuren stehen mir nämlich definitiv nicht. Das weiß ich noch aus meinen Teenie-Jahren, in denen ich mich durch alle Farben und Längen durchprobiert habe.

»Ich wäre für einen langen Bob. Schau, bis hier so«, er zeigt mit der Handkante knapp über mein Schlüsselbein. »Schön fließend mit unsichtbaren Schichten, damit wir da ordentlich Volumen hineinbekommen.«

Wow! Das ist aber echt mal was anderes als das »Spitzen und Strähnchen wie immer? Bitte, danke, beehren Sie uns bald wieder«, das ich aus meinem alten Friseurladen kenne.

Ich nicke jetzt noch freudiger und kann es gar nicht abwarten, endlich meine neue Frisur zu bekommen.

»Und? Wie bist du auf uns gekommen?«, fragt Dennis schließlich, nachdem er akribisch wie mein Chemielehrer früher die Farbe gemischt hat.

»Ihr wurdet mir wärmstens empfohlen sozusagen«, sage ich, während ich einen weiteren Schluck von meinem übrigens köstlichen Latte macchiato nehme, »meine Ma kommt seit eurer Eröffnung nur noch zu euch.«

»Und wie heißt deine Mama?«

»Birgit Hansen. Sie hat eine kleine Bäckerei in Gager, namens ›Astrids Backstube‹, und mir gehört die Pension ›Nordwind‹ daneben.«

Sein Gesicht hellt sich noch mehr auf als sowieso schon. »Ahhh, natürlich. Du bist *die* Linda. Ich hab schon so viel von dir gehört!«

»Von meiner Mutter?«, frage ich mit hochgezogenen Augenbrauen.

Er nickt eifrig. »Und jetzt ist mir auch klar, warum mir dein hübsches Gesicht gleich so bekannt vorkam. Deine Mutter ist ja auch so eine unglaublich attraktive Frau. Vor allem«, er zwinkert mir leicht zu, »mit ihrer neuen Frisur.«

Ich lache zustimmend. Dennis hat recht, meine Mutter sieht wirklich toll aus. Kein Wunder, dass sich Männer für sie interessieren. Und ja, ich gönne es ihr total, auch wenn ich immer noch ein klein wenig enttäuscht bin, dass sie mir weiterhin so rein gar nichts davon erzählen will.

»Und du bist in einer festen Beziehung, ne? Hat sie mir zumindest erzählt ...«, plaudert mein Friseur weiter, der nun angefangen hat, meine Haare einzupinseln, als wäre ich eine weiße Leinwand.

Ich nicke leicht. Und irgendwie viel zögerlicher, als ich beabsichtigt hatte.

»Na, du scheinst aber nicht allzu begeistert davon zu sein, Schätzelein«, kommentiert er und hält für einen Moment inne, um mich im Spiegel direkt anzuschauen.

»Ich weiß es nicht. Kennst du dieses Gefühl, dass eigentlich alles gut ist, und trotzdem fehlt etwas? Und du weißt nicht, ob du einfach nur undankbar bist, weil eigentlich ja alles gut ist? Oder ob du in Wahrheit dringend etwas ändern musst, weil du eben nur dieses eine Leben hast?« Ich wundere mich selbst kurz über meine ehrlichen Worte. Aber manchmal ist es eben leichter, mit jemandem zu sprechen, der die Menschen um einen herum nicht wirklich kennt. Der sozusagen einen unbefangenen Blick von außen hat. Und der nicht Teil deines Alltags ist und dir deine Worte immer wieder vorhalten kann, wenn es dir schon längst wieder besser geht und sich die Flausen aus deinem Kopf verflogen haben.

Dennis legt seinen Kopf schräg wie ein kleiner Hundewelpe. »Linda, ich mag dich ja noch nicht lange kennen, aber du scheinst mir niemand zu sein, der immer unzufrieden ist. Also stimmt vielleicht wirklich etwas nicht. Vertraue deinem Bauchgefühl.« Er pinselt ein wenig weiter, und als ich nichts mehr sage, spricht er weiter. »Bevor ich mit Mark, meinem Mann, dem Chefkoch, zusammengekommen bin, war ich zehn Jahre mit einem deutlich älteren Mann zusammen. Er war meine erste große Liebe. Aber wir haben eigentlich gar nicht zusammengepasst. Wir wollten völlig verschiedene Dinge vom Leben. Er wollte in den Skiurlaub nach Tirol, ich in die Karibik. Er wollte eine Katze, ich einen Hund. Er hat lieber drinnen am Kamin gehockt, ich wollte gerne in schöne Restaurants ausgeführt werden. Das mögen alles ganz profane Dinge sein, aber sie haben ständig zu Spannungen geführt.«

»Aber wann wusstest du, dass du dich wirklich von ihm trennen musst?«

»Als ich mich in Mark verliebt habe.«

Ich schlucke schwer, als er das sagt. Habe ich unter Umständen schon längst die Antwort auf meine Fragen gefunden?

Meine Reaktion entgeht Dennis nicht. »Ist da etwa jemand anders?«, fragt er neugierig, und seine Augen blitzen auf.

Ich schüttle abwehrend den Kopf, aber sofort hält er mir diesen sanft mit beiden Händen fest und wirft mir einen strengen Blick zu.

»Ich weiß es nicht«, rücke ich schließlich mit der Sprache heraus. »Ich hatte heute Nacht so einen seltsamen Traum …«

»Uuuuuh, von einem anderen?«

»Er ist momentan in meiner Pension zu Gast, aber aus uns kann nie etwas werden.«

»Warum?«

»Seine Frau ist gestorben, und er ist immer noch so voll mit tiefer Trauer, als wäre sie erst seit gestern tot.« Weil ich finde, dass das so klingt, als würde ich das nicht verstehen, füge ich dann noch hinzu: »Und das kann ich auch verstehen, die beiden waren ein Traumpaar. So richtig große Liebe und so …«

Er schaut mich nachdenklich an. »Wann ist sie denn verstorben?«, fragt er dann.

»So vor zwei Jahren.«

»Aber Schätzchen, dann wird es doch Zeit für ihn, mal wieder ins Leben zurückzufinden.«

Ich schaue ihn ob seiner pragmatischen Antwort leicht entgeistert an.

»Ich meine«, redet er weiter, »ja, das ist alles furchtbar und so. Aber das Leben muss doch weitergehen. Auch nach so einem Schicksalsschlag. Findest du nicht?« Als ich ihm nicht antworte, pinselt er meine Haare schweigend noch etwas weiter an, stellt dann seine Schale weg und reibt sich zufrieden die Hände. »So, das muss jetzt erst einmal einwirken. Soll ich dir eine Zeitschrift bringen? *Gala? Bunte? Vogue?*«

To-do-Liste:

- ans Meer gehen, jeden Tag!
- Markus sagen, dass etwas fehlt (?) (!) (?)
- ~~zum Friseur gehen~~

Kapitel 9

Während ich kurz darauf durch ein buntes Magazin blättere, schweifen meine Gedanken immer wieder ab, und ich muss über Dennis' Worte nachdenken. Das Leben muss doch weitergehen… Irgendwie hat er ja recht damit, aber ich kann mir so gut vorstellen, dass für Paul mit Paulas Tod auch sein Leben zu Ende gegangen ist. Was die beiden hatten, war eben nicht nur eine Beziehung, sondern so eine Art Seelenverwandtschaft. Ich meine, das geht ja schon damit los, dass sie Paul und Paula waren. Schon dass sie diese Namen trugen, lässt ihre Liebesgeschichte wirken, als wenn sie einer Hollywoodromanze entsprungen ist. Aber nicht nur ihre Namen haben perfekt gepasst. Ich erinnere mich an ihre Besuche in der »Nordwind« und wie sie einander schon morgens beim Frühstück gefüttert haben und immer, wirklich immer, so gewirkt haben, als hätten sie sich total viel zu erzählen (während ich das denke, spüre ich einen leichten Anflug von Eifersucht, den ich sofort dahin zurückschicke, wo er hergekommen ist).

Andererseits, vielleicht hat Dennis auch irgendwie recht? Paula ist tot. Und das ist furchtbar. Eine Katastrophe, vor allem für Paul. Aber er ist gerade einmal Ende dreißig. Soll das jetzt schon sein Leben gewesen sein? Ist es vielleicht nicht doch möglich, dass er irgendwann wieder das Leben genießen kann? Vielleicht muss man ihn nur aus seiner Trauer herauslotsen? Nicht zulassen, dass er sich in der Dachkammer einsperrt und das gleiche Lied in Endlosschleife hört? Vielleicht muss er nur mal wieder sehen, wie schön die Welt um ihn herum wirklich ist? Vielleicht gewinnt er dann die Lebenslust zurück, die er immer hatte? Ich frage mich, was Paul so richtig aus seinem tiefen Loch ziehen könnte. Neben dem Schreiben – wofür interessiert er sich? Wofür brennt er?

Dann nehme ich mein Telefon zur Hand und google den Namen Paul Schumann. Das habe ich bisher noch nie gemacht (also wirklich noch nie – ich habe noch nicht einmal mich selbst gegoogelt, wobei ich auch nicht wüsste, was da Interessantes bei herauskommen sollte), aber auf einmal spüre ich das dringende Bedürfnis, mehr über diesen Mann, der mir so gar nicht mehr aus dem Kopf zu gehen scheint, zu erfahren. Tatsächlich tauchen gleich eine Menge Links auf, Rezensionen, Porträts, aber nichts Aktuelles – wie denn auch, schließlich hat sich Paul in den letzten Jahren komplett zurückgezogen. Der Einfachheit halber klicke ich auf seine Wikipedia-Seite und lese hier unter anderem, dass Paul am 30. Juli Geburtstag hat und in diesem Jahr vierzig wird. Ich ziehe erstaunt die Augenbrauen hoch. Das ist ja schon in zehn Tagen! Wer weiß, wie lange Paul noch in der »Nordwind« bleiben wird? Eventuell feiert er ja sogar seinen Vierzigsten mit mir. Was, wenn ich ihm ein besonderes Geschenk mache? Etwas, das ihm Hoffnung gibt? Ihn mal wieder wirklich glücklich macht?

Geht's noch ne Nummer kleiner, Linda?, schießt es mir auf einmal durch den Kopf. Aber ich ignoriere diese innere, oft viel zu zweifelnde Stimme einfach und greife entschlossen nach meiner Tasche. Paul steckt fest, denke ich, während ich mein schwarzes Notizbuch herausziehe. Er steckt in seiner Trauer und seinem leeren Leben fest. Was er braucht, sind neue Perspektiven. Dinge, die er noch kennenlernen kann, die ihn bereichern und ihm zeigen, dass es eine ganze Welt da draußen gibt, die auf ihn wartet. Und welcher Ort ist dafür besser als unsere schöne Insel, die er ganz offensichtlich kaum kennt? Hier kann er noch so viel zum ersten Mal erleben, und nichts ist aufregender und hoffnungsstiftender als etwas Wunderschönes zum ersten Mal zu erleben, oder? Ich grüble einen weiteren Moment, während ich den Stift an meine Lippen lege, dann beginne ich zu schreiben:

40-mal Glücksmoment – Für Paul von Linda

1. Das Rauschen des Meeres in deinen Ohren.

2. Der Geschmack von selbst gesammelten Blaubeeren.

3. Das zischende Flattern von Drachen im Wind.

4. Das Glänzen von nassen Robbenrücken in der Sonne. *(Seit einiger Zeit bieten Fischer eine Robbentour von Baabe aus an – ich notiere mir, dass ich Fritz nach dem Kontakt fragen sollte.)*

5. Das aufgeregte Schreien der Möwen, wenn Fritz morgens mit dem Kutter wiederkommt.

6. Das Knirschen der Steine unter den Schuhen in den Feuersteinfeldern bei Mukran.

7. Das Pfeifen und Dampfen vom *Rasenden Roland* in Aktion.

8. Der Wind im Haar, wenn man mit dem Fahrrad über den Deich nach Klein Zicker fährt.

9. Das schnell schlagende Herz, nachdem man den Bakenberg in Zicker bestiegen hat.

Ich überlege, was mir noch einfällt, was mich glücklich macht und was für Paul vielleicht ebenso Bedeutung haben könnte, wofür er sich begeistern kann – und mir fällt ein, wie er eines Abends klassische Musik gehört hat. Wie ich schon gesagt habe, mache ich mir nicht so viel aus Klassik, aber es gibt eine Melodie, die ich ganz wunderbar finde und die ich immer wieder hören kann. Und mit der ich seit meiner Jugend besondere Erinnerungen verbinde: nämlich die, die am

Ende jeder Vorstellung der Störtebeker-Festspiele zum Feuerwerk erklingt. Ich habe früher begeistert Schultheater gespielt, und seitdem war ich mehrere Jahre als Statistin bei den Störtebecker Festspielen dabei und bin jeden Sommer zu der Vorstellung nach Ralswiek gefahren. Wie habe ich die Schauspieler bewundert! Störtebeker mit seinen wilden Locken, der reiten konnte wie der Teufel. Wobei ich noch eher Fan von Gödeke Michels war, diesem Bären von Mann, der Störtebeker in seinen Abenteuern immer zur Seite stand. Als Teenager auf der Suche nach meinem Vater habe ich mir manchmal vorgestellt, dass der bärtige Schauspieler Dietmar Lahaine mein Vater sei – was natürlich Quatsch ist, aber irgendwie fand ich die Vorstellung schön, diesem großen Unbekannten ein Gesicht zu geben. Zu denken, dass mein Vater so aussehen könnte. Und ich ihm nah sein könnte und endlich wissen würde, wer er ist.

Wie dem auch sei, die Störtebeker Festspiele bedeuten mir viel, und der Moment nach der Vorstellung, wenn das Feuerwerk beginnt und eben diese Töne der klassischen Musik über den Jasmunder Bodden schallen, war schon immer ein Highlight für mich. Ich schaue kurz im Internet nach, von wem die Melodie stammt, und schreibe dann auf die Liste:

10. Dieses Kribbeln, wenn die ersten Töne von Richard Strauss' *Zarathustra* ertönen und das Feuerwerk nach der Störtebeker-Vorstellung beginnt.

Mir fällt ein, dass meine alte Schulkameradin Maria doch jetzt bei den Störtebeker Festspielen als Schauspielerin arbeitet. Vielleicht kann sie Paul dann sogar backstage bringen? Oder wir dürfen als Statisten am Ende gar mitmachen? Ich mache mir einen entsprechenden Vermerk. In diesem Moment kehrt Dennis zurück und überprüft meine Haarfarbe. Er klatscht zufrieden in die Hände und sagt dann: »Oh toll, toll. Linda-Schätzchen, du wirst unglaublich aussehen, wenn ich mit dir fertig bin!«

Als ich eine weitere Stunde später aus dem Salon trete, habe ich das dringende Bedürfnis, mich in jeder Fensterscheibe zu spiegeln. Normalerweise bin ich nicht so eitel, aber meine neue Frisur sieht wirklich, wirklich toll aus. Dennis hatte nicht zu viel versprochen. Die goldblonde Haarfarbe glänzt strahlend im Sonnenlicht, und meine Haare fallen locker in leichten Wellen und umrahmen dadurch perfekt mein Gesicht. Und das ohne großen Aufwand beim Föhnen. Denn für Rundbürsten und solche Sachen habe ich an einem normalen Morgen ja sowieso keine Zeit. Ich bleibe einen weiteren Moment vor einem Autofenster stehen und kann es jetzt nicht mehr erwarten, mit meinen »neuen Haaren« zurück in die Pension zu kommen und Tamara, meine Mutter und all die anderen zu überraschen. (Ganz tief in mir drin bin ich natürlich besonders gespannt, ob Paul etwas merken wird – noch während ich das denke, fällt mir jedoch ein, dass ich Markus in meiner Auflistung ganz vergessen habe, und ich fühle mich augenblicklich ein wenig schlecht, ein Gefühl das aber schnell wieder verfliegt, weil ich in diesem Moment einfach viel zu zufrieden bin mit der Welt). Ich steige voller Schwung in mein Drachenmobil und fahre gut gelaunt und sogar zur Radiomusik mitsingend zurück nach Gager.

Als ich in der »Nordwind« ankomme, werde ich auch tatsächlich von Tamara und Christa mit großem Hallo und vielen Komplimenten empfangen. Ich schaue mich suchend um, ob Paul vielleicht irgendwo ist, aber ich kann ihn nicht entdecken. Stattdessen sagt mir Tamara, dass Markus schon in der Pension war und nach mir gefragt hat. Mein schlechtes Gewissen setzt ein, und bevor ich mich wieder an die Arbeit mache, beschließe ich, meinem Freund spontan einen Besuch abzustatten. Ich laufe das kurze Stück zu seinem Büro im Ortskern zu Fuß und betrete nach wenigen Minuten den kleinen Neubau, der zwischen den Reetdachhäusern immer etwas deplatziert wirkt. Steffi, seine Sekretärin und rechte Hand, spricht gerade am Telefon. Sie winkt mir freundlich zu und gestikuliert, dass ich einfach durchgehen soll.

Markus sitzt an seinem Schreibtisch und starrt ganz vertieft auf seinen Computerbildschirm. Als ich mich von hinten anschleiche, entdecke ich, wie auf seinem Computer das türkisfarbene Logo von Tiffany&Co aufleuchtet, und mein Herz rutscht mir augenblicklich in die Hose. Oh. Mein. Gott. Dafür gibt es nur eine Erklärung: Markus schaut sich Verlobungsringe an. Spontan rufe ich laut, viel zu laut, fast kreischend, seinen Namen, und mein Freund schließt reflexartig die Seite und dreht sich erschrocken zu mir um. Ich atme tief durch und versuche angestrengt, meinen eigenen

Schreck zu überspielen. Markus steht lächelnd auf, und wir umarmen uns. Er drückt mir einen feuchten Kuss auf meine Lippen. »Wow, Linda«, ruft er aus, »Du siehst ja mega aus!« Ich erwidere sein Lächeln, während in meinem Kopf nur ein Gedanke wie eine Neon-Anzeigetafel blinkt: Verlobung! Verlobung! Verlobung! Gerade kann ich kaum etwas sagen und nicke nur, als Markus mich mit einem Schwall von Komplimenten eindeckt. Markus sucht einen Verlobungsring! Er will mich heiraten! Dabei weiß ich selbst nicht, warum mich diese Entdeckung so überrascht. Ich meine, natürlich will er das. Er hat es ja oft genug gesagt. Seit Monaten will er, dass wir zusammenziehen, er plant ja seine Zukunft mit mir. Und dazu gehört es für Markus eben auch zu heiraten. Ich bin trotzdem immer noch sprachlos, ja, geradezu erschüttert von dieser Entdeckung. Wahrscheinlich liegt es daran, dass ich in den letzten Tagen unsere Beziehung immer mehr und mehr infrage gestellt habe. Während ich also überlege, ob ich mich vielleicht von ihm trennen sollte, sucht Markus einen Ring, um unsere ewige Verbindung zu besiegeln. Dieser Gedanke überwältigt mich völlig, und ich empfinde eine Mischung aus schlechtem Gewissen und trotzdem auch Rührung, dass mein Freund diesen nächsten großen Schritt plant.

Offenbar um davon abzulenken, was er hier gerade am Computer gesucht hat, plappert Markus in einer Weise, die ich sonst nicht von ihm kenne, wild darauf los. Er stellt mir alle möglichen Fragen zum Friseur (und er hat wirklich keine Ahnung von so was) und erzählt mir dann ausschweifend von einem neuen Projekt, das er am Morgen an Land gezogen hat. Eine Wellnesstherme in Sellin, ein riesiges Bauvorhaben, das er als Projektleiter begleiten soll. Ich versuche, mich auf seinen Bericht zu konzentrieren und nicht dauernd über die offenbar anstehende Verlobung nachzudenken: »Wow, gratuliere, Schatz, das klingt ja wirklich super.«

»Ist es auch. Damit mache ich so viel Geld in fünf Jahren wie sonst in zehn, ach, was sag ich, fünfzehn! Dann können wir uns endlich ein Boot kaufen …«

Ich denke kurz über seine Worte nach und platze dann heraus: »Bevor wir uns ein Boot kaufen, sollten wir vielleicht lieber erst mal ein Kind bekommen …« Eigentlich weiß ich selbst nicht, warum ich das sage – ich meine, vor ein paar Stunden war ich noch so unsicher wie nie zuvor, ob Markus und ich überhaupt zusammenbleiben sollten.

Markus schaut mich nervös blinzelnd an wie meistens, wenn ich das Thema Kinder aufbringe. Ehrlich gesagt, weiß ich nie so genau, warum dieses Thema bei ihm so ein Unbehagen auszulösen scheint. Meistens lasse ich ihn dann schnell das Thema wechseln, aber dieses Mal ziehe ich nur meine Augenbrauen hoch und blicke fragend zurück. Dieses Mal muss er mir einfach eine konkrete Antwort geben.

»Ja, na klar, Kinder und ein Boot schließen einander ja nicht aus«, lenkt er schließlich schnell ein, und ich habe doch das Gefühl, dass es sich dabei um ein halbherziges Statement handelt.

»Markus, ich will Kinder. Vielleicht nicht heute. Aber bald. Hallo, ich bin immerhin schon sechsunddreißig!«, rufe ich empört. Jetzt suche ich Streit. Ich spüre es. Ich weiß es. Und ich kann es doch nicht stoppen.

Markus macht einen Satz und schließt schnell seine Bürotür. Offensichtlich möchte er nicht, dass seine Mitarbeiter irgendetwas von unserem Gespräch mitbekommen. Dann nickt er heftig mit dem Kopf und streicht mir beschwichtigend mit seinen Händen an den Schultern entlang: »Weiß ich doch, Linda. Weiß ich doch.«

»Ja, aber alles, was du planst, ist, ein Boot zu kaufen! Du willst nie über Kinder reden. Nicht einmal über Namen. Nicht einmal darüber, wie viele Kinder du willst. Oder wo in deinem riesigen Haus Platz für ein Kinderzimmer wäre. Und wenn in der ›Nordwind‹ Kinder zu Besuch sind, machst du einen riesigen Bogen um sie. Magst du Kinder überhaupt? Willst du überhaupt welche?« Nach diesem Schwall Worte muss ich geräuschvoll schnaufen.

»Na ja, nur weil ich mich nicht für die Kinder von fremden Menschen interessiere, heißt das ja noch lange nicht, dass ich selbst keine will«, antwortet er, aber es klingt nicht besonders überzeugend. »Aber unser Leben ist doch im Moment total gut so wie es ist. Das heißt, nein! Weißt du Linda, du redest über Kinder, aber du kannst dich nicht einmal dazu durchringen, mit mir zusammenzuziehen. Dabei wäre das doch der erste Schritt!«

Ich schaue ihn trotzig an. Ja, ich weiß, dass er recht hat. Irgendwie. Aber irgendwie habe auch ich recht. Denn Markus scheint wirklich nicht der größte Kinderfreund zu sein, und wenn ich ehrlich bin, stört mich das schon lange. Und auch wenn er immer behauptet, dass das bei seinen eigenen

Kindern schon anders wäre – so richtig glauben kann ich ihm nicht.

Einen Moment lang hängen wir beide unseren Gedanken nach und verabschieden uns schließlich, weil wir beide gerade nichts mehr zu sagen haben. Erst später, als ich schon wieder alleine in meinem Büro sitze, fällt mir auf, dass Markus und ich heute auf den Tag genau seit zwei Jahren zusammen sind. Und irgendwie denke ich plötzlich, dass es meine Schuld ist, dass wir uns nicht mehr so nah wie früher sind.

Der Rest des Tages verläuft ereignislos. Zu meiner Verwunderung entdecke ich Paul den ganzen Tag nicht in der Pension. Am frühen Abend schreibe ich Markus eine Nachricht und erinnere ihn daran, dass heute eigentlich unser Jahrestag ist. Er antwortet eine Stunde später mit einem Anruf und erklärt mir aufgeregt, dass er bis jetzt in einem Meeting war und dass es ihm total leidtut, dass er unseren Jahrestag vergessen hat. Weil er aber noch einige weitere Sachen für sein neues Projekt erledigen muss und mir 22 Uhr für ein Abendessen zu spät ist, verschieben wir unseren Jahrestag kurzerhand auf das Wochenende. Und gegen neun Uhr abends schlafe ich schließlich während irgendeiner Krankenhausserie im Fernsehen auf dem Sofa ein.

To-do-Liste:

- ans Meer gehen, jeden Tag!
- Restaurant für unseren Jahrestag reservieren

- an der Geburtstagsliste für Paul weiterarbeiten
- ~~Markus sagen, dass etwas fehlt (?) (!) (?)~~

Kapitel 10

Als ich am nächsten Morgen aus meiner Dachwohnung trete, steht Paul auf dem Flur vor meiner Tür. Ich weiche überrascht zurück.

»Sorry, ich wollte dich nicht erschrecken!«, sagt er schnell.

»Lauerst du mir etwa auf?«, frage ich grinsend, weil es wirklich ein wenig so aussieht, wie er hier im Flur herumlungert.

Er schaut sich etwas peinlich berührt um. »Na ja, ich habe dich gestern den ganzen Tag nicht gesehen und wollte dich unbedingt was fragen.«

»Aha«, rufe ich gespannt aus, »Was denn?«

»Meinst du, ich könnte in deinem Büro unten mal ein paar Seiten ausdrucken? Ich habe doch angefangen, an meinem neuen Buch zu arbeiten, und es hilft mir immer, alles schwarz auf weiß zu lesen und dabei wirklich in den Händen zu halten ...«

Seine Antwort enttäuscht mich im ersten Moment ein bisschen. Was hast du denn erwartet Linda?, frage ich mich in Gedanken. Dass er dich fragt, ob du ihn küssen willst? Oder ob ihr gemeinsam durchbrennen wollt? O Mann, schon alleine diese Gedanken. Und überhaupt: Gerade mal einen Tag habe ich es geschafft, ihm aus dem Weg zu gehen. Aber wenn ich ehrlich bin, freue ich mich total, ihn zu sehen. Und dass er mich um meine Hilfe bittet, selbst wenn es nur um den Drucker geht.

»Ja klar«, antworte ich etwas euphorischer, als ich es beabsichtigt habe, »hast du einen USB-Stick?«

Er klopft nickend auf seine Hosentasche, und ich drehe ab in Richtung Treppe, Paul im Schlepptau.

»Warst du beim Friseur, Linda?«, fragt er von hinten, während wir die Stufen fast lautlos hinuntergehen.

Ich drehe mich kurz über die Schulter und nicke. Beim Blick in seine strahlenden blauen Augen verliere ich fast das Gleichgewicht und muss mich an dem Geländer festhalten. Als hätte ich für einen Moment vergessen, wie unglaublich toll er aussieht. Und mit welcher Intensität er schauen kann.

Ich konzentriere mich jetzt wieder auf die Treppe. Weil anscheinend die Stufen hinunterlaufen und gleichzeitig Paul angucken schon meine Fähigkeiten bei Weitem übersteigt.

»Du siehst toll aus«, sagt er schlicht, und sofort kribbelt es in meinem Bauch, als hätte sich dort ein ganzer Schwarm von Schmetterlingen eingemietet. »Danke«, murmle ich und bin froh, dass er das entrückte Honigkuchenpferd-Grinsen auf meinem Gesicht nicht sehen kann, weil ich immer noch vor ihm laufe.

Als wir unten in der Rezeption ankommen, steht dort bereits eine Familie mit zwei Kindern. Mist, fällt mir erschrocken ein, das habe ich ganz vergessen! Das müssen die neuen Gäste sein, sie hatten extra darum gebeten, etwas früher einchecken zu können. Weil sie mit den Kindern schon ganz frühmorgens losgefahren sind, um nicht in irgendwelche Staus zu geraten. Ich suche in meinem Kopf verzweifelt nach dem Namen der Familie, aber es herrscht gähnende Leere.

»Guten Morgen«, rufe ich dafür umso freundlicher, und die Eltern grüßen freundlich, aber sichtbar erschöpft zurück, während die Kinder, ein etwa dreijähriger Junge sowie ein circa fünfjähriges Mädchen, in ihren knallbunten Kinderkoffern wühlen und dabei immer mehr Spielsachen hinausbefördern, die sie großzügig im Raum verteilen.

»Wartest du kurz? Ich müsste erst einmal die Gäste einchecken«, raune ich Paul zu. Er nickt und setzt sich dann mitten zwischen die Kinder auf einen der Sessel.

Ich fahre meinen Computer hoch und prüfe schnell, ob Tamara die Zimmer gestern schon fertig gemacht hat – zumindest hoffe ich, dass sie die Gäste nicht genauso wie ich vergessen hat. Nein, Tamara, dieser Engel, hat schon das Wichtigste vorbereitet, und ich muss nur noch ein paar letzte Handgriffe übernehmen, wie das Überprüfen der Daten. Währenddessen bedienen sich die Eltern schon einmal an der Nespresso-Maschine im Frühstücksraum. Als ich nach kurzer Zeit von meinem Bildschirm hochschaue, entdecke ich überrascht, dass der kleine Junge es sich mittlerweile auf Pauls Schoß bequem gemacht hat, während das Mädchen vor ihm steht und ihm aufgeregt irgendeine Geschichte zu erzählen scheint, zu der Paul immer wieder lächelnd nickt. Ich bin total baff, weil ich im Leben nicht gedacht hätte, dass Paul so gut mit Kindern umgehen kann. Warum, weiß ich nicht. Vielleicht, weil ich ihn eher für einen verkopften Schriftsteller gehalten habe, vielleicht weil er immer so traurig ist. Vielleicht aber auch, weil ich, wenn ich ehrlich bin, wenige Männer kenne, die besonders gut mit Kindern umgehen können. Dieses Fehlen an väterlichen Typen in meinem Leben geht ja schon mit der Abwesenheit meines eigenen Vaters los.

Ich wische den Gedanken weg, weil jetzt wirklich nicht die Zeit ist, um über das Fehlen einer Vaterfigur in meinem Leben nachzudenken (Und sowieso! Warum muss ich in letzter Zeit überhaupt so oft an ihn denken?), und überreiche den Eltern schließlich zwei Schlüssel. Ich habe bei der Renovierung der »Nordwind« extra zwei Zimmer mit einer Verbindungstür versehen lassen, um auch eine Familiensuite anbieten zu können. Und immer wieder berichten mir Eltern, dass sie bei mir gelandet sind, weil es so wenig Pensionen gibt, die eine solche Lösung für Familien anbieten. Oftmals sind die Kinder einfach noch zu klein, um alleine in einem eigenen Zimmer schlafen zu können. Oder die Eltern wünschen sich einen Raum, in dem sie abends noch sitzen können, wenn die Kleinen schon schlummern. Und in Hotels sind solche Familienzimmer oftmals unerschwinglich für die Eltern.

»Wollen Sie gleich frühstücken?«, frage ich freundlich und schaue zum Büfett rüber, das Christa, die gute Seele, bereits reichlich bestückt hat. Doch der Mann winkt gähnend ab.

»Wir werden jetzt erst mal versuchen, noch eine kleine Runde zu schlafen.« Er umarmt seine Frau mit einem Arm, und sie legt kurz ihren Kopf auf seiner Schulter ab. Dann flüstert er grinsend in meine Richtung: »Und die Kinder setzen wir vor den Fernseher, so wie sich das für vorbildliche Eltern gehört. Es gibt doch einen Fernseher im Zimmer?«

Ich nicke lächelnd und schaue danach den Eltern dabei zu, wie sie ihre Kinder und die gefühlt zwanzig Kilo Spielzeug einsammeln. Die beiden Kleinen winken Paul noch einmal zu, bevor sie mit den Eltern langsam die Treppe hochlaufen. Er winkt freundlich zurück und ruft dann noch »bis später, Max und Sofie!«. Dann kommt er auf mich zugeschlendert.

»Wow, du bist ja ein richtiger Kindermagnet«, sage ich schmunzelnd, während wir zusammen in mein Büro laufen.

Er nickt lächelnd. »Kinder sind das Beste überhaupt. Stell dir eine Welt ohne Kinder vor, das wäre doch der reinste Horror! Nur Kriege und Erwachsene, die dem schnöden Mammon und falschen Werten hinterherlaufen.« Bei diesen Worten schüttelt er sich leicht.

Ich beobachte ihn verstohlen von der Seite, während sich in mir eine wohlige Wärme ausbreitet. Denn ganz ehrlich, von allen Dingen, die ich eh schon an Paul mag, ist das wohl bisher mit Abstand das Tollste, was ich ihn habe sagen hören. Wobei das Zweittollste dann gleich danach kommt: Paul entdeckt meine Fotos in der Büroecke: »Linda, wer hat denn diese Fotos gemacht? Die sind ja echt traumhaft schön. Ist das ein Künstler aus der Gegend?« Bei diesen Worten werde ich ganz rot vor Verlegenheit – und vor Stolz.

Ganz schüchtern und fast schon stotternd gebe ich mich als die »Künstlerin« zu erkennen. Als ich im nächsten Moment gleich wieder abwehren will, dass das doch nur schlichte Hobby-Knipsereien seien und alles andere als

Kunst, lächelt Paul mich an und meint: »Nein, Linda, die sind wirklich beeindruckend.« Und schaut weiterhin ganz begeistert auf die Fotos, als würde er sich jede Kleinigkeit einprägen wollen, während der Drucker im Hintergrund leise ratternd Pauls Seiten ausspuckt.

Nachdem wir alles fertig ausgedruckt haben und Paul ausführlich meine Rügenfotos in meinem Büro bewundert hat, begleite ich ihn in den Frühstücksraum. Es ist noch immer so früh, dass bisher kaum Gäste auf den Beinen sind, und obwohl ich sonst meistens in der Küche esse, lasse ich mich von Paul überreden, mit ihm heute ausnahmsweise gemeinsam am Tisch zu frühstücken. »Komm, das Frühstück ist doch angeblich die wichtigste Mahlzeit am Tag«, stellt er mit erhobenem Zeigefinger fest, »Meine Mutter sagt immer, Frühstück wie bei einem Kaiser…«

»Mittagessen wie bei einem König und Abendbrot wie bei einem Bettler«, stimme ich lachend ein. »Das kenne ich auch von meiner Mutter! Aber seitdem sie mich nicht mehr unter ihren Fittichen hat, läuft es leider viel zu oft nur auf einen schnellen Kaffee am Morgen hinaus.«

»Na, das ändern wir jetzt sofort«, antwortet Paul gut gelaunt, und erst jetzt fällt mir auf, dass er heute Morgen gar nicht solche Augenringe wie sonst hat und dass sein Gesicht insgesamt geradezu aufgehellt scheint.

Als ich aufstehen will, um mich am Büfett zu bedienen, winkt er mich zurück auf den Sitz. »Sag mir einfach, was du möchtest. Sei mal Gast in deinem eigenen Haus!«

Die Idee gefällt mir, und so gebe ich Paul Anweisungen, was er mir alles bringen soll. Er macht eine Handbewegung, wie ein Lotse, der seinem Kapitän pariert, und läuft dann zum Büfett. Nach kurzer Zeit kommt er mit einem Brotkorb und zwei Tellern zurück, auf denen er alle Speisen liebevoll arrangiert hat. »Obst hatte die Dame zwar nicht bestellt, aber ich finde, es macht sich zumindest als Deko immer gut«, grinst er und positioniert den Teller fachmännisch vor mir auf den Tisch.

»Vielen Dank«, sage ich lächelnd und stecke mir sofort eine Erdbeere in den Mund. »Man könnte fast meinen, du hättest mal im Service gearbeitet.«

»Hab ich auch, als Barkeeper im Studentenkeller. Und als ich meinen ersten Roman geschrieben habe, in einem türkischen Café in Berlin-Kreuzberg. Rica ederim!«

Aus seinem Mund klingt die fremde Sprache wie eine wunderschöne Melodie. Wir lächeln uns an. »War dein erster Roman gleich ein Bestseller?«, frage ich weiter.

»Das nicht«, sagt er kopfschüttelnd, während er sich ein Müsli mit Joghurt schwungvoll in den Mund löffelt. »Aber ich habe mit dem ersten Buch trotzdem genug Geld für zwei Jahre verdient. Damals waren die Vorschüsse von den Verlagen riesig und Berlin billig. Na ja, und nach ›Viermal Ewigkeit‹ hatten wir dann eh erst einmal ausgesorgt. Wir haben uns eine Wohnung gekauft, und ich dachte damals, dass ich bestimmt nie wieder kellnern muss …« Den letzten Satz sagt er mit einem Ton des Zweifels.

»Bist du dir da jetzt nicht mehr sicher?«, frage ich ihn und nehme einen Schluck von meinem Kaffee.

Er wackelt unsicher mit dem Kopf. »Na ja, kellnern muss ich vielleicht nicht. Aber das Geld wird langsam knapp. Ich habe ja, seit Paula krank wurde, gar nichts mehr verdient. Aber«, er legt den Löffel zur Seite und schaut mir nun direkt in die Augen, »es ist nicht nur das Geld. Der Verlag hatte wirklich lange sehr viel Verständnis für«, er macht mit den Fingern ein paar Anführungszeichen in der Luft, »meine Situation. Aber so langsam wollen sie mal wieder was sehen. Mein Agent denkt sowieso, dass das Schreiben das Einzige ist, was mir helfen kann.«

»Und du? Was denkst du?«

Er legt seinen Kopf in die Handfläche, mich weiter anschauend, als wäre ich die einzige Person im Raum (was ich auch fast bin, aber er hat so eine Art, einen anzugucken, als gäbe es nichts und niemand anderes auf der Welt). »Ich spüre, dass ich langsam wieder bereit bin. Mir fehlt das Schreiben, schon lange. Aber ich konnte mir monatelang nicht mal im Traum vorstellen, auch nur ein Wort zu Papier zu bringen. Es hatte sich angefühlt, als wären alle Gedanken und Ideen komplett geschwärzt worden. Ausgemerzt. Aber jetzt gedeiht da wieder was. Es funkt wieder zwischen mir, den Worten und den Geschichten.«

»Aber das ist doch toll!«

»Ja, ist es. Aber ich spüre auch viel Druck, eben weil ich eigentlich bald mal wieder richtig Geld verdienen müsste, aber mein neuer Roman noch viel mehr Zeit brauchen wird …«

»Ich bewundere dich dafür, dass du so etwas überhaupt kannst. Kreativ zu arbeiten muss eine echte Herausforderung sein.«

»Warum glaubst du das?«, fragt er interessiert, denn neben der Gabe, einen so anzuschauen, als sei man der einzige Mensch im Raum, gibt Paul mir auch immer das Gefühl, wirklich an meiner Meinung interessiert zu sein. Das ist mir von Anfang an aufgefallen, er hat so etwas Verbindliches. Und er scheint immer intensiv über die Dinge nachzudenken, die ich ihm sage. Selbst wenn es nur Kleinigkeiten sind, wie die Erklärung eines plattdeutschen Wortes im Bootsführerscheinkurs.

»Na ja«, sage ich zögerlich, weil ich nun eine besonders kluge Antwort geben möchte, »kreativ zu arbeiten ist bestimmt einerseits total toll, weil man so viel von sich selbst hineingeben kann. Andererseits würde mir genau das auch Angst machen, eben dass man immer so viel von sich selbst preisgeben muss. Dass es eben nicht immer funktioniert wie eine Excel-Liste. Dass es nicht auf Abruf verfügbar ist, und dass Menschen dann über dein Inneres urteilen. In einem Bereich, in dem Geschmack absolut subjektiv ist. Das finde ich total furchterregend.«

Paul schaut mich nachdenklich an. Dann lacht er. »Ich habe eigentlich nicht das Gefühl, dass du vor so vielen Dingen Angst hast, Linda.«

Ich muss ebenfalls lächeln. Dann zucke ich verlegen mit den Schultern.

»Außerdem«, fährt er fort, »du gibst bei deiner Arbeit ja auch dein Herzblut. Du hast eine kreative Seele, denn selbst wenn ein großer Teil deines Alltags eher Routine zu sein scheint, machst du es immer auf eine Art, die sich stets neu erfinden will. Die kleinen Details am Büfett, wie du deine Pension insgesamt gestaltet hast, die Einrichtung in den Zimmern. Und nachdem ich deine Fotografien gesehen habe, bin ich sowieso davon überzeugt, dass du ein geradezu magisches Auge hast. Vor allem für diese wunderschöne Insel und ihre Bewohner. Wie du zum Beispiel auf dem Bild von der zugefrorenen Ostsee mit dem Licht gespielt hast! Und dieses Porträt von dem alten Fischer, seine tiefen Furchen und Falten, all die Geschichten in seinem Gesicht, so etwas muss man erst einmal einfangen können!«

Ich bin sprachlos, weil mich dieses Kompliment wirklich berührt. Das Kompliment an sich und dann noch, von wem es kommt. Was ihm alles aufgefallen ist!

Paul zeigt auf sein inzwischen fast leeres Glas: »Möchtest du auch noch einen O-Saft?«

Ich schüttle stumm den Kopf und schaue ihm nach, wie er sich sein Glas auffüllt. Seine schmale Figur, die wilden Locken, alles an ihm federt heute. Er scheint wie ausgewechselt.

»Hast du mal darüber nachgedacht, einen Reiseführer für Rügen zu schreiben?«, höre ich mich sagen, als Paul sich wieder auf den Stuhl mir gegenüber fallen lässt.

Er schaut mich skeptisch an. »Reiseführer sind eigentlich nicht so mein Ding …«

»Na ja, ich meine ja auch nicht so ein Nullachtfünfzehn-Ding. Sondern eine Art literarischen Reiseführer. Mit kurzen Geschichten über die Orte, und nebenbei gibt es auch noch ein paar wirklich praktische Tipps.«

Er spitzt nachdenklich die Lippen. »Keine schlechte Idee eigentlich …«, murmelt er schließlich.

»So etwas würde sich wie warme Semmeln verkaufen.

Mich fragen die Gäste immer nach besonderen Ausflügen. Und wenn du das schreibst, umso besser – die Leute kennen dich doch und würden bestimmt gerne auch mal so etwas Leichteres von dir lesen. Dann hättest du auf jeden Fall wieder genug Geld, um dich in Ruhe deinem neuen Roman zu widmen …«

Er schaut mich überrascht an. »Linda, an dir ist ja eine Literaturagentin verloren gegangen!«

Ich spüre, wie meine Wangen leicht erröten. Was mir augenblicklich total peinlich ist. Weswegen ich nun auf den Tisch starre und an meiner Serviette herumfalte.

»Aber die Idee hat was«, sagt Paul, dem meine Scham gar nicht weiter aufzufallen scheint, angetan. »Aber weißt du, was das Projekt perfekt machen würde?«

Ich schaue gespannt von meiner mittlerweile zum Schwan gebastelten Serviette hoch. »Na?«

»Wenn du dazu Bilder machst!« Er schaut mich mit einem »Tadaaa«-Gesicht an, und ich muss losprusten. Bis ich merke, dass Paul anscheinend keinen Witz gemacht hat. »Ach so? Du meinst das ernst?«

»Na klar meine ich das ernst. Deine Fotos sind der Hammer. Und du kennst dich doch hier aus wie sonst niemand. Ohne dich würde ich mich hier nur verlaufen. Oder lediglich über die schlimmsten Tourifallen berichten. Du hast doch eben selbst gesagt, dass dich die Gäste immer fragen. Wie ich dich kenne, schüttelst du das aus dem Ärmel!« Er beugt sich gewinnend über den Tisch, und seine Augen blitzen geradezu vor Übermut. »Sag ja, Linda!«

Ich schüttle vehement den Kopf und schaue mich dann

um. »Aber dafür habe ich doch gar keine Zeit, ich muss mich doch um die Pension kümmern …«

In diesem Moment betritt Tamara die Rezeption, und Paul ruft sie mit einer winkenden Handbewegung zu uns herüber. Mir entgeht ihr vieldeutiger Blick nicht, als sie uns zusammen am Tisch sitzen sieht, aber Paul ist zum Glück viel zu sehr in seinem Element, um diesen Blick ebenfalls zu bemerken.

»Tamara, du könntest doch sicher Linda in den nächsten Wochen ein bisschen mehr in der ›Nordwind‹ vertreten, oder?«, sagt er auf eine so charmante Art, als wüsste er bereits, dass Tamara ihm seinen Wunsch sowieso nicht abschlagen kann.

Tamara verzieht ihr Gesicht zu einer lustigen Grimasse. Wie ein französischer Kommissar, der gerade über die Lösung eines komplizierten Falls nachdenkt. »Was habt ihr beiden denn vor?«, fragt sie dann gespannt.

»Wir schreiben ein Rügen-Buch. Geschichten von der Insel. Die schönsten Orte, Restaurants und Spaziergänge. Und Linda macht die Fotos.«

»Sosososo«, spitzt meine Kollegin die Lippen, und ich muss nun über ihren immer noch superlustigen Gesichtsausdruck lachen. Und überhaupt muss ich lachen, weil ich mich von Pauls Begeisterung anstecken lasse. Weil ich in diesem Moment so glücklich bin und mich fühle, als würde ich auf Watte laufen.

»Das ist eine prima Idee«, erklärt Tamara schließlich. »Das ist sogar eine sehr prima Idee! Linda, du brauchst dir keine Sorgen machen, wir haben den Laden hier schon im Griff.«

»Wer hat den Laden im Griff?«, höre ich in diesem Moment die Stimme meiner Mutter, die sich offenbar durch den Hinterausgang in der Küche hineingeschlichen und Christa dabei gleich mitgebracht hat. Auf einmal ist es gar nicht mehr so leer im kleinen Frühstücksraum.

»Linda und Paul schreiben ein Buch«, erklärt Tamara begeistert.

»Na ja«, beschwichtige ich sie sofort, »Paul schreibt. Ich fotografiere.«

Christa lächelt überrascht. Meine Mutter schaut uns dagegen sehr nachdenklich an.

»Das ist übrigens meine Mutter«, sage ich in Pauls Richtung und deute dabei auf meine Mutter.

Er springt auf und streckt ihr die Hand aus. »Ich freue mich, Sie endlich kennenzulernen. Sie haben eine wirklich außergewöhnliche Tochter!«

Bei diesen Worten erröte ich wieder, auch wenn mir der immer noch mehr als skeptische Blick meiner Mutter nicht entgeht.

»So«, ruft Paul schließlich, »ich spreche jetzt mit meinem Agenten, und dann tüten wir die Sache ein. Linda, Teambesprechung am Nachmittag? Ach, wir sehen uns ja dann sowieso später beim Bootskurs!« Und mit diesen Worten dreht er schon ab und verbeugt sich noch spielerisch vor Tamara, Christa und meiner Mama, »Die Damen.« Dann läuft er mit federnden Schritten die Treppe hoch, und obwohl ich ihm nachschaue, spüre ich deutlich den stechenden Blick meiner Mutter, die schaut, als hätte sie in eine saure Zitrone gebissen.

To-do-Liste:

- ans Meer gehen, jeden Tag! (heute war ich noch nicht!)
- Details fürs Buch mit Paul besprechen
- Markus von dem Buchprojekt erzählen
- ~~Restaurant für unseren Jahrestag reservieren~~

Dachzimmer in der »Nordwind«, 21. Juli

Geliebte Paula,

es gibt Neuigkeiten: Ich habe gerade mit Hans telefoniert. Wir tüten ein neues Buchprojekt ein. Noch nicht den Roman, mit dem habe ich ja gerade erst begonnen, sondern eine Art literarischen Reiseführer. Linda hatte die großartige Idee dazu, und ich habe sie direkt dazu überredet, das Projekt zusammen mit mir anzugehen. Hans meinte zwar, dass die Fotos nicht nötig sind (und viele Verlage davor aus Kostengründen zurückschrecken), aber ich habe ihm gesagt: »Entweder mit Linda und ihren Fotos oder gar nicht.« Das hat er geschluckt, und nun ist er dabei, Angebote einzuholen. Ich meine, ohne Linda würde ich das gar nicht schaffen. Nicht nur, dass sie mich wie niemand sonst motivieren kann – ich glaube wirklich, dass ihre Fotografien eine echte Bereicherung für das Buch sein werden. Du würdest sie lieben! Sie sind der Beweis, dass Linda ein ganz besonderes Auge hat, weiß der Teufel, warum sie diese großartigen Bilder in ihrem Büro versteckt.

Ich muss auch zugeben, dass ich der Einsamkeit etwas überdrüssig bin. Linda hat mich aus dem Loch gezogen, und irgendwie gefällt mir das ganz gut, endlich wieder ein bisschen unter Menschen zu kommen. Auch wenn im-

mer noch täglich tausend kleine Dinge passieren, die mich an Dich denken lassen und mein Herz von Neuem brechen. Heute Morgen zum Beispiel hat diese Familie in der Nordwind eingecheckt, und ich habe mit den beiden Kindern ein bisschen gespielt – da wurde mir einmal mehr schmerzhaft klar, dass sich dieser Traum für mich nie erfüllen wird. Ich werde nie eine Familie haben, denn, wenn nicht mit Dir, mit wem sonst? Auch wenn ich weiß, dass Du das so nicht wolltest. Denn ich erinnere mich noch gut an unser Gespräch darüber, als Du schon im Krankenhaus warst, vollgepumpt mit Morphium, um die Schmerzen zu ertragen, und einen Deiner letzten wirklich klaren Momente hattest. Ich erinnere mich an jedes Wort von Dir:

»Paul, verpasse nicht dein Leben. Du musst jetzt für uns beide leben, aber das heißt nicht, dass du weiter so tun sollst, als wäre ich bei dir. Verlieb dich neu. Gründe eine Familie. Der Gedanke, dass wenigstens dein Leben weitergeht, ist das Einzige, was mir ein wenig Seelenfrieden verschafft. Du sollst mich nicht sofort vergessen, ja, wenn ich es mir aussuchen könnte, sollst du mich nie vergessen. Aber du musst mich wenigstens ab und zu vergessen. Wenigstens so lange und so sehr, dass ein anderer Mensch in deinem Herzen einen Platz findest. Bleib nicht alleine. Erfülle dir Deine Träume. Leb! Und dann leb noch ein bisschen mehr! Leb so echt und tief und roh es geht! Versprichst Du mir das?«

Und Du hast nicht locker gelassen, bis ich es Dir versprochen habe. Und wenn ich ehrlich bin, habe ich dieses Gespräch bis jetzt ziemlich gut verdrängt. Und ich habe wahrscheinlich nicht genug dafür getan, dieses Versprechen immerhin irgendwann einzuhalten. Im Gegenteil, ich habe alles dafür getan, dass ich Dich ja nicht vergesse, nicht einmal eine Sekunde. Und wenn ich ehrlich bin, ist es noch immer unvorstellbar für mich, jemals wieder eine andere Frau zu lieben. Allein diese Worte auf das Papier zu bringen, kommt mir schon vor wie ein Verrat. Nein, Paula, es tut mir leid, aber ich fürchte, dieses Versprechen werde ich nicht einhalten können. Aber ich versuche zu leben, immerhin. Und nicht ganz alleine.

Doch mein Herz, mein Herz, Paula, das gehört nur Dir. Bis in alle Ewigkeit!

Für immer
Dein Paul

Kapitel 11

Als Christa und Tamara kurz darauf wieder in die Küche gehen, wende ich mich dem Büfett zu, um alles ein wenig nachzufüllen und besser zu sortieren – doch da redet meine Mutter mir schon ins Gewissen. »Linda, hältst du das wirklich für eine gute Idee?«

»Mama, was findest du denn daran so schlimm? Es wäre doch mal was anderes. Und mir fehlt das Fotografieren wirklich! Es wäre so schön, mich mal wieder ganz und gar auf eines meiner Hobbys zu konzentrieren.«

»Linda, du hast hier eine Pension, die laufen muss. Es ist Hochsaison!«

»Ich wäre doch nicht den ganzen Tag weg«, versuche ich sie zu beruhigen, während ich den Joghurt in der großen Schale einmal umrühre und dann ein paar Blaubeeren in der Mitte platziere. »Wir würden ab und zu ein paar Ausflüge machen. Ich zeige Paul ein paar spannende Ecken, fotografiere sie, und das war's.«

Sie presst die Lippen zusammen und schüttelt den Kopf.

»Hast du nicht gesehen, wie enthusiastisch er war? So ein Projekt würde ihn endlich aus seinem tiefen Loch holen.«

Meine Mutter legt ihre Hand auf meinen Arm, und ich unterbreche mein Tun kurz. »Linda«, flüstert sie eindringlich, »ich weiß, dass du denkst, dass du Paul helfen kannst. Aber ich habe Angst, dass du am Ende diejenige bist, die ein gebrochenes Herz hat.«

Ich starre stumm in den Joghurt.

»Mäuschen, ich möchte doch nur nicht, dass du dir falsche Hoffnungen machst.«

»Hoffnungen auf was?«

»Auf Paul. Darauf, dass etwas aus euch werden könnte.«

»Mama, du willst nicht, dass ich mich in dein Liebesleben einmische. Dann lass mich bitte aber auch in Ruhe!«, blaffe ich sie an und bereue sofort meinen scharfen Ton. Meine Mutter hat ja recht, sie hat ja recht! Warum fällt es mir so schwer, das zuzugeben?

»Okay, meine Süße« sagt sie beschwichtigend, »ich wollte dir nicht zu nahetreten.«

»Außerdem«, verteidige ich mich weiter, »weiß ich gar nicht, was du von mir willst. Ich bin mit Markus zusammen. Und seit gestern weiß ich, dass er plant, mir einen Heiratsantrag zu machen!«

Sie schaut mich überrascht an. »Was?«

»Ja! Du siehst also. Alles geht seinen Gang, ich werde schon keine Dummheiten machen …«

»Das habe ich auch nicht gedacht.« Meine Mutter guckt jetzt etwas hilflos. »Ich will doch nur nicht, dass du enttäuscht wirst. Ich habe in meinem Leben so viele Enttäuschungen einstecken müssen, ich hoffe einfach, dass du mit der Liebe mehr Glück hast als ich.« Sie zupft die Decke auf dem langen Büfetttisch etwas zurecht. Ich seufze mit hochgezogenen Augenbrauen. Diesen Vortrag habe ich so in der Art wahrscheinlich schon hundertmal von meiner Mutter gehört. Irgendwie glaube ich, ihre größte Angst ist wirklich, dass ich mir einen Mann suche, der mich genauso sitzen lässt wie mein Vater uns. Und ja, auch ich habe davor Angst, aber manchmal denke ich, dass diese Angst mein Leben viel zu sehr kontrolliert. Und ich frage mich, wie mein Leben ohne diese Angst wäre, und welche Entscheidungen ich ohne sie treffen würde. Und ohne dieses ständige Pflichtbewusstsein, das meine Mutter mir schon mit der Muttermilch eingetrichtert hat.

»Na ja«, sagt meine Mutter schließlich, als ich nicht mehr antworte, »eine tolle Idee ist so ein Rügen-Buch bestimmt. Und deine Bilder werden fantastisch dazu passen.«

»So, ich muss jetzt mal Christa in der Küche helfen«, übergehe ich ihre Bemerkung immer noch etwas zickig und lasse meine Mutter dann stehen, ohne sie noch einmal zu umarmen.

Als ich mir gegen Mittag in meinem Büro eine kurze Mahlzeit gönne, fällt mein Blick auf die Liste, die ich für Pauls Geburtstag angefangen habe. Ich überfliege sie noch einmal lächelnd:

40-mal Glücksmoment – Für Paul von Linda

1. Das Geräusch von Meeresrauschen.

2. Der Geschmack von selbst gesammelten Blaubeeren.

Der Kugelschreiber ruht in meiner Hand, und ich überlege beim Blick auf meine Notizen, dass ich einige dieser Gedanken auch sehr gut als Ideen für das mit Paul geplante Rügen-Buch benutzen kann. Immerhin gehören zu den Gefühlen Orte und Ausflüge. Ich weiß nicht, wie viele konkrete Tipps wir brauchen – das wird mir Paul besser sagen können, nachdem er mit seinem Agenten oder Verlag gesprochen hat – aber ein paar sollten es sicher schon sein. Und am besten, wir geben Tipps zu Orten, Spaziergängen und Museen, die immer auch eine Geschichte erzählen. So wie der »Walfisch«, ein wunderbares Restaurant, dass sich seit Generationen in Familienhand befindet. Die Besitzer können Paul sicher die eine oder andere Anekdote erzählen, aus der er eine wunderbare Geschichte formen kann. Ich überlege, welche Restaurants noch in den Reiseführer gehören. Dann pausiere ich und beschließe, noch eine Stufe davor anzufangen. Welche Kategorien braucht es denn für so ein Buch überhaupt?

Essen bzw. Restaurants bilden auf jeden Fall eine wichtige Kategorie. Dann vielleicht Spaziergänge. Radtouren. Museen. Aber auch besondere Veranstaltungen wie die Störtebeker Festspiele würden eine gute Kategorie abgeben. Vielleicht auch so etwas wie »der schönste Strand«, »der schönste Hafen« oder so? Wobei mir da die Auswahl nicht leichtfallen wird. Außerdem bin ich in solchen Dingen sicherlich sehr voreingenommen, immerhin liebe ich das Mönchgut, weil es meine Heimat ist. Weil hier die schönsten Blumen blühen und wir immer ein wenig besseres Wetter als der Rest der Insel haben. Aber nicht wenige Rüganer und Urlauber würden die schönsten Strände zum Beispiel an der Schaabe verorten, diesem kilometerlangen Sandstreifen zwischen den Halbinseln Jasmund und Wittow. Und man muss zugeben, dass die weißen, breiten Sandstrände dort ziemlich einzigartig sind. Die Wellen übrigens auch. Selbst wenn bei uns auf dem Mönchgut die Dörfer und Boddenlandschaften schöner sind (finde ich zumindest) – die Schaabe muss unbedingt ins Buch!

Ich beginne eine neue Liste und schreibe die Nehrung der Schaabe unter die Kategorie »Landschaften & Strände«. Apropos Strände, da fällt mir auch der Rosengarten-Strand ein. Ein idyllisches Eckchen in der Nähe von Garz, das nur die wenigsten Urlauber kennen. Vor allem bei den Kitesurfern ist dieser windige Platz am Bodden beliebt – wir könnten dort Drachen steigen lassen! Bei der Idee wird mir gleich ganz kribbelig, und ich rufe spontan meinen alten Freund Peter an, mit dem ich schon zu Schulzeiten Drachen habe steigen lassen und der sicher noch ein paar Lenkdrachen hat, die wir uns ausleihen können. Wir quatschen ein paar Minuten und tauschen uns über Neuigkeiten in unserem Leben aus. Ich erzähle ihm kurz von dem Buchprojekt und er mir davon, dass seine Frau Heike vor ein paar Monaten ihr drittes Kind bekommen hat. Ich gratuliere ihm von ganzem Herzen, auch wenn mir die Nachricht einen kleinen Stich im Herzen versetzt. Ihr drittes Kind! Und ich habe noch nicht mal eins …

»Wie du dir vorstellen kannst, komme ich daher im Moment eh nicht zum Drachensteigen«, unterbricht Peter meine Gedanken, »ich kann euch also gerne einen ausleihen, wenn ihr ihn bei uns in Lauterbach abholt. Dann kannst du auch gleich unseren neuesten Familienzuwachs kennenlernen!«

Ich sage begeistert zu. Peter und seine Familie wohnen im Hafen in Lauterbach in einem der schwimmenden Häuser. Eine ganz besondere Anlage aus Hausbooten und Pfahlhäusern, direkt über dem Wasser. Das wäre sicherlich auch ein Tipp wert. Also verspreche ich ihm zum Abschied, dass ich mich ganz bald melden werde, und mache dann mit meiner Liste weiter. Inzwischen komme ich gar nicht so schnell mit dem Schreiben hinterher, wie mir auf einmal Ideen kommen. Die vielen Orte sprudeln geradezu aus mir heraus. Und nach kurzer Zeit habe ich bereits fast zwanzig verschiedene Tipps niedergeschrieben, die alle auf der gesamten Insel verteilt sind. Und zu denen nur wenige ohnehin gut bekannte Klassiker wie die Kreidefelsen, die Seebrücke in Sellin oder der Leuchtturm von Kap Arkona und dafür umso mehr ganz besondere Insidertipps gehören.

Mein Blick fällt auf die Uhr, und ich stelle fest, dass in weniger als einer Stunde der Bootsführerscheinkurs beginnt und ich noch lange nicht mit der Arbeit für die »Nordwind« fertig bin. Hatte meine Mutter am Ende recht, und ich übernehme mich mit diesem Buchprojekt völlig? Mal ganz abgesehen von der emotionalen Überforderung, die ein ständiges Zusammensein mit Paul mit sich bringen könnte. Ich schiebe die Gedanken und auch die Liste von tollen Orten auf der Insel schnell weg und versuche, mich nun voll und ganz auf die Arbeit in meiner Pension zu konzentrieren.

Als wir wiederum, wie schon beim letzten Mal, erst spät aus dem kleinen Hafengebäude stolpern, in dem Werner uns zwei Stunden lang mit Fachbegriffen und theoretischem Wissen über Boote und ihre Fahrweise gedrillt hat, dämmert es bereits. Die Luft schwirrt jedoch noch angenehm warm, und ich muss nicht einmal eine Jacke überziehen, als ich Richtung »Nordwind« loslaufe. Es ist so ein rundherum perfekter Sommerabend, von denen wir ja leider viel zu wenig haben.

Paul geht mit einigem Abstand hinter mir her und scheint tief in Gedanken verloren, weswegen ich ihn nicht anspreche. Wir haben kurz vor dem Kurs (und in den Pausen sowieso) ununterbrochen geredet und angefangen, die ersten Schritte für unser Buchprojekt zu planen. Morgen wollen wir gemeinsam unseren ersten großen Ausflug machen. Es wird ein langer Tag werden: Die Feuersteinfelder und Kreidefelsen stehen auf dem Programm – oder, wie Paul es scherzhaft nannte, ein »steiniger Tag« liegt vor uns.

Wobei mir der Gedanke, einen ganzen Tag mit Paul alleine zu verbringen, jetzt doch ein ganz schön flaues Gefühl im Magen verursacht. Alles andere als steinig, eher flauschig, oder gar so, als würde man auf rohen Eiern laufen. Denn ein bisschen fühlt es sich so an, wenn ich mit Paul zusammen bin. Seine Trauer, meine Gefühle. Keine einfache Kombination. Ich bleibe kurz stehen und atme tief ein und aus. Auf diese Weise versuche ich, ein wenig innere Ruhe in das Durcheinander zu bringen, das sich meine Gefühlswelt nennt. Aber wenn ich ehrlich bin, nichts beruhigt mich so sehr wie der Blick aufs Meer, und weil ich heute – entgegen meinem Vorsatz – noch nicht am Strand war, werde ich das nun unbedingt nachholen. Ich ziehe kurzerhand mein Handy aus der Tasche und funke Markus an, ob er mich zum Strand begleiten mag. Denn wenn ich morgen so viel Zeit mit Paul verbringe, sollte ich vorsorglich wohl erst einmal meinen »Markus-Akku« aufladen. Mir noch einmal klarmachen, was ich für einen tollen Freund habe. Der mich liebt und heiraten will. Heiraten!

Im Augenwinkel sehe ich, wie Paul plötzlich stehen bleibt und mich ansieht, aber als er bemerkt, dass ich mit dem Telefon beschäftigt bin, winken wir einander nur zu, und er geht langsam in die Pension. Ich schaue ihm nach, bis mein Handy piept und mich von seinem Anblick ablenkt. Zu meiner Überraschung hat mein Freund nicht nur Zeit, sondern auch Lust, und wir verabreden, dass ich ihn gleich mit dem Fahrrad abholen werde. In diesem Moment fühle ich mich fast ein wenig erleichtert.

Eine halbe Stunde später laufen wir barfuß über den kühlen Sand und blicken auf die Ostsee, die wie ein großer, stiller See vor uns liegt. Außer uns ist kaum jemand am Strand.

»Mann, ich komme viel zu selten hier runter. Weißt du noch, früher? Da sind wir nach der Schule immer an den Strand.«

»Ich bin sogar in Flip-Flops zu meiner mündlichen Abiturprüfung«, kichere ich, »habe mein Handtuch draußen abgeworfen, bin rein, hab fünfzehn Punkte abgeholt und bin dann gleich wieder zum Meer geradelt.«

»Und unsere Sause am letzten Schultag? Das war so eine megacoole Beachparty. Und du sahst so unglaublich sexy aus in deinem roten Bikini«, er schließt genießerisch die Augen bei dieser Erinnerung.

»Das weißt du noch? Dass ich einen roten Bikini anhatte?«

»Na klar«, sagt Markus entrüstet und schaut mir nun direkt in die Augen, »Mann, Linda, ich war damals schon so wahnsinnig verknallt in dich …«

Ich schaue ihn überrascht an. »Das hast du mir ja noch nie gesagt!«

»Na ja«, murmelt er, »es war mir ein bisschen peinlich.«

»Warum das denn?«

»Nun, zuerst einmal warst du ja ganz offensichtlich nicht in mich verknallt …«

»Ich hatte ja auch einen Freund …«

»Eben. Und der sah ja auch noch so ganz anders aus als ich …«, Markus lacht aus vollem Hals, aber ich merke ihm an, dass die Geschichte kleine Spuren an seinem sonst so unverwüstlichen Selbstbewusstsein hinterlassen hat.

»Ach ja«, seufze ich, »der Robert mit seinen Rastas.« Beim Gedanken an meine erste große Liebe macht mein Herz einen kleinen Satz. Robert Koch war – zumindest für mich – der coolste Typ der Schule. Wir haben zusammen Theater gespielt, stundenlang Indiepop gehört und von einem anderen, aufregenderem Leben geträumt. Na ja, Robert hat sich das dann auch verwirklicht, als er nach Berlin zog, um dort an die Kunstakademie zu gehen. Was mich natürlich mit einem gebrochenen Herzen zurückgelassen hat. Aber das mit Robert und mir wäre auf Dauer nie etwas geworden. Ich gehöre nun einmal nicht in die Großstadt. Und auch wenn Robert mich immer ermutigt hat, mehr aus meinen Fotografiekünsten zu machen, wir waren doch schon sehr verschieden. Als Teenager hat uns das zwar nicht gestört, aber einen Alltag, das echte Leben, das hätten Robert und ich niemals überlebt. Dieses Künstlerleben, von dem er träumte, hielt ich am Ende des Tages nicht für realistisch. Ich glaube, ich war einfach viel bodenständiger als er. Und eben immer schon so pflichtbewusst …

»… dass du das nicht eklig fandest«, höre ich plötzlich Markus wie aus weiter Ferne sagen.

»Was jetzt?«, frage ich aus meinen Gedanken aufgeschreckt.

»Na diese Rastas. Die haben doch gerochen – komm, gib's zu!«

Ich ziehe ein Gesicht, was Markus in der Dämmerung aber wohl nicht sehen kann. »Mich hat das nie gestört!«, stelle ich knapp fest. Auch weil ich Markus' Bemerkung etwas blöd finde und nicht weiter darüber diskutieren möchte. Ich habe Roberts Rastas geliebt. Genauso wie ihn. Und damit basta.

»Na ja, mit uns hat es ja dann doch noch geklappt«, sinniert Markus weiter, während er mit einer Hand seine vom Wind aufgewirbelten Haare glatt streicht, »ich wusste ja immer, dass du schon noch erkennen würdest, was wirklich gut für dich ist!«

Ich schaue meinen Freund skeptisch von der Seite an. Was gut für mich ist. Seltsame Dinge sagt er manchmal.

»Na ja, und nur dass du es weißt, deine Mama hat auch immer an uns geglaubt.«

»Ach so?«, horche ich plötzlich auf, »wie meinst du das denn? Das höre ich ja zum ersten Mal.«

»Na ja«, sagt Markus mit einer lakonischen Handbewegung, »sie wusste schon lange, dass ich unsterblich in dich verliebt war. Und sie hat mir immer gut zugeredet, dass du schon noch erkennen würdest, wie perfekt wir zueinanderpassen. Und dass Robert nichts für dich ist. Und die danach ja auch nicht. Nein, sie hat mir immer gesagt, ich solle es einfach weiter bei dir versuchen, und schau: Auf diesem Klassentreffen hat es damals dann doch wirklich auch bei dir gefunkt. Da hast du es auch endlich eingesehen, dass wir zusammengehören. Deine Mutter hat sich so gefreut, als ich es ihr dann erzählt habe.«

Stumm und etwas entsetzt schaue ich Markus von der Seite an, aber ich weiß gerade gar nicht, was ich dazu sagen soll.

Seine Bemerkungen gehen mir den ganzen Abend nicht aus dem Kopf. Nicht als wir uns in den Sand fallen lassen und ein bisschen herumknutschen und auch dann nicht, als wir gemeinsam bei Markus im Bett liegen und fernsehen. Und irgendwie beschleicht mich plötzlich das Gefühl, dass meine Mutter schon lange so einiges vor mir versteckt. Ich wusste, dass sie von meiner ersten großen Liebe Robert nie viel gehalten hat. Sie hat mir oft genug zu verstehen gegeben, dass sie ihn für genau die Art von Mann hielt, der einen am Ende sitzen lassen würde. Aber dass sie währenddessen schon mit Markus meine Zukunft ausgeheckt hat, schockiert mich doch etwas. Sie hat mir also nicht nur meinen Vater vorenthalten, sondern anscheinend auch eine Art heimlichen Masterplan entwickelt, wie ich mein Leben leben soll. Und vor allem mit wem! Dieser Gedanke lässt mich den ganzen Abend nicht mehr los und verfolgt mich, bis ich endlich einschlafen kann.

Am nächsten Morgen wartet Paul wie verabredet um Punkt neun Uhr an meinem Drachenmobil. »Cooles Auto«, ruft er mir schon von Weitem zu, und ich muss unwillkürlich lächeln. Nach dem Gespräch mit Markus gestern und der Erkenntnis, dass sich meine Mutter hinter meinem Rücken so respektlos in mein Leben eingemischt hat, habe ich mich heute Morgen auf einmal seltsam deprimiert gefühlt. Paul zu sehen heitert mich aber augenblicklich auf. Und ich freue mich jetzt ehrlich darauf, den Tag mit ihm zu verbringen. Einfach als Freunde. Insofern man dieses zarte Band, das wir zueinander geknüpft haben, schon als Freundschaft bezeichnen kann. Wir hüpfen ins Auto, und Paul lässt sein Fenster herunter.

»Ich hoffe, es ist okay, dass ich ein bisschen Musik mitgebracht habe«, sagt er und zeigt auf seinen iPod. »Kannst du den hier überhaupt anschließen?«

»Klar«, antworte ich lachend und halte ihm den entsprechenden Stecker hin.

Während ich den Wagen ausparke und aus dem Hafen heraus auf die kleine Dorfstraße fahre, kümmert sich Paul um das musikalische Rahmenprogramm.

»Wow«, murmelt er, während er seine iPod-Liste durchgeht, »ich habe so lange keine Musik mehr gehört. Früher habe ich es geliebt, mit richtig lauter Mucke Auto zu fahren. Vor allem mit Paula habe ich immer …«, er stockt.

»Was?«, ich schaue ihn fragend an.

Er schüttelt den Kopf. »Egal«, dann macht er schnell eine ausladende Bewegung wie ein Dirigent. »Musik!«

Ich muss lachen und freue mich gleichzeitig, dass es Paul langsam scheinbar tatsächlich besser geht. Zumindest glaube ich, dass es ein gutes Zeichen ist, dass er nicht immer und ständig über Paula und wie sehr er sie vermisst sprechen möchte. Oder vielleicht ist es für mich auch nur leichter so. Wer weiß das schon genau. Aber jetzt genug mit dem Grübeln, Musik!

To-do-Liste:

- ans Meer gehen, jeden Tag!
- sicherstellen, dass die »Nordwind« nicht unter meiner Abwesenheit leidet

- weitere Stationen für unsere Rechercherreise planen
- Markus von dem Buchprojekt erzählen
- weniger über Dinge nachgrübeln (Wunschgedanke!)

Kapitel 12

Ich bin augenblicklich in die Band verliebt, die Paul für unsere Autofahrt ausgesucht hat, auch wenn ich das Album noch nie gehört habe. Wir lauschen eine ganze Weile, ohne dass jemand ein Wort sagt, und erst etwa auf Höhe Zirkow frage ich Paul, wie die Band heißt. Nachdem wir etwa zwanzig Minuten des Albums gehört haben, kann ich mit Sicherheit sagen, dass wirklich jedes einzelne Lied toll ist.

»London Grammar«, sagt er mit nickendem Kopf.

»Wirklich total toll«, stelle ich ebenfalls wippend fest, »erinnert mich ein bisschen an ›Florence and The Machine‹.«

»Wow! Ich liebe ›Florence and The Machine‹«, ruft er, dann hält er plötzlich inne, fast so, als ob er sich erschrocken hätte.

»Was ist?«, frage ich besorgt.

»Ach, es ist nur, ich war vor einigen Jahren mit Paula auf einem Florence-Konzert in London … Ich wollte erst gar nicht hin, aber Paula war so begeistert von der Band, dass sie mich förmlich gezwungen hat. Es war eines der besten Konzerte, auf dem ich je war … Paula hat getanzt wie der Teufel. Es hat geregnet, gehagelt, dann schien die Sonne, und hinter der Bühne leuchtete ein Regenbogen – es war … magisch …«

»Hmm«, nicke ich etwas geistesabwesend, auch, weil ich mich gerade auf den Weg konzentrieren muss.

»Wann hört das endlich auf? Hört das jemals auf?«, fragt er schließlich, und seine Stimme hat einen resignierten Ton angenommen.

»Dass du bei allem an Paula denken musst?«, frage ich zurück, nachdem ich die richtige Abbiegung in Richtung Mukran erwischt habe.

Ich sehe im Augenwinkel, wie er stumm nickt und dabei aus dem Fenster schaut.

»Vielleicht hört es nie auf«, sage ich leise, »Und vielleicht ist das auch okay so. Ihr habt so viele wundervolle Sachen miteinander erlebt. So viele Jahre miteinander verbracht. Ein ganzes halbes Leben sozusagen …«

»Ein ganzes halbes Leben«, wiederholt er andächtig, »das ist eine schöne Beschreibung.«

»Das Ziel sollte nicht sein, es zu vergessen.«

»Sondern?«

»Die Erinnerung in Ehren zu halten. Dankbar für die Momente zu sein, die ihr miteinander teilen durftet …«

»Hast du schon einmal jemanden verloren, den du über alles geliebt hast?«, fragt Paul mich auf einmal, und auch wenn er es vielleicht nicht so meint, es klingt ein wenig vorwurfsvoll. So als hätte ich kein Recht, ihm solche Ratschläge zu geben. Weil ich gar nicht weiß, wie sich das anfühlt.

»Na ja«, komme ich ins Straucheln. Hat er nicht recht? Wer bin ich, dass ich Paul solche Ratschläge gebe? Aber dann denke ich noch einmal darüber nach. Vielleicht habe ich noch nie jemanden verloren, der mir nahesteht. Aber was Verlust heißt, weiß ich dennoch. Immerhin habe ich zeit meines Lebens einen tiefen Verlust gespürt – den meines Vaters. Alle Kinder in meiner Schule hatten einen Vater. Nicht alle Väter waren präsent, aber zumindest wussten alle, wer ihr Vater ist. Und ich habe nicht einmal das.

Ich teile diese Gedanken mit Paul, der mir genau zuhört.

Als ich fertig bin, seufzt er bedrückt. »Wow, das wusste ich nicht. Das muss hart sein.«

Ich nicke und bereue gleichzeitig augenblicklich, mit dem Thema überhaupt angefangen zu haben. Eigentlich rede ich nie über meinen Vater, denn ich möchte nicht, dass mich Menschen bemitleiden. Oder denken, dass ich irgendwie anders bin. Ich möchte ihm, diesem unbekannten Vater, nicht so viel Macht über mein Leben geben. Und doch kann ich nicht verleugnen, dass er sich vor allem in den letzten Wochen immer wieder in meine Gedanken hineinschiebt. Wie eine Wunde, die nicht verheilt ist und die immer wieder wehtut, wenn man drankommt.

»Hast du mal darüber nachgedacht, ihn zu suchen?«, fragt Paul schließlich vorsichtig, nachdem wir uns eine ganze Weile angeschwiegen haben.

Ich schüttle heftig mit dem Kopf. »Früher ständig«, gebe ich dann zu. »Aber mittlerweile nicht mehr. Er wollte mich ja schließlich nicht! Und deswegen gibt es also auch gar keinen Grund, nach ihm zu suchen.«

»Na ja, so einfach ist es doch selten«, widerspricht Paul mir. »Du kennst doch nur eine Seite der Geschichte.«

Bei diesen Worten sträubt sich sofort alles in mir. Und sofort habe ich das Bedürfnis, meine Mutter zu verteidigen.

Diese Frau, die mir alles gegeben hat. Die sich den Hintern abgearbeitet hat, damit es uns gut geht. Die mir Vater und Mutter zugleich und die wirklich immer für mich da war, wenn ich sie gebraucht habe.

»Du kannst deine Mutter doch weiter lieben, aber du hast auch ein Recht darauf zu wissen, woher du kommst. Das heißt doch nicht, dass du deine Mutter weniger wertschätzt, nur weil du deinen Vater kennenlernen willst. Und wer weiß, vielleicht hat er sich verändert? Und er traut sich nur nicht, dich zu kontaktieren. Weil er sich schämt, weil er weiß, dass er den größten Fehler seines Lebens gemacht hat. Dass er ein ganzes, ganzes Leben mit dir verpasst.«

Ich muss lächeln bei seinen Worten und dem Bezug auf das halbe, ganze Leben, von dem ich vorhin gesprochen habe.

»Jeder Mensch hat eine zweite Chance verdient«, schiebt Paul dann noch hinterher, und als er meinen Blick sieht, hebt er abwehrend die Hände. »Ich sag' ja nur.«

In dem Moment entdecke ich das Parkplatzschild, auf dem in großen schwarzen Buchstaben »Feuersteinfelder« steht, und statt einer Antwort zeige ich stumm mit dem Finger darauf. Innerlich atme ich erleichtert auf. Dieses ganze Gerede über meinen Vater bringt mich nur noch mehr durcheinander, als ich es eh schon bin, seitdem Paul ohne Paula in der »Nordwind« aufgetaucht ist.

»Oh wir sind schon da«, ruft Paul überrascht und klatscht in die Hände.

Wir steigen aus, und Paul streckt sich so intensiv, als hätte er stundenlang im Auto gesessen. Mein Blick geht nach oben, und ich schaue besorgt in den Himmel, es soll heute nämlich noch regnen. Ausgerechnet heute, wenn wir so viel draußen sein werden. Allerdings ist davon noch nichts zu sehen, der Himmel scheint dieses Wetter-Memo offenbar nicht bekommen zu haben. Er strahlt in seinem schönsten Blau, und auch die Sonne knallt wie verrückt. Aber es ist schon jetzt ein bisschen schwül, der Regen kommt also bestimmt. Hoffentlich erst dann, wenn wir abends schon wieder im Trockenen sitzen.

Ich laufe langsam zum Parkautomaten, ziehe einen Parkschein und packe ihn hinter die Windschutzscheibe.

»Wo müssen wir lang?«, fragt Paul danach gespannt und guckt mich abenteuerlustig an.

»Ehrlich gesagt, war ich nur einmal in meinem Leben hier, und das ist schon sehr lange her …«

Paul grinst mich an. »Aber mich schleppst du hierher? Warum hast du ausgerechnet diesen Ort ausgesucht?«

»Ich finde, Steine haben so etwas Beruhigendes, vor allem ihr Knirschen unter den Schuhen. Ihre glatte und manchmal auch raue Oberfläche. Ihre Sprenkelung, die verschiedenen Farben, ihre Härte – und doch können sie sich wie Samt anfühlen …«

»Wow!«, ruft er und grinst jetzt noch ein bisschen breiter, »Du magst Steine wirklich.«

Ich stimme in sein Lachen ein. »Und auf Fotos sehen sie auch gut aus.«

»Na dann!«

Paul schwingt sich seinen Rucksack auf den Rücken, und wir laufen beide los.

Wir kommen an einer Infotafel vorbei. Paul bleibt kurz stehen, um aufmerksam zu lesen, was dort unter dem Titel »Schmale Heide mit Steinfeldern« steht. Ich gehe währenddessen langsam weiter, und nach einer Weile folgt Paul mir. Wir laufen über eine etwas verrostete Brücke und dann durch ein kurzes Waldstück. Die Vögel zwitschern, und es riecht nach Moos und Pilzen. Nach einer Weile biegen wir um eine Kurve, und die Feuersteinfelder liegen vor uns. Steine über Steine, die hell in der Sonne glänzen.

Ich laufe begeistert los, und das Knirschen der Steine unter meinen Füßen macht mich augenblicklich glücklich. Nach ein paar Metern lasse ich mich langsam fallen und spüre die Wärme der Steine in meinem Rücken. Paul folgt mir lachend und macht es mir dann nach. So liegen wir eine ganze Weile nebeneinander und schauen einfach in den Himmel.

»Siehst du, und andere zahlen ein Vermögen für eine Hot-Stone-Massage«, sage ich schließlich, und daraufhin dreht sich Paul zu mir. Unsere Gesichter sind jetzt keine zwanzig Zentimeter voneinander entfernt. Zum ersten Mal fallen mir die feinen weißen und gelblichen Linien in seinen blauen Augen auf.

»Du hast so eine kindliche Begeisterung für alles, Linda. Du wärst sicher eine tolle Mutter!«, sagt er auf einmal.

Seine Worte treffen mich wie ein Pfeil. Sie schießen mir direkt ins Herz und lösen eine Art Beben aus. Es ist, als wüsste Paul instinktiv, welche Themen mich gerade beschäftigen. Als wären wir seelenverwandt oder so was.

»Warum haben du und Markus eigentlich keine Kinder?«, fragt er arglos weiter.

»Ich weiß es nicht«, flüstere ich fast. »Markus ist nicht so der Kindertyp …«, erkläre ich dann noch, und es klingt fast wie eine Entschuldigung.

»Und du? Bist du der Kindertyp?«

Ich starre nach oben. Ein paar kleine Schäfchenwolken schweben über uns, als würden sie miteinander Fangen spielen. Paul ist wirklich kein Typ für Small Talk, denke ich auf einmal. Die Gespräche mit ihm sind immer sofort tiefgründig, so ehrlich habe ich mich bisher mit wenigen Menschen über mein Leben unterhalten.

»Ich hätte sehr gerne Kinder, und ich habe langsam ein wenig Angst, dass es bald zu spät ist«, gebe ich schließlich ganz ehrlich zu. Wenn wir hier schon Seelenstriptease machen, dann kann ich gleich alles auf den imaginären Tisch packen. Denn fairerweise muss man ja auch sagen, dass Paul mir ebenfalls seine innersten Gedanken anvertraut.

»Wie alt bist du jetzt?«

»36.«

»Hmmm.«

Wir schauen einander wieder an. Ich kann mich nicht sattsehen an seinen Augen. Sie sind so voller Wärme und Tiefe, es ist, als sähe man in ihnen die ganze Welt.

»Ich werde schon bald vierzig …«, spricht Paul weiter.

»Ich weiß, schon nächste Woche am Sonntag«, rutscht es mir raus, und ich beiße mir augenblicklich auf die Unterlippe. Wie peinlich. Ah!

Er schaut mich kurz irritiert an.

»Dein Anmeldeformular in der Pension«, rette ich mich schnell. Zum Glück, einmal ist mir spontan das Richtige eingefallen. Sonst gehöre ich ja eher zu der Sorte Mensch, die immer genau die richtige schlagfertige Antwort hat – natürlich einen Tag zu spät! Aber ich möchte nun wirklich nicht vor Paul zugeben, dass ich ihn neulich gegoogelt habe.

»Ach ja, klar«, sagt er und scheint es darum nicht weiter seltsam zu finden, dass ich seinen Geburtstag und sein Geburtsjahr kenne.

»Bleibst du denn so lange noch in der ›Nordwind‹? Also bis zu deinem Geburtstag, meine ich?«

Er schaut in die Wolken und dann wieder zu mir. »Ich glaube schon. Ich wüsste ehrlich gesagt keinen besseren Ort, an dem ich gerade sein möchte.«

Mein Herz tanzt ein bisschen bei diesen Worten. Walzer. Mit verträumtem Blick.

»Plus«, spricht er weiter, »wir müssen ja unser Buch machen!«

»Apropos«, nehme ich das Thema auf, »wollen wir weiter?«

»Jap«, sagt Paul und springt auf, dann hält er mir seine Hand hin und zieht mich hoch. Dabei geht er ein bisschen zu schwungvoll vor, und ich fliege ihm förmlich in die Arme.

»Hoppala«, rufe ich und merke, wie mir die Röte ins Gesicht schießt, als ich seinen Körper so deutlich an meinem spüre. Paul riecht so gut, ich frage mich, welches Parfüm er benutzt.

Er dreht sich lachend zur Seite und legt den Arm um mich. So laufen wir ein paar Schritte weiter, bis er plötzlich etwas entdeckt und nach unten schnellt, um einen Stein aufzuheben.

»Wow, schau mal«, ruft er und dreht den grauweißen Stein, in dessen Mitte ein ebenmäßiges Loch prangt, in der Sonne. »Der perfekte Stein für eine Kette.«

»Das ist eine super Idee«, stimme ich ihm zu, auch wenn ich es insgeheim ein bisschen schade finde, dass er seinen Arm von meiner Schulter genommen hat – es hatte sich gut angefühlt, ihm so nah zu sein – »solche Steine nennt man übrigens Hühnergötter – und sie haben angeblich eine magische Wirkung! Ein solches Amulett kann dich vor bösen Geistern schützen – und dafür musst du nicht einmal ein Huhn sein.«

Paul schmunzelt und schaut dann weiter fasziniert auf den Stein. Er streicht mit dem Daumen immer wieder vorsichtig über die Ecken und Kanten des Hühnergotts. »Wer weiß, wie alt der ist«, murmelt er. »Da vorne auf der Infotafel stand, dass mehrere Sturmfluten die ganzen Steine hier hergetragen haben. Vor 3000, 4000 Jahren. Überleg mal, wie lange dieser Stein hier schon liegt. Und die Welt um ihn herum hat sich in der Zwischenzeit tausendmal neu erfunden. Kriege sind gekommen und gegangen. Menschen haben Dinge entwickelt und zerstört. Kinder wurden geboren und haben laufen gelernt. Und dieser Stein, der liegt hier immer am gleichen Platz …« Er schaut den Stein beeindruckt an.

Diese Ernsthaftigkeit, mit der er sich allen Dingen nähert, rührt mich, und in meinem Herzen breitet sich ein Gefühl von Wärme aus. »Ich hab es ja gesagt: Steine sind toll!«, raune ich ihm zu, extra leise, um die Magie des Augenblicks nicht zu stören.

»Du hast total recht Linda! Das wird eine tolle Geschichte. Über die Ewigkeit und was es wohl heißt, ein Stein zu sein«, und mit diesen Worten lässt sich Paul wiederum auf den Boden sinken und zieht kurz danach seinen Notizblock heraus. Ich nehme das als Zeichen, mich nun meinem Teil der Arbeit zu widmen. Das Licht ist gut, und ich hoffe, dass ich schöne Aufnahmen von den Feuersteinfeldern machen kann.

Ich ziehe also meine Kamera aus der Tasche und fahre andächtig über die Kurven, bevor ich die Schutzkappe von der Linse nehme. Dann befördere ich ein kleines Putztuch und einen speziellen Spray aus der Kameratasche und putze vorsichtig die Linse – denn nichts ist ärgerlicher als hundert schöne Fotos, mit denen man nichts machen kann, weil ein Fettfleck auf der Linse geklebt hat. Als ich schließlich alles vorbereitet und gereinigt habe, führe ich die Kamera vor mein Auge. Wow! Es fühlt sich so gut an, endlich wieder einen Fotoapparat vor dem Gesicht zu haben. Die Welt durch dieses kleine Fenster zu sehen. Auf das Wesentliche zu fokussieren und ein Abbild der Wirklichkeit zu schaffen, das doch mehr ist als eine bloße Kopie. Denn in jedem Bild findet sich ja auch die Persönlichkeit des Fotografen wieder – im besten Fall zumindest. Die Einstellung, der Fokus, der gewählte Ausschnitt – das alles sagt sehr viel über den Menschen aus, der das Foto gemacht hat. Ich zum Beispiel liebe es, die Sachen in den Mittelpunkt des Bildes zu stellen, die auf den ersten Blick nebensächlich und gar nicht wichtig erscheinen. Oder ungewöhnliche Ausschnitte zu wählen, die ein Panorama plötzlich völlig anders aussehen lassen. Oder bei einem Licht zu fotografieren, das in starkem Kontrast zum Motiv steht.

Ich blicke auf die Steinfelder vor mir. So statisch und unbeweglich die Steine daliegen, so heftig scheinen die Bewegungen der Büsche und Farne um sie herum. Sie wehen in dem leichten Sommerwind hin und her, und es wäre spannend, sie in ihrer steten Bewegung einzufangen. Vielleicht schaffe ich das mit einer langsamen Verschlusszeit.

Danach muss ich außerdem unbedingt noch mit einem Weitwinkelobjektiv fotografieren. Zwar hat man dann nicht so viel selektive Schärfe, aber umso mehr Tiefe im Bild, was vor allem bei Landschaftsaufnahmen ganz wundervoll aussieht. Zudem führt die Weitwinkeleinstellung dazu, dass man immer sehr viel Himmel auf dem Bild hat, was meist eine besonders tolle Umrahmung für das Motiv liefert.

Ich gehe in die Knie und suche nach einem besonders schönen Stein. Im Weitwinkel kann man nämlich auch kleine Objekte gut in Szene setzen.

Bevor ich aber auf das andere Objektiv wechsle, fällt mein Blick auf Paul, wie er völlig in seine Aufzeichnungen versunken auf den Steinen sitzt. Ich kann nicht anders und mache ein paar Bilder von ihm, ohne dass er es merkt – er ist sowieso völlig abgelenkt vom Schreiben. Durch die Kamera entdecke ich ihn noch einmal ganz neu. Seine wilden Locken, die immer ein bisschen um den Kopf herum zu wippen scheinen. Seine schmalen Hände, in denen der Stift fest eingespannt ist und die gleichmäßig über das Papier gleiten. Seine langen Wimpern, die wie ein dicht gewebter Teppich über den Augen liegen. Und diese Augen! Sie blicken von Zeit zu Zeit nachdenklich in die Weite. Ihr strahlendes Blau. Man sieht ihm seine tiefgründigen Gedanken fast an, und doch hat er gleichzeitig eine so geheimnisvolle Aura, dass man sich automatisch fragt, was er wohl schreibt. Und gleichzeitig wünscht man sich nichts sehnlicher, als einmal im Zentrum seiner Gedanken zu stehen.

Als wir beide uns an den Feuersteinfeldern sattgesehen haben, ich eine Menge Fotos geschossen habe und Paul genügend Worte geschrieben hat, machen wir uns auf den Weg zum Königsstuhl. Unterwegs legen wir noch einen kurzen Halt in Sassnitz ein, um uns im Hafen ein leckeres Fischbrötchen einzuverleiben. Paul wirkt jetzt hochkonzentriert, als wäre er komplett in seine schriftstellerische Arbeit eingetaucht. Und so essen wir schweigend unsere Brötchen und schauen den Möwen zu, wie sie ihre gewagten Flugübungen über den Fischkuttern und Segelbooten machen, um den Fischern möglichst viel Fisch zu stibitzen.

Als wir fertig sind, beginnt Paul sich für eines der Fischerboote zu interessieren. Er läuft ein paar Schritte auf den Fischer zu und fängt an, mit ihm zu plaudern. Ich beobachte die beiden kurz und nutze dann die Gelegenheit, kurz meine E-Mails auf dem Handy zu checken. Es vergeht nämlich eigentlich kein Tag, an dem nicht zehn bis zwanzig neue E-Mails bei mir eintreffen. Und da habe ich die Werbemails schon herausgerechnet. Unter diesen Mails sind Anfragen zur »Nordwind«, zur Lage, zu den Zimmern – obwohl wir eigentlich eine recht neue und wie ich finde sehr schöne Webseite haben, auf der man all diese Dinge nachlesen kann, gibt es doch immer wieder Menschen, die solche Dinge noch einmal im direkten Kontakt bestätigt haben wollen. Ich beginne zu schreiben, und meine Finger gleiten über die Tastatur des Telefons. Ab und zu schaue ich kurz hoch und vergewissere mich, dass Paul weiterhin beschäftigt ist. Als ich gerade eine Mail an einen Herrn Huber aus Bayern schreibe, der wissen will, ob er seinen Dackel mitbringen kann (kann er natürlich!) – ruft Paul mich zu sich herüber. »Du, Linda, magst du noch ein paar Fotos von dem Fischer hier machen? Herr Peters hat zugestimmt, dass du ihn porträtieren darfst.«

Ich schaue Herrn Peters an, der mich etwas unsicher anblinzelt: »Soll ich mich irgendwo hinstellen?«

»Was haben Sie denn gerade gemacht, Herr Peters?«

»Ach, komm, ich bin der Knut, Herr Peters nennt mich niemand außer der Frau vom Finanzamt.«

Ich muss lachen und nicke. »Ich bin Linda.«

Er winkt ab. »Von der ›Nordwind‹ in Gager. Hat mir dein Mann schon erzählt.«

Ich schaue peinlich berührt zu Paul, aber er scheint den Fischer nicht gehört zu haben. »Wir sind nur befreundet«, raune ich Knut Petersen zu. »Und wir arbeiten an einem Rügen-Buch.«

»Hat er auch gesagt«, stellt der Fischer knapp fest.

»Also, wobei haben wir dich gerade gestört?«, lenke ich das Gespräch zu seinem Ausgangspunkt zurück.

»Joooaaaa«, spricht Knut Peters weiter und zieht das Wort so wohlig norddeutsch lang, dass mir ganz warm ums Herz wird, weil so für mich Heimat klingt, »ich habe gerade meine Netze sortiert. Und danach wollte ich ein bisschen das Boot putzen.«

»Dann mach dat mal, Knut«, falle ich in seinen norddeutschen Ton ein, »Tu einfach so, als ob ich gar nicht da wäre.«

Er nickt ganz kurz und macht dann einfach weiter. Erst scheint er sich noch etwas komisch zu fühlen, unter Beobachtung sein Tagewerk zu verrichten, doch nach ein paar Minuten hat er mich schon fast völlig vergessen, und ich kann ein paar tolle Schnappschüsse von ihm machen. Vor allem seine Hände, so richtige vom Salzwasser geschundene Fischerpranken mit ein wenig Dreck unter den Nägeln, faszinieren mich. Ich mache mehrere Aufnahmen von ihnen, als Knut sein verheddertes Fischernetz fast liebevoll entwirrt. Paul hat es sich währenddessen auf dem Poller, an dem Knut seinen Kahn befestigt hat, bequem gemacht und schaut uns beiden zu. Ab und an schreibt er etwas in sein Notizbuch, ansonsten starrt er Löcher in die Luft. Vielleicht ist das ja auch Teil seines kreativen Schaffensprozesses.

Knut ist nun dazu übergegangen, sein Boot zu reinigen, und lässt das Wasser aus einem Eimer über den Boden platschen. Mir gelingt es sogar, auf einem Bild die Wasserspritzer einzufangen, und ich bin mir sicher, dass ich jetzt eine Menge großartiger Fotos von Knut auf seinem Kahn habe. Als ich es auf einmal donnern höre, halte ich erschrocken inne.

»Keine Angst«, ruft Knut, »dat steht noch auf der anderen

Seite der Ostsee. Wenn überhaupt nieselt es nachher höchstens noch ein bisschen.«

Ich schaue den Fischer skeptisch an und dann wieder besorgt in Richtung Himmel. »Wenn wir noch zu den Kreidefelsen wollen, müssten wir jetzt besser mal los«, rufe ich Paul zu, der daraufhin von seinem Poller springt und das Notizbuch in seinem Rucksack verschwinden lässt.

Knut Petersen schaut uns kurz nachdenklich an und brummt dann: »Da ist doch so voll, mit all den Touristen. Kommt, ich fahr euch, den besseren Blick habt ihr eh vom Wasser aus.«

Wir schauen ihn beide überrascht an. »Das würdest du tun?«, frage ich begeistert.

»Kloar, wir Rüganer müssen doch zusammenhalten.«

Ohne weitere Zeit zu verschwenden, schmeißt Knut Petersen seinen Kutter an, und der Geruch von Diesel steigt mir augenblicklich in die Nase, während sich das Rattern des Motors wie eine gleichmäßige Melodie über uns legt. Pauls Augen blitzen vor Begeisterung auf, und er läuft zügig nach vorne auf den Schiffsbug, wo mehrere rote Fahnen an Spieren im Wind wehen, während Knut Petersen wieder in seinem kleinen Steuerhaus verschwindet. Ich setze mich kurz vor dem Steuerhäuschen auf eine kleine Holzbank, die dort am Bootsrand entlangläuft. Ein paar Bojen rollen zu meinen Füßen hin und her, und über uns flattert eine Reuse im Wind. Die Möwen umkreisen uns schreiend, als wir aus dem Hafen und auf etwas höhere Wellen hinausfahren. Nach wenigen Minuten auf der unruhigen Ostsee gibt Paul seinen Platz am Schiffsbug auf und kommt geduckt zu mir gelaufen. »Wow, ganz schön wellig…«, ruft er gegen das Tuckern des Motors an.

»Deswegen bin ich gleich hiergeblieben«, erwidere ich lachend, »Ich bin sowieso nicht ganz seefest…«

»Was? Aber du kommst doch von der Küste!«, ruft Paul entrüstet.

Ich zucke entschuldigend mit den Schultern. »Tja, wir Fischköppe sind auch nicht mehr das, was wir mal waren.«

Wir fahren eine ganze Weile parallel zur Küste entlang, und als ich endlich die erste Ecke der steilen Kreideküste des Jasmunder Nationalparks sehen kann, landet schon der erste Regentropfen auf meiner Nase.

»O nein«, sagt Paul enttäuscht, der wohl ebenfalls einen Tropfen abbekommen hat, »kannst du bei Regen überhaupt noch Fotos machen?«

Ich nicke und ziehe mit einer Hand schon einmal meinen Regenponcho aus der Tasche. »Alles eine Frage der Vorbereitung. Ich muss nur die Kamera schützen, die Belichtungszeiten, ISO-Werte und Blendenzahl anpassen, dann geht das schon. Ehrlich gesagt, kann Regen sogar unheimlich toll aussehen auf Bildern. Wenn man immer nur Sonnenschein und blauen Himmel hat, ist das ja auch langweilig.«

Paul sieht mich beeindruckt an. »Wow. Du weißt echt, was du tust. Hast du eigentlich nie darüber nachgedacht, das hauptberuflich zu machen? Also, das Fotografieren, meine ich.«

Ich schüttle den Kopf, während ich meine Kamera sorgfältig mit einer Plastiktüte einwickele. »Ehrlich gesagt, wäre mir das auf die Dauer zu einsam. Man fotografiert zwar oft

Menschen, aber man interagiert nicht wirklich mit ihnen. Man ist eher wie ein stiller Beobachter. Und ab und zu finde ich das ja wirklich toll. Aber eigentlich mag ich es dann doch wieder viel lieber, durch die ›Nordwind‹ zu laufen und hier und da ein Schwätzchen mit meinen Gästen zu halten.«

Er lächelt, als ich das sage, und ich verstehe das als Zustimmung zu meinen Worten.

Knut Petersen stellt den Motor aus und lässt das Boot einen Moment lang auf dem Wasser gleiten, sodass ich ein paar Aufnahmen machen kann. Obwohl es angefangen hat zu tröpfeln, scheint gleichzeitig immer noch die Sonne. Wenn wir Glück haben, sehen wir vielleicht sogar einen Regenbogen.

Vor uns liegt das Meer, das sogar jetzt noch in herrlichem Türkis strahlt. Es hat wegen der weißen Steine, die regelmäßig von den Kreidefelsen abbrechen und ins Wasser fallen, eine ganz andere Farbe als der Rest der Ostsee. So fühlt man sich hier immer fast ein wenig wie in der Karibik (auch wenn ich selbst da nie war – genauso leuchtet es zumindest immer auf den Reiseprospekten), wozu das tropisch anmutende Wetter heute ja auch irgendwie passt. Paul steht auf dem Boot, hält sich eine Hand an die Stirn und blickt begeistert auf die Steilküste, die mit ihrer schneeweißen Farbe einen wunderbaren Kontrast zum grünen Wald bildet, der sie wie ein Dschungel fest umarmt. Ich fotografiere, was das Zeug hält. Das Licht ist gerade perfekt, und wer weiß, wie lange es noch so bleiben wird.

»Wollt ihr noch weiter bis zum Königsstuhl?«, ruft uns Knut aus seinem Steuerhaus zu.

Paul und ich schauen einander kurz an und nicken dann gleichzeitig. »Ist der Königsstuhl nicht da, wo das berühmte Bild von Caspar David Friedrich entstanden ist?«, fragt Paul mich laut, weil Knut inzwischen wieder den ratternden Motor angeworfen hat.

Ich nicke, während ich mich kurz durch die Bildergalerie meiner Kamera klicke. Was für tolle Aufnahmen!

»Aber dieses berühmte Bild ›Kreidefelsen auf Rügen‹, das mit der Frau im roten Kleid, so sieht das heute schon lange nicht mehr aus. Vielleicht hat es so auch nie ausgesehen. Es muss wohl eine Kombination aus Wissower Klinken und Victoriasicht gewesen sein, was er da gemalt hat. Na ja, die Wissower Klinken sind ja eh schon lange abgebrochen und ins Meer gefallen …«

»Hier bricht sowieso ziemlich viel ab, oder? In ein paar Jahrhunderten gibt es diese Küste so vielleicht gar nicht mehr.«

»Siehst du, dann ist das ja fast das Gegenteil von den Feuersteinfeldern«, stelle ich fest und ernte dafür einen beeindruckten Blick von Paul.

»Das ergibt eine wunderschöne Brücke für die beiden Geschichten«, sagt er lächelnd.

»Ah«, rufe ich in dem Moment aus und strecke meinen Arm nach vorne, »da ist die Victoriasicht. Und dahinter kommt der Königsstuhl. Und dahinter, diese kleine weiße Stelle im satten Grün, das ist noch der Feuerregenfelsen.«

»Feuerregenfelsen?«, fragt Paul, während er sich akribisch alles aufschreibt, was ich eben gesagt habe, »das klingt ja geradezu poetisch. Hätte man gar nicht gedacht, dass die stoischen Fischköppe auf so was kommen.«

Ich stoße ein sarkastisches »Haha« aus, und Paul schaut wieder gebannt auf den Feuerregenfelsen und den Königsstuhl. Jetzt beginnt es doch etwas stärker zu nieseln, und so schnappe ich mir meinen Regenponcho und ziehe ihn über den Kopf. Er ist rot mit großen weißen Punkten, und als Paul sich wieder umdreht, schaut er mich grinsend an. »Ha, Linda, du siehst aus wie ein gigantischer Fliegenpilz.«

Ich stimme in sein Lachen ein, aber als ich just in dem Moment einen kleinen, aber feinen Regenbogen entdecke, bin ich sofort abgelenkt. Schnell zücke ich meine Kamera, um dieses außergewöhnliche Panorama, diesen perfekten Moment, für immer festzuhalten.

To-do-Liste:

- ~~ans Meer gehen, jeden Tag!~~
- sicherstellen, dass die »Nordwind« nicht unter meiner Abwesenheit leidet
- die Bilder vom heutigen Tag sichten und die besten aussuchen
- weitere Stationen für unsere Rechercherreise planen

Im Hafen in Gager, 22. Juli

Geliebte Paula,

ich muss Dir etwas sagen. Ich weiß gar nicht genau, wie ich das tun soll.

Heute ist etwas passiert, das ich noch gestern nicht für möglich gehalten hätte. Eigentlich wollte ich es Dir erst gar nicht sagen. Eigentlich würde ich es am liebsten auch vor mir selbst verheimlichen. Es wegwischen oder so tun, als wenn es nicht passiert wäre.

Aber als Du von mir gegangen bist, habe ich mir geschworen, dass ich nichts verdrängen werde. Und dass ich meine Gefühle annehmen werde, vielleicht weil ich geahnt habe, dass ich nur so mit dieser übermenschlichen Trauer klarkommen würde. Dass ich nur so wenigstens im Kern ich selbst bleiben kann.

Und so habe ich die ganze Trauer in mein Leben gelassen. Den Schmerz, die Verzweiflung und die Hoffnungslosigkeit. Alles, selbst den letzten kleinen Rest. Und ich glaube fest daran, dass mir das geholfen hat. Denn hätte ich diese Gefühle nicht zugelassen, wäre das gewesen, als ob ich mit angehaltenem Atem durch die Welt laufe. Und irgendwann wäre ich explodiert.

Ich will also ehrlich zu Dir sein. Aber vor allem will ich ehrlich zu mir selbst sein.

Ich habe heute etwas gespürt, von dem ich dachte, dass es mir für immer verloren gegangen wäre. Ein Gefühl, das ich nur noch als Erinnerung kannte. Es war, als hätte jemand nach langer Dunkelheit wieder das Licht in mir angeknipst.

Linda und ich standen auf diesem alten stinkenden und deswegen umso schöneren Fischkutter (Du weißt ja, wie ich solche Dinge liebe). Es begann zu nieseln, und sie zog sich diesen seltsamen Regenponcho über. Rot, mit weißen Punkten. Ihre grünblauen Augen blitzten unter der Kapuze hervor, und sie lächelte, wie nur Linda lächeln kann. Mit dieser Offenheit und Zugewandtheit, dass man ihr sofort sein Leben anvertrauen würde. Und ich habe einen Witz darüber gemacht, dass sie wie ein gigantischer Fliegenpilz aussähe, und sie lachte noch mehr, noch breiter, und um ihre strahlenden Augen bildeten sich feine Lachfältchen. Dann hat sie einen Regenbogen entdeckt und vergaß auf einmal die ganze Welt um sich herum, vergaß mich und meinen Witz und fing an, dieses Naturspektakel zu fotografieren. Und ich sah sie von der Seite an wie ein stiller Beobachter. Und auf einmal wurde mir heiß und kalt, und es war, als wenn die Welt sich plötzlich viel zu schnell drehte. Erst dachte ich, das sei das Geschaukel des Bootes, das mir gar nicht gut bekam. Doch dann begriff ich, dass gerade etwas anderes passierte. Ich beobach-

tete Linda, blieb mit meinem Blick an ihr hängen. Sah ihre filigranen Hände auf der Kamera. Wie sie beim Fotografieren leicht ihre geschwungenen rosafarbenen Lippen spitzte, und mir flogen Schmetterlinge durch den Bauch. Auf einmal spürte ich das unendliche Bedürfnis, sie zu berühren. Ihr noch näher zu sein. Ihr Gesicht in meine Hände zu nehmen und ihre Lippen zu küssen. Meine Arme um sie zu schlingen und sie nicht wieder loszulassen.

Und in dem Moment, als ich das realisiert habe, bin ich vor lauter Schreck geradezu zurückgewichen. Fast so, als hätte ich mich verbrannt. Ich hoffe, dass sie genug in ihre Arbeit vertieft war, um nicht zu bemerken, wie seltsam ich mich verhalten habe. Im Auto, als wir nach Hause fuhren, konnte ich die gesamte Fahrt lang auch kaum ein Wort sagen. Mir war immer noch ganz schwindlig. Von ihrem Geruch und dem Klang ihrer Stimme. Und davon, wie unendlich schön ich ihren Körper finde. Als wir schon in der Dämmerung in der »Nordwind« ankamen, habe ich mich schnell von ihr verabschiedet und bin auf mein Zimmer geflüchtet. Und hier sitze ich nun seit Stunden und kann keinen klaren Gedanken fassen. Und so schreibe ich Dir diesen Brief.

Sitzt Du jetzt irgendwo da oben und lachst über mich? Oder bist Du gar etwas wütend? Ich kann Dir auf jeden Fall eines sagen: Ich bin völlig geschockt. Durcheinander. Verwirrt. Ich kann gar nicht glauben, was ich da fühle. Und ein bisschen hoffe ich, dass es wieder vorbei ist, wenn ich Linda das nächste Mal sehe. Denn diese Schmetterlinge in meinem Bauch, die kommen mir falsch vor. In jeder Hinsicht. Und gleichzeitig scheint nichts richtiger als das mit Linda und mir.

Paula, ich wünschte, Du wärst hier. Ich wünschte, Du wärst immer noch bei mir, so nah, dass ich gar keinen Grund, ja keine Gelegenheit finden würde, überhaupt eine andere Frau anzuschauen.

Und das mit Linda – das kann doch nichts werden mit all diesem Trauergepäck, das ich mit mir herumtrage. Ich wünschte, ich könnte sie noch einmal kennenlernen. Etwas später, wenn die Wunden nicht mehr ganz so frisch sind. Falls das jemals der Fall sein wird.

Ach Paula, warum hast Du mich verlassen? Ich fühle mich so verloren. Wie ein Blatt, das vom Baum gefallen ist und mit dem der Wind nun macht, was er will.

Ich vermisse Dich!
In Liebe
Dein Paul

Kapitel 13

Nach unserer Rückkehr lande ich, nach dem Abarbeiten einiger liegen gebliebener Aufgaben in der Pension, erst gegen Mitternacht im Bett und bin viel zu müde, um noch einmal den Tag Revue passieren zu lassen, wie ich es sonst gerne kurz vor dem Einschlafen tue. Ohne weitere Verzögerung schließe ich meine Augen und falle augenblicklich in einen tiefen Schlaf…

Ein Kinderlachen schallt durch den ganzen Raum. Ich stehe vor meinem Büro und drehe mich langsam um. Ein kleines Mädchen mit hellen blonden Haaren und einem hübschen blau-weiß-gepunkteten Kleid kommt auf mich zugelaufen. Sofort öffne ich die Arme und fange sie auf, ihr glockenhelles Lachen klingt in meinen Ohren wie Musik. Wir drehen uns gemeinsam im Kreis, ein paarmal, schneller und schneller, bis mir ganz schwindlig wird. Vom Drehen und vor Glück.

»Mama, Mama«, ruft sie, und in meinem Herzen breitet sich wohlige Wärme aus. Ich nehme sie an die Hand, und wir verlassen die »Nordwind« und schlendern runter zum Hafen. Ihre kleinen Schritte federn leicht, als würde sie auf Watte laufen. »Papa wartet schon auf uns«, ruft sie aufgeregt, und ich spüre, wie ihre kleine Hand in meiner etwas schwitzig wird. Meine Augen wandern suchend über die Marina und die Boote, die dort angelegt haben. Ich entdecke zwei Segelboote nebeneinander, die genau gleich aussehen. Beides sind Einmaster mit einem dunkelblauen Rumpf, einem hellen Großsegel und Fock, das leicht im Wind flattert. Als wir näher kommen, entdecke ich Markus auf dem einen Boot, er winkt uns mit dem ganzen Arm zu und bedeutet uns, dass wir zu ihm kommen sollen. Doch auch das andere Segelboot ist besetzt, an der Spitze des Bugs steht Paul und ruft meinen Namen.

»Papa«, kräht das kleine Mädchen an meiner Hand freudig. Ich schaue sie an, doch ich sehe nicht, auf welches der beiden Boote ihr Blick gerichtet ist. Wen sie mit »Papa« meint. Die beiden Männer, Markus und Paul, auf den exakt gleichen Booten, winken nun beide, als wären sie gemeint.

Als ich in diesem Moment abrupt aufwache, würde ich am liebsten sofort wieder einschlafen, um zu erfahren, welcher Mann der Vater vom meinem Kind im Traum war. Markus oder Paul? Aber sosehr ich mich auch bemühe, nahtlos zurück in den Schlaf zu gleiten, es gelingt mir nicht. Mein Herz schlägt viel zu schnell, als dass ich Ruhe finden würde. Nach einer Weile beschließe ich aufzugeben. Ich schäle mich langsam aus dem Bett und gieße mir in meiner kleinen Küche ein Glas Wasser ein. Davon nehme ich einen Schluck und lasse mich dann auf den Sessel fallen, von dem man einen hervorragenden Blick auf den Hafen hat, der eben noch Schauplatz meines seltsamen Traumes war. Ich schaue hinaus in die Morgendämmerung. Konzentriere meinen Blick auf die Marina. Ein paar Boote schwoien leicht im Wasser, aber keines von ihnen sieht wie die Boote in meinem Traum aus. Zwei Möwen passieren schreiend mein Fenster, und ich weiche kurz erschrocken zurück. In der Ferne sehe ich, wie ein Kutter angetuckert kommt, und frage mich, ob das schon Fritz sein kann? Vielleicht ist er heute Morgen auch aus dem Bett gefallen…

Ich beobachte, wie das Fischerboot langsam über den Bodden näher kommt. Im Hintergrund liegen Alt Redevitz und der grüne Schafberg da wie gemalt. Mein Blick wandert weiter. Rechts vom Hafen erstreckt sich eine Landzunge in den Bodden, auf der die Kormorane sich versammelt haben und ihre Köpfe zwischen den Fahnen und Gräsern gen Himmel strecken. Mir entfährt ein tiefer Seufzer. Was für ein komischer Traum. Was für eine innere Zerrissenheit er doch verkörpert. Markus oder Paul.

Ich muss an unseren Ausflug gestern auf die Feuersteinfelder denken und daran, was Paul über die Steine und ihre Ewigkeit gesagt hat. Ist es nicht seltsam? Die Welt dreht sich immer weiter, und doch bleibt alles, wie es ist. Bis sich eines Tages alles ändert. Manchmal mit einem Knall. Und manchmal stückchenweise, vielleicht sogar ohne dass man es anfangs bemerkt. Und doch scheint dann auf einmal alles anders. Und nichts, ja gar nichts, vermag ein Leben so auf den Kopf zu stellen wie die Liebe oder der Tod.

Ich schüttle diese schweren Gedanken so gut es geht ab und laufe dann langsam ins Badezimmer. Es ist zwar noch etwas zu früh, um mich fertig zu machen, aber es ist auch schon zu spät, um noch einmal ins Bett zurückzugehen. Und es ist ja nicht so, als ob ich nicht genügend zu tun hätte. Also springe ich entschlossen unter die Dusche, um auch noch den letzten Rest Müdigkeit aus meinem Körper zu spülen. Die warmen Wasserstrahlen prasseln mir angenehm sanft über den Körper, und ich verharre etwas länger als sonst unter der Dusche, genieße die Wärme und die innere Ruhe, die sie mit sich bringt.

Nachdem ich mich abgetrocknet habe, laufe ich nackt zu meinem Kleiderschrank und überlege, was ich anziehen könnte. Mein Blick fällt auf ein blaues Chiffonkleid mit weißen Punkten, das ich mir mal für eine Hochzeit gekauft habe. So ähnlich wie das, welches das kleine Mädchen in meinem Traum getragen hat. Ich streife es mir über, und obwohl ich es bestimmt einige Jahre nicht getragen habe, passt es mir immer noch wie angegossen. Es umschmeichelt meinen Körper und betont meine Figur, ohne zu sexy zu wirken.

Der Sexy-Look ist nämlich nicht so mein Ding. Und auch wenn Markus immer wieder versucht, mich in so Schlauchkleider zu stecken, in denen man jede Kurve sieht, sind mir solche etwas weniger aufreizenden Stücke viel lieber. Ich habe immer etwas unter meinen großen Brüsten gelitten, weil Männer mir schon als Teenager unverhohlen ins Dekolleté gestarrt haben, und weil ich finde, dass mein Busen für meine Körpergröße überproportional groß ist. Aber in den letzten Jahren habe ich mich immer mehr mit meinem Körper versöhnt. Und eigentlich finde ich es mittlerweile richtig schlimm, wie viele von uns Frauen von Komplexen geplagt werden, die uns von den unrealistischen Frauenbildern im Fernsehen oder in Modemagazinen aufgezwungen werden. Aber das Schlimmste ist fast, dass sogar viele Frauen gar keine »normalen« Frauen in ihren Zeitschriften sehen wollen. Zumindest habe ich dazu mal ein ganz interessantes Interview mit der Chefredakteurin irgendeiner Zeitschrift gelesen, die versucht hatte, auch normale Frauen aufs Cover zu nehmen – die meisten Leserinnen fanden das gar nicht gut! Also, die Solidarität unter uns Frauen ist wirklich noch ausbaufähig. Zum Glück ist das bei uns hier anders. Die Frauen, mit denen ich tagtäglich zu tun habe, vor allem Tamara und Christa, sind alles andere als stutenbissig. Im Gegenteil, wir helfen einander und machen uns stärker. Auch Christa und meine Mutter habe ich immer als ein echtes Team wahrgenommen – Frauenpower in der »Nordwind« eben.

Ich ziehe noch eine helle, grob gestrickte Jacke über das Kleid und konzentriere mich nun auf das, was ich runter ins Büro mitnehmen muss. Vor mir liegt ein langer Tag, ich muss erst arbeiten, und dann wollen Paul und ich heute Nachmittag mit dem *Rasenden Roland* bis nach Putbus fahren. Überhaupt wird die ganze Woche stressig. Morgen wollen wir Klein Zicker erkunden, und dann steht die Robbentour mit dem Schiff aus Baabe auf dem Programm. Und am Freitag wollen wir Drachen am Rosengarten-Strand steigen lassen und vorher zu meinem alten Freund Peter nach Lauterbach. Und dann muss ich mich auch schon beeilen, denn für Freitagabend habe ich für Markus und mich einen Tisch im schicken Restaurant »Taun-Hövt« reserviert, damit wir unseren Jahrestag gebührend feiern können. Wow, wirklich eine straffe Planung! Und die »Nordwind« darf bei all dem natürlich nicht zu kurz kommen.

Aber im Moment kommt mir diese engmaschige Tagesplanung entgegen. Denn vielleicht muss ich, wenn ich beide Hände voll zu tun habe, weniger über das Leben grübeln. Mein Vater, die Kinderplanung, meine Mutter und ihre Einmischung in mein Leben – komplizierte Themen gibt es ja genug. Und wenn wir mal ehrlich sind, bringen die doch meistens nur Kopfschmerzen. Was ich lösen kann, löse ich. Und Probleme, die ich nicht lösen kann, brauche ich dann eigentlich auch nicht zu wälzen. Denn im Grunde meines Herzens glaube ich, dass die meisten Ereignisse Schicksal sind. Klar sollte man hier und da ein paar Schrauben drehen, aber insgesamt kommt alles eben doch so, wie es kommen soll. Und manchmal muss man auch einfach auf Zeichen achten, damit man dieses Schicksal nicht verpasst. Also: Diese Woche mache ich einfach mal nur. Und versuche, mir so wenig wie möglich den Kopf zu zerbrechen. Denn ich weiß, dass ich eine Tendenz dazu habe, egal, wie oft ich mich an das eben Gesagte erinnere.

Doch wie heißt es so schön: Wenn du Gott zum Lachen bringen willst, erzähl ihm von deinen Plänen.

Es geht schon damit los, dass Paul am Nachmittag nicht zur verabredeten Zeit an meinem Drachenmobil steht. Stattdessen blinkt auf meinem Handy eine Nachricht von ihm auf: »Linda, Tamara hat mir erzählt, dass ihr so viel in der

›Nordwind‹ zu tun habt, ich mache die Lokomotive-Tour alleine. Und die Robbentour morgen auch, das schaffe ich locker. Dann hast du etwas weniger Stress! Viel Erfolg, Paul.« Und während ich noch verwirrt, ja ehrlich gesagt sogar ein bisschen enttäuscht auf die Nachricht starre, höre ich von hinten die Stimme meiner Mutter. »Linda, ich muss dringend mit dir reden. Kannst du jetzt?«

Als ich mich umdrehe, sehe ich da meine Mutter stehen, seltsamerweise wirkt sie etwas nervös, fast ängstlich. Ich bin etwas erstaunt über ihr Auftreten und habe keine Ahnung, was sie will, aber ich zucke nur mit den Schultern. Da meine eigentliche Planung für heute ja jetzt erst einmal ins Wasser gefallen ist, kann ich wohl tatsächlich. Obwohl ich die Zeit jetzt eigentlich sehr gut nutzen könnte, um in der »Nordwind« noch ein paar Sachen zu erledigen – sei's drum. Meine Mutter geht natürlich vor. Was auch immer sie mit mir bereden möchte.

Wir gehen gemeinsam in Richtung Deich hinunter. Dort laufen wir eine ganze Weile schweigend entlang. Als ich beginne, langsam ungeduldig zu werden, und kurz davor bin, sie zu fragen, was es denn nun so Dringendes zu besprechen gibt, beginnt sie endlich zu reden: »Ich muss dir etwas erzählen. Etwas, das ich dir schon viel früher hätte erzählen sollen«, sagt sie, und ihr ernster Ton lässt mich sofort aufhorchen.

Was kommt denn jetzt?, schießt es mir sofort durch den Kopf, und ich denke an den unbekannten Mann, mit dem meine Mutter sich seit einiger Zeit zu treffen scheint. Aber sie wirkt so ernst, fast bekümmert. Wenn ich meine Mutter so anschaue, sieht sie aus, als würde sie gleich in Tränen ausbrechen. »Was ist denn, Mama?«, frage ich sie alarmiert. Ich schicke ein stilles Stoßgebet zum Himmel, dass sie nicht krank ist oder etwas ähnlich Schlimmes.

»Linda, ähm, du erinnerst dich an den Mann, also, der, mit dem ich mich neulich getroffen habe?«, sagt sie zögerlich, und wir lassen uns gemeinsam auf einer Bank mit Blick auf den Bodden nieder.

Ich atme innerlich erleichtert auf. Gott sei Dank, es geht also doch nur darum.

»Ja Mama? Ist das dein neuer Freund?«, sage ich fast grinsend.

Sie schaut mich ernst an. »Nicht so wirklich.«

»Sondern?«

Meine Mutter nestelt mit ihren Fingern an der Bank herum, und ich würde sie nun am liebsten schütteln. Warum spannt sie mich so auf die Folter?

»Mama, was ist denn?«

»Linda. Dieser Mann heißt Bernd Scholz. Er war meine große Liebe. Und er ist dein Vater.«

Ich schaue sie ungläubig an. Im ersten Moment denke ich sogar, dass sie vielleicht einen Scherz gemacht hat. Mein Vater? Bernd Scholz. Bernd Scholz. Bernd Scholz. Dieser Name kreist in einer ständigen Wiederholung durch meinen Kopf. Bisher habe ich ihn noch nie gehört. Und auch Christa hat ihn nie erwähnt. Und … große Liebe? Auch diesen Begriff habe ich noch nie aus dem Mund meiner Mutter vernommen.

»Bernd und ich sind seit einigen Monaten wieder in Kontakt. Du wirst es nicht glauben, aber er hat mich über diese Webseite zum Finden von alten Klassenkameraden kontaktiert. Wir sind ja damals hier in Groß Zicker zusammen zur Schule gegangen.«

Ich starre sie an wie eine Außerirdische. Gemeinsam zur Schule gegangen? Das höre ich auch alles zum ersten Mal.

Meine Mutter hält einen Moment inne und schaut mich unsicher an. »Bernd hat damals rübergemacht. Im Spätsommer 1981.«

In meinem Kopf überschlagen sich die Gedanken. Ich wurde erst im Mai 1982 geboren. Wusste dieser Mann überhaupt, dass es mich gibt? Meine Mutter scheint meine Gedanken erraten zu haben und spricht weiter: »Bernd wollte immer aus der DDR weg. Er hat das Leben hier gehasst. Kurz nach seiner Flucht habe ich festgestellt, dass ich mit dir schwanger war ….«

»Warum erzählst du mir das erst jetzt?«, platze ich heraus. Ich kann jetzt nicht mehr still sein. Warum? Die Frage hämmert in meinem Kopf.

»Am Anfang wusste ich doch gar nicht, wo Bernd ist. Ob er die Flucht überlebt hat. Ich konnte ihm doch nicht einmal sagen, dass ich ein Kind von ihm hatte.«

»Warum hat er sich nicht gemeldet?«

»Er wollte mich nicht in Gefahr bringen. Mit einem Republikflüchtling in Kontakt zu sein hätte mir große Probleme bringen können. Ich wollte ja eigentlich studieren. Auch wenn ich den Plan dann aufgegeben habe, um hier mit dir auf Rügen zu bleiben. In der Nähe meiner Eltern.«

Meine Mutter hält meine Hände so fest, sie schüttelt sie fast.

»Aber warum hast du mir das nicht früher erzählt?«, frage ich noch einmal. Ich verstehe einfach nicht, warum meine Mutter mein Leben lang ein Geheimnis aus meinem Erzeuger gemacht hat. Und so tat, als ob er uns im Stich gelassen hätte, wenn er doch noch nicht einmal wusste, dass es mich gab.

Sie weicht meinem Blick aus und starrt nun auf den Bodden, der ruhig vor uns liegt, so als hoffe sie, dass die Antwort auf meine Frage einfach aus dem Wasser auftaucht wie ein springender Fisch. »Am Anfang habe ich dir nichts erzählt, weil du zu klein warst. Dann wollte ich nicht, dass irgendjemand mitbekommt, dass dein Vater Bernd war. Denn mit seiner Flucht hat er hier einige verbrannte Erde hinter sich gelassen. Zu DDR-Zeiten …«

»Mama, als die Mauer gefallen ist, war ich acht!«, unterbreche ich sie und springe von der Bank auf. Ein paar Urlauber radeln in diesem Moment vorbei und schauen uns neugierig an. »Du hättest es mir doch danach erzählen können«, senke ich meine Stimme etwas, »als Jugendliche habe ich doch ständig nach ihm gefragt. Da hättest du es mir doch sagen müssen!«

Meine Mutter fährt sich mit der Hand über die Haare und klemmt sich ein paar Strähnen hinter ihre Ohren. Eine Bewegung, die sie gerne macht, wenn sie intensiv nachdenkt. Oder nicht weiß, was sie sagen soll. Ich setze mich wieder hin und schaue sie fordernd an, mir endlich etwas zu sagen, was ihr unentschuldbares Verhalten zumindest erklärt.

»Als die Mauer gefallen ist, war ich mir sicher, dass Bernd zu mir zurückkommen würde«, beginnt sie langsam zu sprechen, »bevor er geflüchtet ist, hatte er mir nämlich versprochen, dass er mich irgendwie nachholt. Mir einen Fluchthelfer schickt. Irgendetwas. Wir waren so jung und naiv. Und dann war es doch so, aus den Augen aus dem Sinn. Er hatte mich einfach vergessen. Irgendwann habe ich herausgefunden, dass Bernd geheiratet hat. Ich war so tief enttäuscht«, sie schaut mich an, und ich sehe, dass in ihren Augen Tränen stehen.

»Du warst enttäuscht! Aber was ist denn mit mir? Und mit… mit ihm? Nur weil du enttäuscht warst, durften weder er noch ich voneinander wissen!«

Meine Mutter bricht jetzt ungehemmt in Tränen aus, und auch wenn mein erster Impuls ist, sie in den Arm zu nehmen und zu beruhigen, unterdrücke ich ihn. Im Moment bin ich viel zu wütend und gar nicht bereit, sie zu trösten. Außerdem ist das nicht fair, dass sie weint und mir damit ein schlechtes Gewissen macht: Sie ist mir diese Antworten schuldig!

»Ich habe einen furchtbaren Fehler gemacht«, sagt sie schluchzend. »Ich weiß, dass ich das nie wiedergutmachen kann.«

Meine Mutter weint nun wie ein kleines Kind, und nach ein paar Minuten halte ich es nicht länger aus und reiche ihr meine Hand. Sie drückt sie fest an ihre Wange und schaut mich ängstlich an, ihre Hände zittern in meiner: »Ich hoffe, du kannst mir irgendwann verzeihen. Und ich hoffe, dass du trotz allem Bernd eine Chance geben kannst, dich kennenzulernen.«

Natürlich! Dieser Bernd Scholz ist ja hier! Ich habe ihn ja selbst im Wohnzimmer meiner Mutter gesehen!

»Bernd ist auf Rügen. Er übernachtet in der Pension ›Zur Insel‹.«

Bei dem Gedanken, dass mein Vater nur ein paar Kilometer Luftlinie von mir entfernt ist, wird mir ganz anders. Natürlich will ich ihn treffen. Oder? Um Gottes willen. Auf einmal bin ich so aufgeregt wie noch nie zuvor in meinem Leben.

Ich will meine Mutter mit Fragen löchern, über diesen großen Unbekannten, der mein Vater ist. Aber ich entschließe mich, ihn lieber selbst zu fragen. Ja, ich weiß in diesem Moment ganz genau, dass das die einzig richtige Entscheidung ist. »Ich fahre jetzt sofort zu ihm!«, rufe ich und springe von der Bank auf. Meine Mutter ruft mir noch nach, ob sie mitkommen soll, aber ich winke nur ab, während ich meine Schritte schon beschleunige. Die letzten Meter zum Parkplatz renne ich förmlich und springe dann mit einem Satz in mein Drachenmobil. Der Motor springt an, und ich schnalle mich nur noch schnell an, bevor ich losrase und in Richtung Lobbe zur Pension fahre. Und ich rase und rase und rase, und die Landschaft zieht einfach so an mir vorbei, während nur ein einziger Gedanke in meinem Kopf Platz hat: In Lobbe befindet sich ein mir völlig unbekannter Mann, der mein Vater ist. Und ich werde ihn gleich kennenlernen.

Als ich vor der Pension, in der mein Vater abgestiegen ist, parke, überkommt mich plötzlich die Angst. Was, wenn

Bernd Scholz ein furchtbarer Mensch ist? Was, wenn er sich gar nicht für mich interessiert? Obwohl: Wäre er dann nach Rügen gekommen? Wohl kaum! Trotzdem, ich stehe auf einmal wie erstarrt vor dem kleinen Flachbau in Lobbe und kann keinen Schritt vor und keinen zurück machen.

In diesem Moment tritt ein hochgewachsener Mann, der in etwa Ende fünfzig sein müsste, aus der Tür und bleibt ebenfalls wie angewurzelt stehen, als er mich sieht. Ich kann mich vor lauter Aufregung gar nicht mehr erinnern, ob das der gleiche Mann ist, den ich im Wohnzimmer meiner Mutter erspäht habe. Mein Kopf ist wie leer gefegt. Also starre ich den Fremden nur an. Er macht einen zaghaften Schritt auf mich zu, hält inne, geht dann aber immer schneller weiter und kommt am Ende fast auf mich zugelaufen. »Linda?«, ruft er, und ich bin überrascht, wie tief seine Stimme ist.

Ich nicke stumm, und er schließt mich in seine langen Arme. Und alles, was ich in dem Moment denken kann, ist, wie es sein kann, dass der so groß ist und ich so klein!

Wir stehen ein paar Minuten in stummer Umarmung da. Dann schiebt er mich sanft ein bisschen weg von sich. »Lass dich mal anschauen, mein Kind«, sagt er, und als ich diese Worte höre, fühle ich, wie mir die Tränen in die Augen steigen. Er schaut mich an, mustert mich geradezu, und auch in seinem Blick sehe ich, dass die Emotionen ihn fast übermannen. »Deine Mutter hat nicht übertrieben, du bist wunderschön.«

»Du bist so viel größer als ich«, platze ich heraus, und nachdem er einen Moment stutzt, müssen wir beide lachen.

»Deine Mutter ist ja auch nicht gerade ein Riese«, sagt er grinsend, und das Eis zwischen uns ist, falls es überhaupt jemals da war, gebrochen. »Wollen wir runter an den Strand?«, fragt er und macht eine Bewegung mit dem Kopf in Richtung Ostsee.

Ich nicke, und gemeinsam laufen wir über die Düne, bis wir unten am Meer angekommen sind. Es ist mittlerweile später Nachmittag, und die meisten Urlauber sind bereits verschwunden. Nur noch vereinzelt stehen ein paar Windschutze und Strandmuscheln auf dem breiten Sandstreifen. Wir laufen in Richtung Göhren, vor uns liegt die grüne Steilküste. Einen Moment lang scheint es so, als wüssten wir beide nicht, wo wir anfangen sollten. Wo fängt man an, wenn man ein ganzes halbes Leben voneinander verpasst hat?

Dann zeigt Bernd auf das Strandlokal, das sich oben hinter der Düne befindet und das wir gerade passieren. »Da habe ich deine Mutter kennengelernt«, sagt er lächelnd, »im Sommer 1980. Ich kam mit meinem Motorrad angefahren, und sie saß dort mit ein paar Freundinnen. Ich war gerade mit meinen Eltern von Ummanz hierher gezogen, mein Vater hatte bei der Produktionsgenossenschaft der Küstenfischer angeheuert. Ich sah sie, und mich traf der Blitz. Sie war ein, zwei Jahre jünger als ich. Trug enge Schlaghosen und ein weißes T-Shirt. Ich kam mit meiner Maschine angebraust, eine schwarze ETS, das war damals was Besonderes, und alle Jugendlichen haben mich deswegen bewundernd angeschaut. Nur deine Mutter war in ihr Buch vertieft. Also bin ich zu ihr und hab sie gefragt, was sie denn da liest. Und so haben wir uns zum ersten Mal unterhalten.« Er bleibt kurz stehen, und auch ich halte an. Wir schauen einander an, als wenn wir immer noch nicht glauben können, dass das hier wirklich passiert. »Erzähl bitte einfach weiter«, fordere ich ihn sanft auf, und wir setzen uns langsam wieder in Bewegung.

»Wir gingen beide auf die EOS, deine Mutter und ich. Erweiterte Oberschule. Unsere Eltern waren ja parteipolitisch konform, wenn man so will. Mein Vater war nämlich so ein richtig strammer Sozialist.«

»Wolltest du deswegen weg?«, frage ich ihn mit hochgezogenen Augenbrauen.

Er zuckt mit den Schultern.

»Wie ging es mit dir und Mama weiter?«

»Ich war unheimlich verliebt in deine Mutter. Wir waren ein knappes Jahr zusammen, als ich mich zur Flucht entschlossen habe. Ich konnte einfach nicht mehr. Ich sollte zur Armee, aber ich hatte erklärt, dass ich mich weigern würde, an der Grenze zu schießen. Zur Strafe wollten die mich dann irgendwo nach Brandenburg schicken. Da hätte ich zwölf Stunden nach Hause gebraucht. Dann konnte ich auch gleich abhauen.«

»Konnten dir deine Eltern nicht helfen?«

»Im Gegenteil. Mein Vater fand das ja gut, ihm war die Beziehung zu deiner Mutter ein Dorn im Auge. Er fand, ich sollte mir erst einmal die Hörner abstoßen. Oder Karriere machen. Oder beides.«

»Und dann?«

»Zu der Zeit hat mir ein Freund von einem Freund erzählt, der angeblich mit dem Surfbrett von Ummanz aus über Hiddensee bis zur dänischen Insel Møn gesurft war. Ich hielt das für ein Märchen, aber die Idee reifte langsam in uns. Und im Sommer '81 beschlossen dieser Freund und ich, es wirklich zu wagen.«

»Mit dem Surfbrett?«

Bernd schüttelt schmunzelnd den Kopf. »Dafür konnten wir nicht gut genug surfen. Wir entschlossen uns zu paddeln. Trainierten monatelang. Dann, im September 1981, mieteten wir uns auf dem Zeltplatz in Ummanz ein, taten so, als wären wir im Urlaub. Und am 15. September 1981 wagten wir es dann wirklich. Im Spätsommer war die Ostsee noch relativ warm, und es gab oft starken Nebel, der bis in die Mittagsstunden anhielt. Etwa siebzig Kilometer lagen zwischen uns und der Freiheit.«

Ich lausche so gebannt den Worten meines Vaters, dass ich erst jetzt merke, dass mein Telefon schon eine ganze Weile im Hintergrund klingelt. Schnell ziehe ich es aus meiner Tasche, und als ich sehe, dass es Markus ist, der anruft, drücke ich ihn kurzerhand auf lautlos.

»Dein Freund?«, fragt Bernd und schaut mich dann entschuldigend an, so als wäre er mir zu nahegetreten, »deine Mutter hat so etwas erwähnt …«

»Ja, Markus, genau. Aber der kann warten …«

»Ich erzähle die ganze Zeit nur von mir. Dabei habe ich so viele Fragen an dich, Linda!«

Ich nicke lächelnd. »Eins nach dem anderen«, sage ich dann entschlossen, »jetzt erzähl du erst mal weiter. Und dann ich. Und dann wieder du. Wir haben jetzt alle Zeit der

Welt, um all die Dinge zu erzählen, die so lange unerzählt geblieben sind.«

Tatsächlich schafften Bernd und sein Freund es bis nach Møn, auch wenn sie dort völlig ausgelaugt ankamen. Von Dänemark reiste Bernd schließlich nach Braunschweig aus, weil er dort ein paar entfernte Verwandte hatte. Und es war tatsächlich so, wie meine Mutter erzählt hatte. Bernd traute sich nicht mehr, sie zu kontaktieren. Vor allem nachdem er wohl einmal einen Brief geschrieben hatte und daraufhin einen Brief von meinem Großvater zurückbekam, der ihn aufforderte, seine Tochter bloß in Ruhe zu lassen. Und das tat Bernd da, vorerst zumindest. Ein paar Jahre später heiratete Bernd dann. Seine Frau hat uns ab und zu in seinem Namen Pakete geschickt, das waren die Westpakete aus meiner frühen Kindheit, an die ich mich erinnern konnte. So fand meine Mutter auch das von der Ehe von Bernd heraus. Dass meine Mutter bei seiner Abreise bereits schwanger gewesen war, hatte Bernd natürlich nicht im Geringsten geahnt. Seine eigene Ehe blieb kinderlos (zu meiner Enttäuschung, denn wie toll wäre es gewesen, sogar noch ein paar Halbgeschwister dazuzubekommen!). Vor ein paar Monaten dann, Bernds Frau war vor einigen Jahren an Krebs gestorben, suchte er im Internet nach dem Namen meiner Mutter und fand sie auf dem Portal für alte Schulkameraden. Meine Mutter schien am Anfang zu zögern und nur kurz zu antworten, aber dann hat sich ein immer tiefer gehender Mail-Kontakt entwickelt. Sie schickten ein paar Bilder hin und her, und auf einem der Fotos hat er mich schließlich entdeckt. Er begann Fragen zu stellen nach der Tochter seiner ersten großen Liebe, und irgendwann hat er festgestellt, dass ich rein rechnerisch von ihm sein könnte. Als er meine Mutter darauf ansprach, antwortete sie ihm nur: »Es wird Zeit, dass du zu uns nach Rügen kommst.«

To-do-Liste:

- ~~ans Meer gehen, jeden Tag!~~
- Meinen Vater (!!!!) besser kennenlernen
- Paul erzählen, dass ich meinen Vater gefunden habe
- Unseren Ausflug zum Rosengarten-Strand vorbereiten
- Kamera aufladen

Kapitel 14

Als ich abends schließlich in die »Nordwind« zurückkehre, schwebe ich förmlich. An der Rezeption treffe ich Tamara, die natürlich sofort ohne jedes Murren eingesprungen ist, als ich ihr vorhin in einem Telefonat kurz und knapp geschildert habe, was bei mir gerade los ist und warum ich die Nachmittags- und Abendschicht nicht übernehmen kann.

»Linda«, empfängt sie mich gleich am Eingang und redet sofort in ihrem polnisch gefärbten Deutsch im Stakkatoton los, »ich sterbe zu wissen, was mit deine Papa ist. Aber ich muss jetzt leider sofort los! Meine Mutter ist doch heute mit meine Tochter angekommen. Und wenn ich nicht bald nach Hause kommen, kriege ich eins auf die Decke.«

»... auf den Deckel?«

»Was?«

»Egal! Mensch, Tamara, das tut mir total leid, ich habe völlig vergessen, dass deine Tochter kommt – warum hast du mich nicht daran erinnert? Ich hätte dich dann doch schon viel früher abgelöst!« Ich schaue sie bedröppelt an. Tamara hängt extrem an ihrer Tochter und leidet verständlicherweise darunter, dass sie so selten mit ihr zusammen sein kann, denn das Kind lebt ja nun mal bei den Großeltern in Polen.

Dass sie sie wegen mir jetzt erst so spät sieht, obwohl sie endlich auf Rügen zu Besuch ist, löst bei mir ein wahnsinnig schlechtes Gewissen aus. Und ich freue mich doch schon selbst so sehr, endlich die kleine Mila kennenzulernen, von der ich schon so viele Fotos gesehen habe.

»Na, na«, winkt Tamara ab, »seinen Vater lernt man nicht alle Tage kennen.«

Ich umarme meine Kollegin und Freundin dankbar – Tamara ist einfach ein echter Schatz. »Morgen nimmst du dir frei«, beschließe ich in einem Ton, der keine Widerrede zulässt, »und genießt den Tag mit Mila. Und am Abend kommt ihr zusammen her, und wir essen alle gemeinsam in der ›Nordwind‹, was sagst du?«

Tamara nickt begeistert. »Das ist eine super Idee, Linda.« Dann dreht sie auch schon ab und eilt zum Ausgang. Ich stehe noch einen kurzen Moment in der Lobby und sehe ihr nach. Dann ziehe ich mein Handy aus der Tasche und versuche, Markus anzurufen, aber mein Freund nimmt nicht ab. Mein Blick fällt auf die Uhr, die über dem Empfangstresen hängt. Es ist fast 21 Uhr. Wo ist Markus nur wieder um diese Zeit? Wahrscheinlich ist er mit seinem neuen Projekt beschäftigt, an dem er seit einiger Zeit fast Tag und Nacht arbeitet. Ich hingegen würde gerne jemandem von der Begegnung mit meinem Vater erzählen (mein Vater! Unglaublich!). Kurzerhand stapfe ich die Treppenstufen nach oben und klopfe bei Paul an die Tür.

Nach ein paar Sekunden öffnet er. »Ah Linda, hi«, sagt er.

»Ich habe meinen Vater kennengelernt«, platze ich sofort heraus.

»Wow«, sagt Paul überrascht und steht immer noch wie festgewurzelt in der Tür, anscheinend hat er nicht vor, mich hereinzubitten. »Wie das denn?«, fragt er, aber es wirkt irgendwie halbherzig. Oder vielleicht bilde ich mir das nur ein?

»Weißt du noch, der große Unbekannte, den wir im Wohnzimmer meiner Mutter observiert haben?«

Er nickt langsam.

»Das ist er! Und du hattest total recht! Es gibt eine andere Seite der Geschichte. Und was für eine, ich sage dir, die ist ein ganzes Buch wert!«

Paul schaut mich nachdenklich an, und ich kann seinen Blick wirklich nicht deuten. Er sieht irgendwie abweisend aus. So als wäre er gerade lieber woanders.

»Na ja«, murmele ich enttäuscht, »ich wollte dich auch gar nicht stören …«

»Nee, nee«, beschwichtigt er, aber auch das irgendwie eher pflichtbewusst und nicht so, als würde er es wirklich meinen. »Das sind ja tolle Neuigkeiten. Ich bin nur etwas müde. Vielleicht erzählst du es mir ein anderes Mal?«

»Klar«, winke ich ab, »wir machen ja am Freitag eh unseren Ausflug.«

»Ach ja, stimmt ja«, sagt er, und auch das klingt alles andere als begeistert. So langsam macht mich seine abweisende Art etwas wütend. Was hat er denn nur auf einmal?

»Na dann, tschüss«, sage ich kühl, auch wenn ich ihn eigentlich lieber fragen würde, was zum Teufel sein Problem ist. Aber ich bin gerade so happy und nicht in der Stimmung für schwere, traurige Gespräche.

»Gute Nacht Linda, was für tolle Neuigkeiten«, höre ich ihn noch sagen, aber ich habe bereits meine Tür aufgeschlossen, und eine Sekunde später bin ich schon in meiner kleinen Dachwohnung verschwunden. Dort angekommen kann ich vor Aufregung über die Geschehnisse erst gar nicht einschlafen. Stattdessen beginne ich, in meinen alten Fotoalben herumzukramen. Wie es wohl gewesen wäre, wenn mein Vater bei all diesen Meilensteinen dabei gewesen wäre? Meine Einschulung, mein Abiball … all das, was er, was wir gemeinsam verpasst haben. Ich stelle mir vor, wie es gewesen wäre, wenn er neben mir auf diesem Abi-Foto gestanden hätte. Oder wenn neben der riesigen Sandburg, die ich auf einem Foto präsentiere, nicht nur meine Mutter stolz im Hintergrund gelächelt hätte, sondern auch Bernd. Aber all dies lässt sich leider nicht nachholen. Ich ziehe ein paar Bilder heraus und nehme mir vor, sie Bernd morgen zu zeigen. So kann er wenigstens nachträglich noch ein Stück von dem Leben sehen, das wir verpasst haben.

Am nächsten Morgen kommt mein Vater zum Frühstücken in die Pension, und auch wenn ich mich nebenbei um das Büfett und die Gäste kümmern muss, haben wir zum Glück immer wieder Gelegenheit, ein wenig zusammenzusitzen. Wenn ich nicht bei ihm bin, schaut Bernd sich fasziniert die Fotos an, die ich ihm gestern herausgesucht habe. Ab und zu ruft er mir eine kurze Frage zu diesem oder jenem Bild zu, und so machen wir mit dieser kleinen Fotoreise in die Vergangenheit einen ersten Anfang, einander noch besser kennenzulernen. Als kurz danach Markus hereingerauscht kommt, kann er es erst gar nicht glauben, als ich ihm meinen Vater vorstelle. Zu meiner Freude verstehen Markus und Bernd sich aber auf Anhieb, zumindest erzählt Markus meinem Vater sehr ausführlich von seinen vielen Projekten, während Bernd dazu nickt. Wobei ich glaube, dass Markus etwas allzu ausführlich von allem erzählt, zumindest wirkt das Lächeln meines Vaters nach einiger Zeit etwas gequält. Allerdings muss Markus dann relativ bald zu seiner Arbeit aufbrechen, und ich merke, dass mein Vater sich wieder recht erleichtert seinem Frühstück widmet.

Einige Minuten später sehe ich im Augenwinkel, wie Paul durch die Lobby huscht. Er scheint geradezu auf der Flucht und winkt mir nur kurz von Weitem zu. Ich bin etwas enttäuscht von seiner plötzlichen Entfremdung, vor allem weil ich sie mir so gar nicht erklären kann. Bei unserem Ausflug zu den Feuersteinfeldern und den Kreidefelsen war doch noch alles in Ordnung – warum benimmt er sich auf einmal so, als wenn wir uns gar nicht kennen würden? Oder als ob er mich nicht ausstehen könnte?

Ich komme nicht weiter dazu, darüber zu grübeln, denn in diesem Moment kommt meine Mutter ebenfalls in die »Nordwind«. Sie und Bernd begrüßen sich mit einer liebevollen Umarmung. Dass sie einander so nahe sind, kommt mir komisch vor. Bernd hat doch allen Grund, auf sie sauer zu sein, denn immerhin wusste er so wenig von mir wie ich von ihm. Hat er ihr schon verziehen? Empfindet er womöglich noch etwas für sie? Ich nehme mir vor, ihn später unter vier Augen darauf anzusprechen. Aber erst einmal frühstücken wir alle zusammen. Als die meisten Gäste fertig mit ihrem Frühstück sind, kommt Christa ebenfalls aus der Küche und begrüßt Bernd, den sie zu kennen scheint. Was ja auch irgendwie klar ist, immerhin waren Christa und meine Mutter schon immer beste Freundinnen. Ich frage mich, ob Christa all die Jahre wusste, wer mein Vater ist. Wobei ich es verstehen würde, dass Christa mir nichts gesagt hat. Sie war eben gegenüber meiner Mutter, ihrer besten Freundin, loyal. Ich merke, dass ich immer noch so viele Fragen mit mir herumtrage, aber jetzt versuche ich, all die offenen Punkte hintenanzustellen und einfach nur den Moment zu genießen. Mein Vater ist schließlich hier bei mir. Meine Mutter auch. Eigentlich fast alle Menschen, die mir etwas bedeuten. Wir sind eine große lustige Runde, und es fühlt sich so wunderbar nach Familie an. Wärme und Herzlichkeit fluten geradezu durch den Raum. Nach einer Weile glühen meine Wangen vor lauter Lachen, und ich bin so glücklich wie schon lange nicht mehr.

Gegen frühen Nachmittag, als sich der Trubel in der »Nordwind« langsam legt und die Gäste abgefüttert sind (unser kleines Bistro pausiert immer zwischen 15 und 18 Uhr), ziehe ich mich in meine Büroecke zurück. Ich schalte den Computer an, und weil immer noch meine Kameraspeicherkarte drinsteckt, öffnet sich die Datei mit den Fotos von dem Ausflug mit Paul automatisch. Obwohl ich eigentlich etwas anderes machen wollte, kann ich nicht widerstehen und beginne noch einmal, mich durch das Album zu klicken. Zwar gebe ich es ungern zu, aber vor allem möchte ich mir die Bilder von Paul noch einmal ansehen.

Etwa zehn Fotos habe ich bei meiner ersten Sichtung der Bilder von ihm ausgewählt – Porträtfotos von ihm, die aus meiner Sicht alle gleichermaßen toll geworden sind. Es sind zehn Bilder, die Pauls verschiedene Gesichter zeigen. Auf einem schaut er nachdenklich in seine Notizen. Eines zeigt ihn mit fast traurigem, auf jeden Fall melancholischem Blick. Auf ein paar Bildern scheint er verträumt, dann wieder ernst, und auf den letzten beiden Fotos (da hatte er gemerkt, dass ich ihn porträtiere) lacht er in die Kamera. Ich starre auf seine Grübchen, die perfekten weißen Zähne und die leicht geschwungenen Lippen. Betrachte schmachtend seine wilden Locken und seine markante, aber edle Nase. Seitdem er hier ist, scheint Paul sich nicht mehr rasiert zu haben, und daher rankt sich mittlerweile ein leichter, dunkler Vollbart um sein Gesicht. Eigentlich bin ich nicht so der Bartfan, aber an Paul sieht einfach alles gut aus. In Kombination mit seinen eisblauen Augen sowieso.

Ich bin so vertieft in das Bild, dass ich nicht bemerke, wie mein Vater hinter mir auftaucht. Und so zucke ich erschrocken zusammen, als er plötzlich meine Schulter berührt.

»Linda, ich wollte dich nicht erschrecken«, sagt er sanft.

Ich spüre, wie mein Herz vor Aufregung klopft, und vergesse vor lauter Schreck völlig, die Bilddatei zu schließen. Wenigstens ist es nicht Markus, denke ich sofort, der mich hier dabei erwischt, wie ich teenagerhaft ein Foto von Paul Schumann anschmachte.

»Wer ist das?«, fragt mein Vater interessiert, und er klingt dabei völlig harmlos und so gar nicht, als hätte er bemerkt, dass ich Pauls Porträt schon seit Minuten verliebt anstarre.

»Paul Schumann, ein Gast in der Pension«, antworte ich und versuche, dabei möglichst unbeteiligt zu klingen. Dann klicke ich in der Bildergalerie weiter, bis ich zu den Fotos von den Feuersteinfeldern gelange. »Er ist Schriftsteller, ich mache die Fotos, und so arbeiten wir zusammen an einem Rügen-Buch.« Wobei wir, ergänze ich in Gedanken, tatsächlich nur einen Tag so richtig zusammen daran gearbeitet haben. Seitdem ist Paul abgetaucht und scheint lieber im Alleingang weiterzumachen. Denn seine Begründung dafür, dass er mir nicht zusätzlich noch so viel Arbeit bereiten will, kann ich in Kombination mit seiner abweisenden Art mittlerweile nicht mehr recht glauben. Irgendwas hat er. Wenn ich nur wüsste, was ich falsch gemacht habe!

»Ist das der junge Mann, dessen Frau an Krebs gestorben ist?«, fragt mein Vater, und ich sehe ihn überrascht an.

»Deine Mutter hat so etwas erwähnt«, fügt er schnell als Erklärung hinzu.

Ich schaue ihn mit offenem Mund an und kann mir keinen rechten Reim darauf machen, warum meine Mutter mit Bernd über Paul gesprochen hat. Warum mischt sie sich in letzter Zeit in alles ein? Und bevor ich mich weiter mit der Frage quäle, spreche ich Bernd einfach darauf an.

»Na ja, sie hat mir bloß erzählt, dass du dich ein bisschen um den Mann kümmerst. Ich glaube, sie wollte mir nur zeigen, was für eine liebevolle, warmherzige Tochter ich habe.« Er tätschelt mir lächelnd die Schulter, und ich strahle ihn an. Es ist so schön, diese Zuneigung von ihm zu erfahren. Seine Worte versöhnen mich außerdem mit der Tatsache, dass meine Mutter ihm überhaupt etwas von Paul erzählt hat.

»Ich habe ja selbst so einen Verlust durchgemacht«, spricht mein Vater weiter, »es ist wirklich schwer, den Menschen, den man liebt, an so eine Krankheit zu verlieren. Das ist sowieso furchtbar. Aber der Krebs …«, er zögert, so als würden ihm die Worte schwerfallen, »der lässt Menschen verschwinden. Und wenn sie gehen, sind sie oft nur noch ein Abbild dessen, was sie mal waren.« Er reibt sich über die Augen, und ich verspüre das Bedürfnis, ihn zu umarmen. Stattdessen lege ich ihm meine Hand auf den Arm. Er nimmt sie seufzend, und so sitzen wir einen Moment lang zusammen da.

»Es tut mir leid, dass ich nicht für dich da sein konnte, als du durch so eine schwere Zeit gegangen bist«, sage ich schließlich zu Bernd und drücke ihm fest die Hand.

Er lächelt mich dankbar an. »Linda, du strahlst so eine Wärme aus, das ist wirklich etwas Besonderes! Ich bin so froh, dich jetzt zu haben. Dieser Paul kann sich glücklich schätzen, dass du ihn unterstützt!«

Ich überlege plötzlich, ob meine Mutter Bernd am Ende etwas davon erzählt hat, was sie selbst scheinbar zu meinen Gefühlen für Paul vermutet – aber selbst wenn, dann lässt er sich nichts anmerken. »Paul hat Paula so sehr geliebt. Ich glaube, für ihn war sie immer perfekt«, sage ich nach einer Weile. »Mir scheint eher, dass Paul selbst ein blasses Abbild dessen ist, was er mal war. Er ist schon seit Jahren regelmäßig zu Gast in der ›Nordwind‹, und du hättest ihn mal früher sehen sollen …« Ich muss unwillkürlich lächeln. »Na ja, in jedem Fall dachte ich, dass es ihm in den letzten Tagen langsam etwas besser ging. Aber jetzt hat er plötzlich wieder vollkommen dichtgemacht …«

»Drei Schritte vor und fünf zurück… Ja, das kenne ich«, murmelt mein Vater.

»Genau so!«

Bernd nickt. »Weißt du, Linda, über so einen Verlust kommt man vielleicht nie hinweg. Es bleibt immer eine Lücke. Egal, wie sehr man versucht, diese auszufüllen.«

Seine Worte hallen in mir nach. In Paul ist diese Lücke so wahnsinnig spürbar, ja geradezu sichtbar. Man muss ihn gar nicht gut kennen und merkt doch sofort, dass er nicht vollständig ist. Dass ein Stück fehlt und immer fehlen wird.

»Wow, Linda, diese Fotos sind ja der Hammer«, unterbricht Bernd, der in der Zwischenzeit selbstständig weiter durch die Fotogalerie klickt, meine Gedanken. Er schaut mich stolz an.

»Danke«, antworte ich fast schüchtern. An dieses Gefühl, dass mein Vater jetzt ein Gesicht hat und mir anerkennend zunickt, muss ich mich wirklich erst noch gewöhnen. Es ist Wahnsinn, wie sich alles in einem Wimpernschlag ändern kann. Zumindest die Lücke, die in meinem Leben eigentlich immer, seitdem ich mich erinnern kann, existiert, scheint fürs erste geschlossen. Seitdem mein Vater endlich kein Unbekannter mehr ist, fühle ich mich vielleicht nicht automatisch vollkommen, aber es ist, als hätte ich immer ein wenig im Nebel gelebt und nun endlich klare Sicht.

»Weißt du, dass ich auch leidenschaftlich gerne fotografiere?«, fragt Bernd mich lächelnd.

»Wirklich? Wow!«

Er schaut aus dem Fenster. »Das Licht ist gerade perfekt. Wollen wir ein bisschen ans Meer? Dann hole ich noch schnell meine Kamera aus dem Auto.«

»Ah, du hast sogar eine Kamera dabei?«

»Na klar, ohne meine Nikon gehe ich nirgendwohin«, grinst Bernd, und ich spüre, wie sich Wärme in meinem Herzen ausbreitet. Es macht mich unheimlich glücklich, dass wir dieses Hobby von nun an teilen können. Und zu sehen, wo diese Leidenschaft herkommt, ist einfach nur toll.

Ich schnappe mir meine Fototasche, gebe schnell Christa Bescheid, und dann verlassen wir gemeinsam die »Nordwind«. Bernd holt noch wie versprochen seine Kamera aus dem Wagen, und schon geht es los. Nach ein paar Metern hake ich mich sogar bei Bernd ein – das fühlt sich einfach richtig an. Und so laufen wir gemeinsam zum Meer, schwatzen über dies und das, ich zeige ihm, wo ich zur Schule gegangen bin, und wir beobachten (und fotografieren) eine Schafherde, die am Deich entlangzieht. Wir betrachten lange die blökenden Schafe, die kleinen und die großen. Die dunklen und die hellen. Und lachen über ihre lustigen Geräusche und Gesichtsausdrücke. Und ein bisschen fühlt es sich an, als wäre es nie anders gewesen.

Als wir am Meer angekommen sind, klingelt mein Handy, und ich sehe, dass es Paul ist, der anruft. Ich zögere kurz, ob ich rangehen soll, kann dann aber nicht anders und tippe schnell auf den grünen Telefonhörer. Mein Vater läuft währenddessen bereits ein paar Schritte vor und beginnt, das Meer und ein paar Möwen zu fotografieren.

»Hey Paul«, sage ich und muss nun etwas gegen den Wind anschreien.

»Hallo Linda«, ruft er und scheint ebenfalls in der Nähe

des Meeres und vor allem des Meereswindes zu sein, »ich wollte dir nur sagen, dass die Robbentour großartig ist! Danke noch einmal für den Tipp … wow, wie aufregend es ist, so einen dunklen nassen Robbenrücken in der Ferne zu erspähen.«

Ich muss lachen, als ich seine Worte höre. Ein bisschen auch, weil ich erleichtert bin. Diese unsichtbare Wand, die sich plötzlich vor uns aufgetan hat, hat mich echt unglücklich gemacht, und ich bin froh, dass sie sich anscheinend wieder in Luft aufgelöst hat.

»Ich freue mich so, dass es dir gefällt«, ich überlege, ob ich noch etwas zu seiner seltsamen, abweisenden Art während der letzten beiden Tage sagen soll, entscheide mich dann aber dagegen. Irgendwie ist alles okay, was Paul macht. Eben weil er so einen schlimmen Verlust erlitten hat, kann ich ihm nie böse sein. Ich wüsste gar nicht, was er anstellen müsste, damit ich wirklich wütend auf ihn wäre …

»Bist du am Strand?«, fragt er mich, und durch das Telefon klingt seine Stimme so nah, dass sich dieser Moment auf einmal wahnsinnig intim anfühlt.

Ich nicke und rufe dann in den Hörer: »Ja, mit meinem Vater. Stell dir vor, er fotografiert auch.«

Paul murmelt etwas, das ich nicht verstehe. »Was?«, rufe ich.

»Ich freue mich so sehr für dich, dass du ihn gefunden hast«, wiederholt er, »du hast alles an Glück verdient, was diese Welt zu bieten hat.«

Seine Worte klingen plötzlich fast wie ein Abschied, und tatsächlich sagt Paul kurz danach: »So, ich muss jetzt mal wieder Robbenrücken erspähen«, fügt dann aber zu meiner Beruhigung hinzu: »Wir sehen uns morgen zum Drachensteigen.«

Wir verabschieden uns, und ich laufe zu Bernd zurück, der gerade kniend ein paar Steine fotografisch in Szene setzt. »Also, an Motiven mangelt es hier wirklich nicht. Schau mal diese wunderschönen Steine!«

Und ich bin mittlerweile gar nicht mehr überrascht, dass mein Vater Steine genauso sehr mag wie ich.

Gemeinsam beugen wir uns hinunter, und Bernd zeigt mir seine Fotografien auf dem Display. Ich schaue ihn währenddessen verstohlen von der Seite an. Sein dunkelblondes volles Haar durchziehen graue Strähnen. Was habe ich neben der Begeisterung für Steine und fürs Fotografieren von ihm geerbt? Vielleicht die Nase? Die Augenform? Er bemerkt meinen Blick und schaut mich nun ebenfalls an. »Die Augen hast du von mir«, beantwortet er meine Frage, als ob er meine Gedanken gelesen hätte, »und du siehst meiner Mutter sehr ähnlich.«

Ich grinse verlegen.

»Meine Mutter war eine wunderbare Frau. So warm und herzlich wie du. Sie hatte immer ein offenes Ohr, für alle und jeden. Und damit war sie so ganz anders als mein Vater …«, er schaut nachdenklich über die Ostsee.

»Hast du deine Eltern nach dem Mauerfall oft besucht?«, frage ich ihn interessiert. »Waren sie hier auf dem Mönchgut? Kenne ich sie vielleicht sogar?«

Er schüttelt den Kopf. »Nachdem ich rübergemacht hatte, sind sie kurz darauf nach Rostock gezogen. Mein Vater begann dort als Portier im Neptun-Hotel zu arbeiten. Dort hat er dann für die Stasi gespitzelt. Die hatten ja viele Leute in die Belegschaft eingeschleust, um die Westgäste und eventuelle Kontakte zu den Ostgästen überwachen zu können. Nachdem ich weg war, wollte er wohl nun ganz besonders zeigen, wie sehr er das System unterstützt …«

»Was für eine absurde Zeit …«, sage ich nachdenklich.

»Sogar nach der Wende blieb mein Vater strammer Sozialist. Er trauerte geradezu um die DDR. Wir hatten uns leider nicht mehr viel zu sagen. Aber meine Mutter war mir trotz allem immer sehr nahe geblieben, und ich habe eigentlich alle paar Tage mit ihr telefoniert. Es ist so schade, dass du sie nicht mehr kennenlernen kannst. Sie hat oft bedauert, dass Marianne und ich keine Kinder bekommen konnten. Na ja, und dass es dich gab, habe ich ja nicht einmal in meinen kühnsten Träumen geahnt …«

»Bist du gar nicht auf meine Mutter wütend, dass sie uns all diese möglichen Erinnerungen versagt hat? Dass wir so viel nicht zusammen erleben konnten, so viele wichtige Erlebnisse nicht teilen konnten?«, bricht es plötzlich aus mir heraus. »Ich bin so wütend auf sie!«

Bernd nimmt einen nassen, glänzenden Stein in die Hand und wiegt ihn hin und her. »Am Anfang, als ich begriffen habe, dass du meine Tochter bist, war ich rasend vor Wut. Nicht nur weil ich dich nicht aufwachsen sehen konnte, sondern vor allem weil ich euch nicht helfen konnte. Deine Mutter hat mir erzählt, dass ihr es nicht immer leicht hattet. Ich wünschte, ich hätte ihr etwas davon abnehmen können.«

Ich nicke und nehme mir ebenfalls einen Stein, den ich wie zur Beruhigung in meiner Hand hin und her drehe. Wir laufen weiter am Meer entlang. Unsere Kameras baumeln mit jedem Schritt im Gleichklang.

»Eben!«, fahre ich fort, »Weißt du, wie oft ich sie nach dir gefragt habe! Jahrelang. Aber immer wieder: kein Wort von ihr. Kein Wort!« Ich rufe gegen den Wind an und merke, wie die Wut wieder in mir aufsteigt.

Mein Vater legt mir sanft einen Arm um die Schulter. »Du hast allen Grund, wütend zu sein. Ich bin es auch. Aber du darfst nicht vergessen, dass deine Mutter so gehandelt hat, weil sie dich beschützen wollte. Weil sie nur das Beste für dich wollte. Natürlich hat sie dabei in dein Leben eingegriffen – und glaube mir, sie selbst leidet unter dieser Entscheidung am meisten. Sie bereut zutiefst, dass sie uns nicht früher zusammengebracht hat!«

Ich schnaufe immer noch wütend und schmeiße den Stein so weit ich kann ins Meer hinein.

»Wir können die Zeit leider nicht zurückdrehen. Das Wichtige ist doch aber, dass wir uns jetzt haben«, redet mein Vater in beschwichtigendem Ton weiter auf mich ein.

»Ich weiß nicht, wie ich ihr das je verzeihen soll …«, sage ich traurig, »Ich bin so enttäuscht von ihr.«

»Das verstehe ich«, Bernd schaut mich mit seinen sanften Augen an, »aber die Wut hält uns nur davon ab, das Jetzt, unsere gemeinsame Zeit, voll und ganz zu genießen.«

Seine Worte hallen in mir nach. Und ich bewundere ihn für seine weise, überlegte Art. Denn tief in mir drin weiß ich, dass er natürlich recht hat. Die Zeit können wir nicht zurückdrehen. Aber das, was vor uns liegt, das ist es, was zählt – und daraus müssen wir das Beste machen.

»Du musst die Wut loslassen. Und du musst ihr verzeihen, nur so kannst du mit dieser Sache Frieden schließen«, sagt Bernd mit Nachdruck, und auch ein wenig so, als ob er keine Widerworte dulden würde. So richtig väterlich eben. Und auch wenn ich das im Moment noch nicht ganz annehmen kann, weiß ich doch, dass er im Grunde genommen vollkommen recht hat und dass der Groll, den ich gegen meine Mutter hege, mich nur unglücklich macht.

To-do-Liste:

- ~~ans Meer gehen, jeden Tag!~~
- Zeit mit meinem Vater verbringen
- meiner Mutter verzeihen (irgendwie …)
- Kamera aufladen
- Strandbilder sichten

Am Strand, 25. Juli

Meine geliebte Paula,

ich muss immer noch ständig an diesen letzten Brief denken, den ich Dir vor ein paar Tagen geschrieben habe. Anders als all die anderen Briefe, mittlerweile wohl Hunderte an der Zahl, habe ich den Brief nicht in die Kiste gelegt, in der ich all die anderen Briefe an Dich aufbewahre. Zu seltsam kommt es mir vor, dass in ihm etwas über eine andere Frau steht. Und über Gefühle, die ich eigentlich nur für Dich empfinden sollte und nicht für jemand anderen.

Und wie Du ja weißt, neige ich manchmal zu theatralischen Gesten: Deswegen habe ich den Brief über Linda heute in eine Flasche gesteckt und in der Ostsee versenkt. Ein kleiner Teil in mir dachte wohl, dass die Worte weniger wahr sein werden, wenn ich sie von mir werfe. Das war natürlich Quatsch, aber das weißt Du, die mich so kennt wie niemand sonst, natürlich sowieso. Gefühle lassen sich nicht versenken. Und je mehr ich versuche, Linda aus dem Weg zu gehen, um diese seltsame Anziehung, die sie auf mich ausübt, zu ignorieren, desto mehr fehlt sie mir. Deswegen habe ich es auch heute auf dem Schiff nicht mehr ausgehalten und musste sie unbedingt anrufen, um ihr zu erzählen, wie toll die Robbentour ist. Und wenn ich ehrlich bin, habe ich mich über mich selbst geärgert, dass ich Linda ausgeladen hatte. Es wäre so schön gewesen, diese Erfahrung mit ihr zu teilen. Sie strahlen zu sehen und mit ihr gemeinsam im Wind zu stehen.

Ich habe mich so an ihre Anwesenheit gewöhnt, an ihr Lächeln am Morgen. Ihre Wärme in meinem Leben. Ich weiß nicht, wie gut Du Dich noch an sie erinnerst. Wir mochten sie ja immer, und das war ja auch der Grund, warum wir Jahr für Jahr wieder in ihre Pension gekommen sind. Aber seitdem ich alleine hier bin, ist zwischen Linda und mir eine ganz besondere Verbindung entstanden. Wenn sie mich anschaut, habe ich augenblicklich das Gefühl, dass alles irgendwie okay sein wird. Es ist, als spüre sie, wie es mir geht, als würde sie meine Gefühle annehmen, ja akzeptieren. Und ich glaube, dass es mir dadurch Tag für Tag, Stück für Stück ein wenig leichterfällt, mit der Trauer um Deinen Verlust zu leben. Linda hat Licht an einen Ort gebracht, an dem tiefe Dunkelheit geherrscht hatte.

Aber weißt Du, ich muss ja auch an sie denken. Heute Morgen saß sie da im Frühstücksraum mit ihrem Vater (den sie gerade erst wiedergefunden hat! Eine unglaubliche Geschichte!), ihrem Freund, im Kreise ihrer Liebsten, und als ich sie aus der Ferne betrachtet habe, da habe ich gespürt, dass ich nicht dazugehöre. Mehr noch, dass ich da eigentlich nicht stören darf. Wenn ich mit ihr alleine bin und in ihre Augen schaue, dann ist es, als gäbe es nur uns. Nur sie und mich, und alles andere ist Hintergrundmusik. Aber das ist ja nur die halbe Wahrheit. Ich bin kein freier Mann, dafür liebe und vermisse ich Dich viel zu sehr. Und auch wenn ich noch so viel für Linda empfinde: selbst wenn viel davon über freundschaftliche Gefühle hinausgeht, könnte ich mir im Traum nicht vorstellen, aus diesen Sehnsüchten tatsächliche Handlungen abzuleiten. Außerdem wäre das auch nicht fair, denn Linda hat ein Leben. Und nur weil meines völlig zerstört ist, seitdem Du weg bist, darf ich ihres nicht auch noch auf den Kopf stellen. Ich mag ihren Freund, diesen Markus, zwar nicht besonders, aber er scheint sie zu lieben. Und sie ihn. Sie hat es verdient, glücklich zu sein. Eine Familie zu gründen. Das alles kann ich ihr nicht bieten. Weil es für mich unvorstellbar ist, mit einer anderen Frau als Dir solche Pläne zu schmieden. Und nur für einen Kuss, für einen flüchtigen Augenblick der Nähe darf ich all das nicht für sie aufs Spiel setzen. Das wäre egoistisch von mir. Abgesehen davon, dass ich mir gar nicht sicher bin, ob sie meine Gefühle überhaupt erwidert… Ach, du merkst schon, meine Gedanken drehen sich wie in einem Karussell. Und ich kann einfach nicht aussteigen.

Paula, was wird nur aus mir? Wie soll dieses Leben weitergehen, wenn ich Dich doch immer noch, jede Stunde, jede Minute und jede Sekunde des Tages so schrecklich vermisse. Wenn ich doch immer noch nur ein Schatten meiner selbst bin? Ich brauche Dich! Du fehlst mir so sehr!

In Liebe
Dein Paul

Kapitel 15

»Und was soll ich jetzt tun?«

»Lauf, lauf einfach, lauf, so schnell du kannst!«

Ich schaue Paul dabei zu, wie er mit dem Drachen in der Hand durch den feinen Sand am Rosengarten-Strand läuft. Zu sehen, wie er mit kindlicher Begeisterung den Lenkdrachen zum Steigen bringen will, wärmt mir das Herz. Hinter uns liegt ein wunderschöner Spaziergang durch die Felder und ein toller Vormittag bei meinem Drachensteigerfreund in Lauterbach. Peter hat uns sein Hausboot und die ganze Anlage mit den Pfahlhäusern gezeigt. Paul hat sich fasziniert jede Ecke und jeden Winkel angeschaut, und natürlich war es wieder besonders toll für mich zu sehen, wie er mit Peters Kindern gespielt hat. Dazu muss man aber auch sagen, dass Peters Kinder und seine Frau Mira alle herzallerliebst sind. Ich durfte sogar das neugeborene Baby halten, und der Geruch, den dieses kleine warme Bündel verströmt hat, hängt mir immer noch in der Nase. Diese kleinen Fingerchen, die kleine Nase, alles an dem kleinen Ben war wunderschön. Ich war augenblicklich schockverliebt in diesen Mini-Menschen. Und auch Paul schien total fasziniert von dem Kleinen. Wenn so ein Baby im Raum ist,

ist ja sowieso sofort alles anders. Man muss diese kleinen Dinger ja einfach nur die ganze Zeit anstarren. So ein Baby ist wie die Sonne, und die Erde dreht sich darum. Es gibt nichts Hoffnungsvolleres als ein Neugeborenes. Wann wird es endlich für mich so weit sein? Ich sehne mich so danach, eine Familie zu gründen – jetzt, wo ich meinen Vater gefunden habe, umso mehr!

Ich schaue wieder zu Paul, dem es nun gelungen ist, den Drachen gen Himmel zu ziehen. Auch wenn er ein wenig stiller ist und irgendwie noch stärker in sich gekehrt wirkt als sonst, habe ich das Gefühl, dass er die Zeit mit mir genießt. Und dass seine ablehnende Art in den letzten Tagen wohl nur eine Phase war. Oder ein Stimmungstief, in dem seine Trauer ihn mal wieder mit voller Wucht eingeholt hat. Er bemerkt meinen Blick und dreht sich kurz zu mir. Dabei versucht er angestrengt, den Drachen auf Kurs zu halten.

»Wenn Du weiter so wie eine Salzsäule nach oben starrst, hast du morgen sicher die schlimmsten Nackenschmerzen«, rufe ich ihm grinsend zu, »du kannst den Drachen ruhig etwas bewegen ...«

Als Antwort kommt nur ein Seufzer zurück.

»Der Drachen fliegt immer in Richtung der Schnur, an der du gerade ziehst«, erkläre ich, während ich meinen eigenen Drachen ein wenig hin und her tanzen lasse.

»Bei dir sieht das so einfach aus!«, ruft Paul gegen den Wind an, während er weiter angestrengt versucht, seinen bunten Kite überhaupt oben am Himmel zu halten und ihn nicht in die Düne abstürzen zu lassen.

»Schau mir einfach zu, die Handbewegungen sind ähnlich wie beim Fahrradfahren … du bestimmst die Richtung mit jeder Bewegung …«, dann lasse ich meinen Drachen als Beweis für meine Erklärungen einen kleinen Purzelbaum am Himmel machen. Hach, macht das Spaß!

Der Blick auf dieses Stückchen Stoff, wie es im Wind tanzt, hat mich vom ersten Moment an glücklich gemacht. Ich weiß gar nicht mehr, wann ich zum ersten Mal Drachen steigen lassen war. Wahrscheinlich als Kind? In jedem Fall erinnere ich mich daran, dass ich in der Schule einen Wahlpflichtkurs dazu belegt habe, in dem wir nicht nur unsere eigenen Drachen gebaut haben, sondern auch viel theoretisches Hintergrundwissen zur Funktionsweise der Lenkdrachen gelernt haben. Und es war genau dieser Projektkurs, in dem Robert, meine erste große Liebe, und ich uns so richtig kennengelernt haben (also abgesehen von schüchtern-lächelnden Blicken auf dem Schulhof). Auch er war ein Drachenfan, und wir dekorierten unsere Kites mit den wildesten Mustern und sogar Bandpostern.

Jetzt, wo ich hier stehe, weiß ich gar nicht, warum ich so lange nicht mehr Drachensteigen war. Es gibt nichts Besseres, wirklich. Man ist an der frischen Luft, inmitten der Natur, läuft durch den Sand (oder wahlweise das Gras) und spürt den Wind in den Haaren. Das hat etwas geradezu Bereinigendes. Und ich erinnere mich, dass ich früher oft mit meinem Drachen losgezogen bin, wenn es Fragen in meinem Leben gab, auf die ich keine Antworten hatte. Probleme ohne Lösungen. Oder wenn ich mich einfach so verloren gefühlt habe. Beim Blick auf den fliegenden Drachen wird alles andere klein und unbedeutend. Meist fand ich schnell meine innere Ruhe wieder, während ich mich auf nichts anderes als auf diese zwei Bänder und das bunte Stoffdreieck konzentriert habe.

Ich frage mich, ob es Paul genauso geht. Von der Seite betrachtet, sieht er glücklich aus. Sein Gesicht ist jetzt entspannt (zumindest in den Momenten, in denen sein Drachen das macht, was er soll). Paul dreht sich in meine Richtung und lächelt mich an. Seine kurze Unachtsamkeit wird natürlich sofort bestraft, indem sein Drachen in einem mörderischen Tempo auf dem Boden aufschlägt. Ich lasse meinen Kite vorsichtig auf den Boden gleiten und gehe zu Paul hinüber, um ihm dabei zu helfen, seinen Drachen wieder steigen zu lassen. Er zieht vorsichtig an seinen beiden Schnüren, die Handschlaufen fest um seine Gelenke, dabei verpasst er jedoch den Moment, in dem der Wind genau richtig steht, jedes Mal um ein paar Sekunden. Kurzerhand lege ich meine Hände auf seine und leite ihn an. Ich stehe nun so dicht hinter ihm, dass ich ihn riechen kann und seinen Rücken an meinem Körper spüre. Der Wind weht uns um die Nasen, und mit einem sanften Ruck ziehe ich Pauls Hände im richtigen Moment hoch. Der Drachen steigt mit einem zischenden Geräusch nach oben. Sofort spannen sich die Schnüre mit einem solchen hohen Druck, dass ich meine Hände zurück auf Pauls schnellen lasse, weil ich das Gefühl habe, dass er den Drachen alleine nicht fest genug hält.

Und in genau diesem Moment dreht Paul sich abrupt zu mir um, und weil ich nicht mit seiner Drehung gerechnet habe, schaffe ich es nicht zurückzuweichen, und unsere

Nasenspitzen berühren sich. Ich erstarre förmlich, unfähig, mich auch nur einen Millimeter zu bewegen. Es ist, als käme ich von diesem Punkt weder vor noch zurück. Wir schauen einander in die Augen. Zeitgleich lassen wir die Hände sinken, der Drachen schnellt auf den Boden zu. Doch das scheint gerade völlig unwichtig. Die Welt versinkt in einer rosaroten Wolke, und nur noch wir beide zählen. Ich schaue in Pauls eisblaue Augen, wohl auch ein bisschen suchend, nicht verstehend, was hier gerade mit uns passiert. Bevor ich weiter darüber nachdenken, abwägen, entscheiden kann, was richtig und falsch ist, berühren sich unsere Lippen. Und in diesem Moment fühlt es sich an, als bliebe die Welt stehen. Für eine kleine Ewigkeit. Und noch während ich versuche, diese Ewigkeit, die in Wahrheit wohl höchstens aus ein paar Sekunden besteht, zu genießen, dieses Gefühl seiner weichen Lippen auf meinen voll auszukosten, weiß ich doch schon, dass von hier an, wenn diese paar Sekunden vorbei sind, nichts mehr so sein wird, wie es war.

Paul weicht zurück, als ob er sich an etwas Heißem verbrannt hätte. Er sieht mich erschrocken an, sein Blick eine Mischung aus Ungläubigkeit und purem Schock. Und ich weiß nicht, wie ich in diesem Moment gucke, aber ich vermute, dass ich nicht viel souveräner aussehe. Eine Sekunde vergeht, eine weitere, und wir sind immer noch sprachlos. Als ich gerade meinen Mut zusammengenommen habe, um etwas zu sagen, um Paul zu sagen, wie sehr ich ihn mag, ihm meine Gefühle zu gestehen, bricht es aus ihm heraus: »Um Gottes willen Linda, es tut mir so leid… Ich weiß nicht, wie das passieren konnte… Ich, ich kann nicht!« Mit diesen Worten dreht er ab und läuft schnellen Schrittes über den Feldweg davon.

Ich bleibe betreten zurück und fühle mich auf einmal schrecklich allein. Mit all diesen Gefühlen, die gerade durch mich strömen und die ich eben noch mit Paul teilen wollte. Mein Blick geht dahin, wo er eben noch war, aber er ist inzwischen nicht einmal mehr zu sehen. Wo will er hin? Ob er am Auto wartet? Ich meine, er kann ja schlecht zu Fuß nach Hause laufen, dafür sind wir viel zu weit weg von der »Nordwind«. Eine gute Dreiviertelstunde Autofahrt. Vielleicht hockt er jetzt auch irgendwo im Feld und würde sich am liebsten unsichtbar machen. Meine Hand fährt unbewusst über meine Lippen. Noch pulsiert die Berührung seiner Lippen auf meinen nach. Warum hat er mich geküsst?, fährt es mir durch den Kopf. Im Traum hätte ich nicht gedacht, dass Paul in dieser Art an mir interessiert ist. Ist er es überhaupt? Habe ich vielleicht ihn als Erste geküsst, und er war nur viel zu überrascht, um sofort zurückzuweichen? Ich schüttle nachdenklich den Kopf. Nein! Die Initiative kam von ihm, er hatte sich leicht vorgelehnt. Er hat meine Lippen zuerst geküsst. Und ja, es hat sich so gut angefühlt. Wie die Erfüllung eines Versprechens. Na ja, und gleichzeitig hat es sich falsch angefühlt – und doch auch so richtig, wie sich etwas nur anfühlen kann. Gott, ist das verwirrend. Noch während ich das denke, merke ich, wie leichte Wut in mir aufsteigt. Wie kann er danach einfach so wegrennen? Und mich mit dieser Wucht an Gefühlen ganz alleine stehen lassen? Davonzulaufen ist immer der leichtere Weg. Und der feigere! Das ist einfach nicht fair!

Nach einer Weile, in der ich vollkommen regungslos und noch dazu ratlos verharre, beginne ich langsam, immer noch völlig neben mir stehend, die beiden Lenkdrachen einzusammeln. Ehrlich gesagt, wären es nicht Peters Drachen gewesen, sondern meine eigenen Kites, hätte ich sie vielleicht einfach liegen lassen. Nur um genauso wegzustürmen. Um mich so schnell wie möglich aus dieser absolut verwirrenden Situation zu entfernen. Aber das geht natürlich nicht. Also fädle ich die Schnüre auseinander und rolle sie langsam und ordentlich wieder auf. Aber weil meine Hände wie Espenlaub zittern, kostet mich die ganze Aktion wahnsinnig viel Zeit. Als ich endlich damit fertig bin, die Lenkdrachen so ordentlich wie es gerade geht einzupacken, werfe ich sie mir auf den Rücken und laufe los in Richtung Auto.

Ich entdecke Paul kurze Zeit später, wie er hinter dem Wagen auf dem Boden hockt. Sein Blick ist glasig, und seine Wangen leuchten so rot, als würden sie brennen. Sein Anblick bricht mir das Herz – und gleichzeitig kann ich die Wut auf ihn einfach nicht mehr unterdrücken. Darüber, dass er mein Leben so durcheinanderbringt und dabei auch noch so herzzerreißend verzweifelt aussieht. Darüber, dass er alles auf den Kopf stellt und ich ständig das Gefühl habe, ihn schonen zu müssen. Vor der Welt zu beschützen. Und mich selbst deswegen zurücknehme. Zähle ich denn gar nicht in dieser Geschichte hier? Ich stürme an ihm vorbei und werfe die Drachen auf den Rücksitz. So, wie er gerade dasitzt würde ich Paul am liebsten ebenfalls ins Auto werfen und einfach wegbrausen. Und möglichst so tun, als wäre das alles gerade nicht passiert. Stattdessen stehe ich verloren vor ihm und weiß gar nicht, was ich sagen soll und ob überhaupt ein Wort in diesem Moment irgendeinen Sinn macht.

»Warum hast du das getan?«, flüstere ich, und als ich merke, dass er mich beim Rauschen des Windes wohl gar nicht hören kann, wiederhole ich meine Frage etwas lauter. Und dann sage ich sie noch mal und noch mal, bis ich am Ende fast schreie: »Warum hast du das getan?«

Er zuckt mit den Schultern und schaut mich irritiert an. »Linda, ich weiß nicht, ich wollte nicht …«, stammelt er.

»Du hast aber«, unterbreche ich ihn barsch, »Du hast! Und jetzt wird es nie mehr so sein wie zuvor!«

Er lacht sarkastisch: »Wie zuvor«, wiederholt er und stößt einen Seufzer aus. »Für mich ist sowieso nichts wie zuvor. In meinem Leben gibt es doch gar kein Jetzt, alles dreht sich nur um das Zuvor. Um das Vergangene und um all das, was nie mehr so sein wird wie davor.«

»Das gibt dir noch lange nicht das Recht, mit den Gefühlen anderer Leute Pingpong zu spielen«, rufe ich aus, und weil ich merke, wie mir die Tränen in die Augen steigen, wende ich mich schnell ab. Jetzt fang nicht auch noch an zu heulen, Linda, sage ich streng zu mir selbst.

»Ich spiele nicht mit deinen Gefühlen!«, ruft Paul und ist nun aufgesprungen. Er kommt ein paar Schritte auf mich zu. »Es war doch nur ein kurzer, flüchtiger Kuss. Das hat doch gar nichts zu bedeuten.«

Seine Worte treffen mich wie ein Schlag in die Magengrube. Natürlich. Für ihn bedeutet es nichts. Vielleicht wollte er nur mal austesten, ob er das noch kann. Eine andere Frau als Paula küssen. Vielleicht bin ich so etwas wie sein Versuchskaninchen. Ich drehe mich um und schaue ihn erbost an: »Hast du dir auch nur einen Moment mal überlegt, wie ich mich fühle? Seit Wochen schleichst du dich mit jedem Tag mehr in mein Leben. Stellst meine Gefühle auf den Kopf. Seit Wochen denke ich an nichts anderes als an dich! Und wie es dir geht, und ob du heute gut drauf sein wirst oder wieder so unendlich traurig und wie ich dir helfen kann. Was dich wohl glücklich machen würde …« Ich erschrecke mich selbst etwas über meine Worte. Wie roh und ehrlich, ja, vollkommen ungefiltert, sie aus meinem Mund purzeln.

Er hebt abwehrend die Hände. »Linda, ich habe dich nicht darum gebeten, dass du dich um mich kümmerst. Du bist zu mir gekommen. Du hast mich mitgezogen. Du konntest mich ja einfach nicht in Ruhe lassen!« Die letzten Worte schreit er geradezu, und ich weiß nicht, ob es an dem Wind liegt oder daran, dass er es jetzt ist, der auf mich wütend ist.

»Entschuldige, dass ich dir helfen wollte!«, brülle ich ihn an.

»Ich habe dich nicht darum gebeten! Verstehst du denn nicht? Mir ist nicht zu helfen!«

Ich gehe ein paar Schritte auf ihn zu. Und dann drehe ich mich doch um und rufe: »Gott Paul, du versinkst so dermaßen im Selbstmitleid.« Dann winke ich mit der Hand, so als wollte ich eine besonders lästige Fliege vertreiben, und drehe mich zu ihm zurück. »Für alle und jeden hast du gute Ratschläge, wie sie ihr Leben leben sollen. Aber schau dich doch mal an. Du hast aufgegeben! Du bist noch nicht mal vierzig. Dein Leben wird noch viele Jahre weitergehen, aber Du benimmst dich, als wärst du schon tot. Als wäre es kein Geschenk, dass du lebst, während Paula nicht mehr hier ist. Meinst du nicht, sie wäre unendlich enttäuscht, dass du aus diesem Leben, aus diesem wunderbaren Leben, das ihr genommen wurde, so gar nichts machst? Alles, was du tust, ist, den Kopf in den Sand zu stecken und dich unter einem Berg aus Traurigkeit und Selbstmitleid zu vergraben!« Die Worte kamen harscher aus meinem Mund, als ich es beabsichtigt hatte. Ich weiß, dass es sicher auch der verletzte Stolz ist, der aus mir spricht. Vielleicht will ich Paul jetzt ein wenig wehtun, genauso wie er mir wehgetan und meine Gefühle mit seiner Abfuhr unendlich verletzt hat. Nein, davor hat er sie schon mit diesem Kuss verletzt, der sich vorhin wie ein Wunder und jetzt rückblickend wie ein riesiger Fehler anfühlt.

Ich springe ins Auto, und ich schwöre, wenn Paul nicht kurz danach auch eingestiegen wäre, ich wäre einfach so, ohne ihn, losgefahren. Die ganze Fahrt über sprechen wir kein Wort. Und als wir in der »Nordwind« ankommen, springt er aus dem Auto und läuft schnurstracks die Treppe hoch, während ich in mein Büro gehe. Dort sitze ich eine Stunde, zwei Stunden, wer weiß wie lange, und starre einfach nur vor mich hin. Doch noch hier unten höre ich den vertrauten Bass und das Trommeln von der Musik, die Paul offensichtlich bis zum Anschlag aufgedreht hat: »Geh zu ihr und lass deinen Drachen steigen …« läuft mal wieder in Endlosschleife. Ich höre es und höre es doch nicht mehr, wie ein Rauschen, an das man sich nach einer Weile gewöhnt hat. Nur ab und zu läuft mir eine Träne über die Wange, die ich jedes Mal mit einer ruckartigen, entschlossenen Handbewegung wegwische.

Als plötzlich mein Telefon klingelt, rüttelt mich das wenigstens aus meiner Starre. Es ist Markus, der mich daran erinnert, dass wir ja heute Abend verabredet sind, um unseren Jahrestag nachzufeiern. Und als ich Markus' Stimme höre, fühle ich mich auf einmal total erleichtert. So als würde ich nach einer langen Reise heimkehren. Jetzt kann ich es gar nicht mehr abwarten, meinen Freund zu sehen und all das, was heute passiert ist, so schnell wie möglich zu vergessen.

Als ich aufstehe, fällt mein Blick auf die Liste, die ich für Paul gemacht habe. »40-mal Glücksmoment – Für Paul von Linda« – ich hatte sie gestern Abend erst beendet und alles fein säuberlich noch einmal in einer wunderschönen Kalligrafieschrift mit Füllfederhalter abgeschrieben. Das dicke gerollte Papier wollte ich ihm zu seinem Geburtstag nächste Woche geben. Ich schnappe mir die Rolle und laufe die Treppe hoch. »Geh zu ihr«, schallt mir entgegen. Auf der Hälfte des Weges entdecke ich einen Mülleimer, den Tamara hier wohl beim Putzen stehen gelassen hat. Kurzerhand werfe ich die Rolle mit der Liste für Paul hinein. Dann verschwinde ich in meiner Wohnung und mache mich dort für den Abend fertig – und verbiete mir jeden Gedanken an Paul, dessen Musik doch weiterhin unerbittlich durch die Wände schallt.

Markus rückt mir den Stuhl zurecht und setzt sich dann lächelnd an die andere Seite des Tisches. Ich schaue mich um und kann nicht glauben, was mein Freund für mich aufgefahren hat. Das Restaurant ist mit Rosen und Herzballons geschmückt. Er hat den ganzen Laden reserviert, und die Kellnerin Steffi, eine alte Klassenkameradin, zwinkert mir zu, als sie uns die Speisekarten reicht. Mein Freund macht eine winkende Handbewegung, und daraufhin stellt sie gleich noch eine Flasche Sekt auf unserem Tisch ab. Ich fühle mich jedoch ein wenig, als würde ich das ganze Spektakel aus der Luft beobachten. Als wäre ich nicht wirklich hier. Mein schlechtes Gewissen zerfrisst mich fast, und in meinem Kopf fahren die Gedanken Achterbahn. Am liebsten würde ich mich gerade in meinem Bett verkriechen, um all dieses Durcheinander hinter mir zu lassen.

Gleichzeitig bin ich unendlich froh, Markus zu sehen. Sein Parfüm zu riechen. Alles an ihm ist mir so vertraut. Und alles an ihm wirkt sicher, und ich weiß, dass ich bei ihm keine Angst davor haben muss, dass er meine Gefühle verletzt. Er liebt mich. So wie ich bin. Bei ihm gibt es keine offenen Fragen. Ich betrachte ihn, während er uns den Sekt vorsichtig in die hohen Gläser eingießt. Er scheint irgendwie ein bisschen aufgeregt. Ich glaube sogar, dass seine Finger ein wenig zittern.

Wir stoßen an, und nach ein paar Schlucken merke ich, wie langsam die Anspannung etwas von mir abfällt. Das liegt sicher auch daran, dass ich auf leeren Magen getrunken habe und nun ziemlich schnell ziemlich beschwipst bin. Als die Kellnerin etwas Brot an den Tisch bringt, lächle ich dankbar und schiebe mir schnell ein großes Stück in den Mund. Markus erzählt währenddessen begeistert von dem neuen Projekt, an dem er arbeitet. Er berichtet mir von den Ideen, die er für die Wellnesstherme hat. »Vielleicht kannst du dir die Entwürfe auch mal anschauen, Schatz?«, fragt er mich und bricht sich nun ebenfalls ein großes Stück vom Brot ab, »du hast immer so ein gutes Auge für die ganzen Designfragen. Ich stelle mir das toll vor, wenn wir das Ganze so richtig norddeutsch einrichten. Die Besitzer hatten erst überlegt, so eine Art türkisches Bad zu machen, aber ich habe sie überzeugt, dass das hier oben an der Ostsee gar nicht hineinpasst …«

Ich nicke kauend. »Man könnte vielleicht ein paar skandinavische Elemente einfügen, immerhin hat Rügen ja mal zu den Dänen und auch eine Weile zu Schweden gehört«, sage ich langsam und habe das Gefühl, mit jedem Wort mehr und mehr zurück zu mir zu finden. Markus lenkt mich mit seinen Berichten und Fragen auf jeden Fall super ab, und ich denke daher kaum noch über die Geschehnisse des Tages nach. In diesem Moment bringt uns die Kellnerin eine wundervoll angerichtete Vorspeisenplatte. Sie erklärt uns geduldig, was hier alles aufgetischt wurde. Ich beginne mit dem Heringssalat und komme aus dem Schwärmen gar nicht mehr heraus. »Wow, Markus«, sage ich und berühre meinen Freund an seiner Hand, »Das ist alles so megalecker. Wie viel Mühe sich alle für uns gemacht haben …«

Markus nickt stolz. »Na klar. Es ist doch unser Jahrestag. Warte ab, es wird noch besser.« Er lehnt sich über den Tisch und drückt mir einen Kuss auf die Lippen, und da schießt mir plötzlich doch wieder die Erinnerung an Paul und unseren Kuss durch den Kopf. Ich spüre einen Stich in meinem Herzen und versuche, den Gedanken so schnell wie möglich ganz weit weg zu schieben.

»Alles okay bei dir?«, fragt Markus mich plötzlich, der wohl meinen seltsamen Gesichtsausdruck bemerkt hat.

Sofort winke ich ab. »Ich hatte heute nur einen total stressigen Tag. Aber jetzt, wo wir zusammen sind, wird alles gut! Überhaupt, Hauptsache, wir sind zusammen. Dann wird alles gut ...« Ich sage die Worte mit einem solchen Nachdruck, als müsste ich mich selbst erst einmal davon überzeugen, dass sie wahr sind.

Etwa eine Stunde später habe ich fast das Gefühl zu platzen. Das Menü war wirklich fantastisch. Ein Gang leckerer als der andere. Der Koch hat sich wirklich selbst übertroffen (auch wenn Markus mehrmals stolz betont, dass er es war, der die Gänge zusammengestellt hat). Ich nehme einen weiteren Schluck von meinem Grauburgunder, als die Kellnerin eine Dessertschale vor mich stellt. Ablehnend schüttle ich mit dem Kopf. »Woah, ich kann echt nicht mehr«, seufze ich.

»Aber Schatz, das ist Schokoladenmousse. Die magst du doch so gerne!«, sagt Markus, und es klingt irgendwie besorgt.

Er scheint geradezu enttäuscht, ja fast schon verzweifelt, dass ich nichts mehr essen kann. »Komm, probier doch wenigstens mal«, fordert er mich auf und reicht mir den schmalen langen Löffel. Ich habe zwar wirklich das Gefühl, dass ich bestimmt explodieren werde, wenn ich auch nur noch ein Stück von irgendwas in mich hineinstopfe, aber Markus zuliebe greife ich nach dem Löffel. Als ich gerade ein bisschen von der Mousse auf meinen Löffel füllen will, stoße ich in der Schale auf etwas Hartes. »Na nu«, sage ich verwundert, und als ich der Sache auf den Grund gehe, entdecke ich zwischen der Schokolade eine kleine Box. Ich nehme sie raus und wische sie behutsam mit der Serviette ab. Mein Herz schlägt mir bis zum Hals, als ich sie auf Markus' Aufforderung hin öffne, ganz langsam. In ihr steckt ein wunderschöner weißgoldfarbener Ring mit einem nicht gerade kleinen, rechteckigen Diamanten. Ich starre die Box und ihren Inhalt an und bin völlig überwältigt. Markus springt von seinem Stuhl auf und steht nun auf einmal neben mir. Er greift nach meiner Hand, und weil ich wie erstarrt dasitze, dreht er mich sanft, aber bestimmt in seine Richtung. »Linda, du bist für mich die Eine. Das warst du immer und wirst du immer sein. Willst du mich heiraten?«

Jetzt starre ich ihn an. Dann wieder den Verlobungsring. Dann wieder Markus. Er steht vor mir und lächelt erwartungsvoll. Ich höre wie aus weiter Ferne, dass in der Küche ein paar Töpfe klappern, und sehe hinter ihm Steffi, die total gerührt lächelt. Und wie in einem Film laufen mir plötzlich alle möglichen Erinnerungen durch den Kopf, völlig durcheinander. Wie ich Markus zum ersten Mal geküsst habe, damals auf dem Klassentreffen vor zwei Jahren im »Walfisch«, als es plötzlich total zwischen uns funkte. Und dann, wie ich vorhin, vor ein paar Stunden erst, Pauls Lippen auf meinen gespürt habe. Wie ich Peters Baby Ben auf meinem Arm gehalten habe, während er leise gluckste und gelegentlich im Schlaf lächelte, als würde er etwas besonders Schönes träumen. Dann wieder Pauls Augen. Diese eisblauen Augen, in denen man die ganze Welt sieht. Und Markus vor mir. Dessen Blick so hoffnungsvoll und angefüllt von Liebe für mich ist. Liebe, die ich doch eigentlich gar nicht verdiene. Und da merke ich, wie Tränen aus meinen Augen laufen. Richtige, dicke, schwere Tränen. Und ich beginne, sie mir hektisch von den Wangen zu wischen, aber es werden immer mehr und immer mehr.

Markus sieht nun leicht irritiert aus. Mit so einer Reaktion hat er nicht gerechnet. Er lehnt sich nach vorne zu mir hinüber und umarmt mich. »Was ist denn los, Schatz?«, fragt er besorgt.

Ich schluchze an seiner Schulter, bis sein Hemd oben neben dem Kragen ganz feucht ist. »Sind das gute Tränen?« Markus ist nun vollends verunsichert.

Langsam nicke ich, während ich angestrengt versuche, mich wieder zu beruhigen und das Schluchzen zu unterdrücken.

Markus schaut mich prüfend an, so als versuche er, angestrengt zu verstehen, was in mir vorgeht. Er umklammert die Box mit dem Ring immer noch fest. »Linda?«, er blinzelt unsicher. »Willst du mich heiraten?«, fragt er noch einmal, so als sei er sich nicht sicher, ob ich ihn beim ersten Mal verstanden habe.

Ich nicke noch einmal. Erst zögerlich, dann immer schneller. »Ja«, hauche ich und hoffe, dass Markus mich überhaupt gehört hat. Er hat es, und wir fallen uns in die Arme, während mir weiter Tränen wie Sturzbäche die Wangen hinunterlaufen.

To-do-Liste:

- einfach nur sprachlos ....

Im Dachzimmer in der »Nordwind«, 26. Juli

Geliebte Paula,

ich habe alles kaputt gemacht. Linda ist so wütend auf mich. Und weißt Du was, sie hat recht. Sie hat mit allem recht. Ich bin in Selbstmitleid versunken. Und ja, dieses Leben, was Dir genommen, aber mir geblieben ist, ist wertvoll, und ich habe es nicht genug zu schätzen gewusst. O meine Paula, ich vermisse Dich immer noch so sehr, dass es wehtut. Aber es stimmt, dass Du mir wahrscheinlich gehörig den Kopf waschen würdest, wenn Du könntest. Ich habe mich so mies verhalten. Linda gegenüber. Allen Menschen gegenüber, die mir helfen wollten. Nachdem ich ein paar Stunden lang hier in meinem eigenen Saft geschmort habe, unser Lied auf Anschlag gedreht, ging ich in den Hafen und rief erst einmal Deine Eltern an. Ich habe Dir das nie geschrieben, aber kurz nach der Beerdigung waren sie zu mir gekommen. Ich glaube, sie wollten ein wenig von ihrer Trauer teilen. Immerhin gibt es für Eltern wohl nichts Schlimmeres, als dass ihr Kind vor ihnen stirbt. Aber ich war so gefühlskalt und wütend auf die Welt, dass ich sie beide förmlich weggestoßen habe. Danach habe ich mich irgendwann zu sehr geschämt, um sie noch einmal zu kontaktieren. Gestern Abend dann habe ich mich endlich bei ihnen entschuldigt. Deine

Mama weinte leise am Telefon. Aber alles in allem tat es so gut, mit jemandem zu sprechen, der Dich fast genauso gut kannte wie ich. Wir haben fast eine ganze Stunde lang telefoniert. Ich habe ihnen versprochen, dass ich sie bald besuchen kommen würde und mir fest vorgenommen, dieses Versprechen auch unbedingt einzuhalten. Und weißt Du, was interessant war? Kurz bevor wir uns verabschiedet haben, hat Deine Mama mich gefragt, ob ich jemand Neues kennengelernt hätte. Ich habe erschrocken verneint, und daraufhin hat sie mir geantwortet: »Paul, denk nicht, dass die Liebe Dich verlassen hat. Du trägst sie in Dir. Und nichts würde Paula glücklicher machen, als Dich wieder verliebt zu sehen.«

Das hat mich irgendwie total geschockt, dass sie das gesagt hat. Und gleichzeitig hat es sich wie ein Befreiungsschlag angefühlt. So, als hätte sie mir die Absolution gegeben.

Auf dem Rückweg in mein kleines Zimmer, eigentlich eher zu Linda, denn ich war fest entschlossen, zu ihr zu gehen und mich bei ihr zu entschuldigen, bin ich über einen Mülleimer gestolpert, den irgendjemand wohl im Flur auf dem Treppenabsatz stehen gelassen hatte. Und dabei fiel eine Papierrolle aus dem Eimer. Normalerweise hätte ich sie zurückgeworfen und damit wäre gut gewesen, aber mir fiel sofort die schöne Kalligrafieschrift auf, dieselbe, mit der auch die kleinen Schilder unten am Büfett geschrieben wurden. Lindas Schrift (von der Liebe zur Kalligrafie hatte sie mir mal erzählt, als wir über ihre kreative Ader und wie sie diese in der »Nordwind« zu nutzen weiß, gesprochen haben). Vor allem aber sah ich meinen Namen auf dem einen Ende. Ich rollte das Papier auseinander, und darauf stand: »40-mal Glücksmoment – Für Paul von Linda«. Diese wunderbare Frau hatte eine ganze Liste gemacht, mit Dingen, von denen sie glaubte, dass sie mich glücklich machen würden. Kannst Du Dir das vorstellen? Ich vermute, dass sie mir die Liste zu meinem Geburtstag schenken wollte. Vielleicht zusammen mit ein paar der Fotografien, die sie bereits für unser Buchprojekt geschossen hat. Und was mache ich?

Ich trete ihre Gefühle mit den Füßen. Behandle sie, als wenn sie einen Fehler gemacht hätte. Dabei hat sie nur Gutes für mich getan. Ihre Gefühle für mich haben mich ins Leben zurückgeholt. Das ist die Wahrheit. Und sie fiel mir wie Schuppen von den Augen, als ich diese Liste sah. Als ich schwarz auf weiß sah, wie sehr Linda mein Glück am Herzen liegt. Aber es ist viel mehr als das. Jeder Punkt auf der Liste berührt mich. Jeder Punkt spricht zu mir, und es fühlt sich an, als wenn Linda meine Gedanken lesen könne. Es ist, als wenn wir seelenverwandt wären.

Meine geliebte Paula, ich hätte nie gedacht, dass ich das mal sagen würde. Aber vielleicht ist es möglich, dass man zwei große Lieben im Leben finden kann.

Vielleicht bin ich in Wahrheit ein Glückspilz. Dass ich erst Dich fand und so viele wunderschöne Jahre mit Dir teilen durfte. Und mir der Himmel dann Linda geschickt hat. Oder vielleicht hast sogar Du sie mir geschickt.

Als ich bei Linda geklopft habe, hat sie nicht aufgemacht. Und jetzt sitze ich hier und schreibe Dir diesen Brief. Vielleicht ist es besser, dass sie eben nicht da war. Ich muss Linda unbedingt suchen. Ich muss mit ihr sprechen. Aber ich muss mir genau überlegen, was ich ihr sagen werde. Jedes Wort muss stimmen. Ich will, dass sie mich genau versteht. Dass sie versteht, was sie mir bedeutet. Und wenn ich Glück habe, verzeiht sie mir, und es ist noch nicht alles verloren.

In ewiger Liebe
Dein Paul

P.S.: Inspiriert von Lindas Liste hier meine Liste für Dich.

Zehn Dinge, die ich von Dir, geliebte Paula, gelernt habe:

1) *Wenn es morgens nach Regen aussieht, nimm einen Schirm mit – dann regnet es ganz bestimmt nicht.*

2) *Gib Menschen eine Chance, Dich kennenzulernen. Und Dir selbst, sie kennenzulernen.*

3) *Verpasse nicht das Leben, warum auch immer.*

4) Auch wenn das Meer düster ist und eigentlich zu kalt, sollte man immer schwimmen gehen, wenn man die Gelegenheit hat.

5) Nur weil es gut klingt oder aussieht, sollte man es noch lange nicht tun. Man sollte Dinge nur tun, weil und wenn man sie selber möchte. Und nie, weil man gerne das Foto davon hätte und nicht die Erinnerung selbst.

6) Auf einem Glas kann man nicht stehen. Auf einer Bierflasche auch nicht.

7) An einem Büfett sollte man in der ersten Runde von allem ein wenig nehmen. In der zweiten Runde nimmt man dann das, was am besten geschmeckt hat.

8) Manchmal muss man einfach mit dem Arsch an die Wand kommen. Egal wie. Das Ziel ist das Ziel.

9) Arbeite an Dir selbst. Und bleib nie stehen.

10) Krebs ist ein Arschloch!

11) Am Ende des Tages schaust Du in den Spiegel, und es wäre wunderbar, wenn Du dann magst, was Du siehst.

Danke, Paula!

Ich liebe Dich

Kapitel 16

Als ich am nächsten Morgen, wie immer viel zu früh, aufwache, fühle ich mich total verkatert. Ich drehe mich langsam auf die Seite und sehe Markus, der neben mir liegt und dessen Brustkorb sich langsam auf und ab hebt. Was gestern passiert ist, kommt mir heute vor wie ein Traum. Schnell ziehe ich meine Hand unter der Decke hervor, und da blitzt er mir entgegen. Mein Verlobungsring, mit diesem wunderschönen, glänzenden Diamanten. Er ist so real wie Markus, der hier leise schnaufend neben mir liegt. Ich setze mich etwas auf, und mein Blick wandert zum Fenster, hinter dem man den wunderschönen Bodden und eine Ecke des kleinen Hafens sieht. Alles an diesem Blick ist perfekt. So wie dieser Ring an meinem Finger perfekt ist.

Ich seufze und ziehe die Decke etwas höher. Was Paul jetzt wohl macht? Ob er immer noch »Geh zu ihr« in Endlosschleife hört? Ich merke, wie ich mich versteife. Jetzt, wo ich verlobt bin, ist alles anders, denke ich, und irgendwie beruhigt mich der Gedanke. So, als wäre eine neue Zeitrechnung angebrochen. Ab jetzt werde ich mich voll und ganz auf dieses neue Leben konzentrieren, das Leben mit Markus, mit meinem Vater an meiner Seite, mit meiner Mutter, die vor Glück über die Verlobung in die Luft springen wird, auf diese Zukunft, auf die Familie, die ich mit Markus gründe – darauf werde ich mich konzentrieren. Und Paul? Er wird immer eine schöne Erinnerung bleiben, einen besonderen Platz in meinem Herzen haben. Aber ich muss ihn loslassen. Ich muss ihn vergessen. Und insgeheim hoffe ich, dass Paul das auch merkt und dass er so bald wie möglich abreist.

Als Markus eine gute Stunde später mich mit verbundenen Augen in die Pension führt und mir schließlich die Augenbinde abnimmt, traue ich meinen Augen kaum. Meine Eltern, Tamara, ihre Mutter und ihre Tochter Mila sowie Christa, Fritz und ein paar weitere Freunde haben sich im Frühstücksraum eingefunden und applaudieren frenetisch und jubelnd, als wir reinkommen. Alles ist mit Luftballons dekoriert, und an der Wand hängt eine Girlande mit den Worten »Herzlichen Glückwunsch zur Verlobung«. Zwar ärgere ich mich im ersten Moment kurz, dass ich meinen Eltern und Freunden nicht selbst von dieser tollen Neuigkeit berichten konnte, aber gleichzeitig rührt es mich, dass Markus uns auch noch gleich eine kleine Verlobungsfeier organisiert hat. Mein Verlobter (ah!) ist bereits dabei, ein paar Sektflaschen mit knallendem Korken zu öffnen, und ich bin erst einmal damit beschäftigt, von allen meinen Lieben Umarmungen und Gratulationen entgegenzunehmen.

Vor allem die kleine Mila strahlt über das ganze runde Gesicht, für sie mit ihren sieben Jahren ist diese kleine Überraschungsparty wohl eine Riesensache – und nach dem festlichen Kleidchen, das sie anhat, durfte sie wohl extra ihr bestes Outfit dafür anziehen. Ihre Oma lächelt ebenfalls herzlich, sieht aber ein wenig blass aus – ich glaube, die lange Fahrt hier an die Ostsee war doch sehr viel für sie. Aber niemand übertrifft Tamara beim Lächeln, wie sie da überglücklich zwischen den beiden steht und abwechselnd ihre Tochter und dann wieder ihre Mutter drückt. Dann schiebt sie Mila nach vorne und stupst sie an: »Komm, sag es zu lieben Linda!« Und Mila strahlt und sagt mit zwar starkem polnischen Akzent, aber dennoch gut zu verstehen: »Liebe Linda, wir wünsche dir alle Gute für dein Verlobung, und dass du immer glücklich bist in dein ganz Leben!«

Ich schaue in Milas strahlende Augen und kann gar nicht anders, als zurückzustrahlen. Und trotzdem merke ich in diesem Moment wieder, wie so ein flaues Gefühl durch meinen Magen huscht. Mein ganzes Leben … ja, darum soll es ja in einer Ehe gehen, oder? Aber wenn ich an die letzten paar Wochen denke und vor allem die letzten paar Tage und an den Kuss mit Paul gestern … nein, an all das darf ich jetzt gar nicht denken!

»Das hat Mila für dich gemalt! Mila ist wirklich gut mit Malen!« Tamaras Worte reißen mich aus meinen Gedanken, und ich bin ehrlich dankbar dafür. Mila hält mir ein buntes Bild entgegen, das vermutlich eine Möwe zeigen soll, umrahmt von vielen Blumen und Herzen. Ich umarme Mila zum Dank, und verspreche ihr, das Bild in meiner Büroecke aufzuhängen. Die Kleine beginnt sofort, mir auf Polnisch, versetzt mit ein paar deutschen Wörtern (Mila scheint genauso schnell Deutsch zu lernen wie ihre Mutter), etwas darüber zu erzählen. Diese kleine Maus muss man einfach sofort ins Herz schließen! Ich lächle erst sie, dann Tamara an und meine: »Weißt du was, Tamara? Jeden Tag ein bisschen Meer für Mila, versprochen? Sie soll hier die beste Zeit haben!« Tamara übersetzt es, und ihre Mutter und Mila lachen. Mila springt währenddessen wie ein kleiner Gummiball auf und ab.

»Ich bin ja froh, dass sie Ja gesagt hat, sonst wäre das hier eine ziemlich traurige Veranstaltung geworden …«, höre ich Markus dann hinter mir laut lachend zu meinem Vater sagen und muss unwillkürlich wieder lächeln. So überdreht kenne ich Markus gar nicht. Sonst ist er doch immer so beherrscht. Ich drehe mich zu ihm und beobachte, wie er selbstbewusst mit der Sektflasche durch den Raum läuft und nun auch den anderen Gästen etwas einschenkt. Und dabei immer wieder auf mich zeigt und ruft: »Wir sind verlobt. Ich werde Linda heiraten, die schönste Frau der ganzen Insel gehört jetzt endgültig zu mir!«

Seine Worte klingen fast ein wenig angeberisch, und ich versuche, ihn mit meinen Blicken etwas runterzuholen. Aber Markus ist völlig in seinem Element, und da will ich ihn auch irgendwie nicht stoppen. Warum auch, wenn er sich so freut. Wobei mir klar ist, dass auch ich mich etwas mehr freuen sollte, schließlich ist doch alles perfekt, oder?

Dann gibt es aber doch einen Moment, den ich als ganz und gar nicht perfekt empfinde. Als Markus bei meiner Mutter steht, umarmt sie ihn herzlich und verkündet dann ganz laut: »Markus, du bist wirklich der beste Schwiegersohn, den man sich wünschen kann. Und das habe ich ja schon all die Jahre gewusst! Siehst du, ich habe dir immer gesagt, dass das noch werden wird. Du bist eben der Beste für meine Linda.« Dabei stehen die beiden so nebeneinander wie zwei Fußballer, die sich zum Tor gratulieren und sich jetzt sicher gleich gegenseitig auf die Schulter klopfen werden.

In diesem Moment ballt sich ein kleiner Knoten Wut in meinem Bauch zusammen. Was soll das? Ich weiß, meine Mutter meint das alles nur gut, aber warum muss sie sich immer in alles einmischen? Warum muss sie das dann auch noch so verkünden? Wer weiß, am Ende haben die beiden sogar mein gestriges Verlobungsessen geplant, Ring in der Mousse au Chocolat inklusive.

Gerade fühle ich mich, als hätten die zwei sich gegen mich verschworen. Oder vielmehr: Als hätten sie sich *für* mich verschworen, als wüssten die beiden besser, was gut für mich ist, als ich selbst. Offenbar finden aber auch andere hier das nicht so gut, denn ich merke, dass mein Vater bei den Worten meiner Mutter die Stirn runzelt, und dann fange ich Tamaras Blick auf, die mich sehr nachdenklich ansieht. So, als würde sie gerade sehr an etwas zweifeln.

Ich atme tief durch. Nein, ich sollte jetzt nicht anfangen, jeden Blick, jedes Stirnrunzeln und schon gar nicht jedes Wort auf die Goldwaage zu legen. Warum fällt es mir nur so schwer, einfach auf mich selbst zu hören? Aber meine innere Stimme sendet eben immer so widersprüchliche Signale. Ich schüttle leicht den Kopf und beschließe, dass dieser kleine Klumpen in meinem Bauch für den Moment sicher nur Hunger bedeutet, also besorge ich mir erst einmal ein bisschen was zu essen. Schon frühmorgens Alkohol auf meinen verkaterten Magen ist sowieso nicht die beste Idee. Mit meinem befüllten Teller setzte ich mich an den großen Tisch, und Tamara und einige andere setzen sich zu mir. Christa erzählt gerade von den letzten Planungen für die Hochzeit von Fritz junior und freut sich, dass jetzt gleich die nächste Hochzeit anstehen wird. »Wann soll es denn so weit sein, Linda?«, fragt sie mich fröhlich. Am liebsten würde ich nur knurren: »Frag doch meine Mutter oder Markus, die wissen das sowieso besser als ich!«, aber ich halte mich zurück. Also zucke ich nur mit den Schultern, trinke noch einen großen Schluck Sekt und frage lieber danach, ob Fritz juniors Verlobte Anne inzwischen ein Brautkleid gefunden hat – denn das war bisher eine sehr chaotische und ergebnislose Suche. Christa schüttelt lachend den Kopf und beginnt, die neueste Story dieser Brautkleid-Odyssee zu erzählen. Dankbar, dass ich es geschafft habe, von meiner Hochzeit abzulenken, lausche ich ihr eifrig und freue mich, mich endlich meinem Frühstück widmen zu dürfen.

Als ich gerade von meinem Brötchen abbeißen will, fällt mein Blick auf das hohe Fenster zum Hafen hinaus. Auch draußen sitzen ein paar Gäste, und ich will Markus gerade auffordern, seine Runde dort fortzusetzen, damit auch unsere Gäste dort ein wenig Sekt abbekommen, als ich zwischen den Tischen auf einmal Paul entdecke. Er steht vollkommen regungslos vor dem Fenster und starrt zu uns rein. Als er bemerkt, dass ich ihn entdeckt habe, hebt er leicht die Hand zum Gruß. Dann lächelt er ein bisschen, auch wenn er alles andere als glücklich aussieht, und läuft schließlich, nachdem wir uns ein paar Sekunden lang angeschaut haben, weg in Richtung Deich.

Der Tag vergeht wie im Flug. Immer wieder erreichen mich Nachrichten, in denen mir Freunde, Bekannte, Onkel und Tanten zur Verlobung gratulieren. Rügen ist nun mal eine Insel, auf der jeder jeden kennt, und die Neuigkeit, dass Markus und ich heiraten wollen, hat sich dementsprechend schnell herumgesprochen. Nach dem dritten Anruf beginnt mir allerdings die Aufmerksamkeit, die unsere Verlobung erregt, etwas unangenehm zu werden. Ich weiß selbst nicht genau, warum. Irgendwie fühle ich mich nicht wohl mit dem Aufsehen, das die Verlobung ausgelöst hat. Zum Glück stapelt sich die Arbeit auf meinem Schreibtisch, und deshalb muss ich sowieso die Glückwünsche erst einmal Glückwünsche sein lassen und mich voll und ganz auf die Bedürfnisse der »Nordwind« konzentrieren. Auch wenn der ganze Sekt am Morgen nicht unbedingt dafür sorgt, dass ich wirklich konzentriert bin.

Als ich meinen Computer hochfahre, stolpere ich geradezu über die ganzen Bilddateien von den Ausflügen mit Paul, und ich frage mich, was nun aus unserem Buchprojekt werden soll. Im Prinzip kann Paul das Buch ja auch ohne meine Bilder schreiben. Oder er schreibt einfach jetzt seine Texte, und ich mache dann im Nachgang Fotos, die zu seinen Texten passen – das macht wahrscheinlich sowieso viel mehr Sinn. Nach unserer unglücklichen Begegnung und dem noch viel unglücklicher gelaufenen Kuss davor weiß ich aber nicht, ob Paul überhaupt noch mit mir zusammenarbeiten möchte. Ja, ob er das Buch überhaupt noch schreiben will.

Dann fällt mir ein, dass wir heute Abend die letzte Unterrichtseinheit für den Bootsführerschein haben. Danach bekommen wir unsere Scheine, und es gibt für Paul und mich keine Gelegenheit mehr, bei der wir ohne Weiteres miteinander zu tun haben. Selbst wenn er sich entscheidet, noch etwas länger in der »Nordwind« zu bleiben, kann er im Prinzip alles mit Tamara regeln – und momentan vermute ich, dass er eher früher als später abreisen wird. Bei diesen Gedanken wird mein Herz ein bisschen schwer. Ein Gefühl, das ich versuche zu ignorieren, so gut es nur geht. Denn mein Vorsatz, Paul zu vergessen, steht felsenfest. Ich muss nur noch dieses letzte Treffen heute Abend durchstehen, irgendwie. Aber wenn Paul weiter so drauf ist wie gestern, bezweifle ich sowieso, dass wir uns viel zu sagen haben.

Mit weichen Knien laufe ich kurz vor acht in Richtung Hafen. Vor dem Container, in dem wir immer Unterricht haben, steht bereits ein kleines Grüppchen von Leuten. Paul kann ich unter ihnen nicht entdecken. Mein Herz schlägt mir trotzdem bis zum Hals. Und in meinem Bauch fühlt es sich an, als wenn sich gerade eine ganze Armada an Schmetterlingen entpuppt hat. Ich fühle mich unsicher und unwohl, vor allem weil ich mir Gedanken mache, was Paul wohl jetzt von mir denkt. Dass ich jetzt verlobt bin, obwohl ich ihm gestern noch quasi meine Gefühle gestanden habe. Na ja, so richtig gestanden habe ich sie ihm ja eigentlich nicht, denn bevor ich das hätte tun können, hatte er mich ja schon total abgewatscht. Aber solche Gefühle bringen ja auch nichts, wenn sie nicht erwidert werden, deswegen habe ja selbst schon fast das Gefühl, sie nicht mehr zu fühlen. Zumindest will ich sie nicht mehr fühlen. Das ist doch immerhin ein Anfang!

Unser Lehrer Werner winkt uns mit einem Brummen in den Container. »So, Leute, lasst uns mal loslegen!« Langsam löst sich die Traube aus wartenden Schülern auf, und wir nehmen alle brav auf den Holzstühlen Platz. Werner Behnke schaut sich um und bleibt an dem leeren Stuhl neben mir hängen. »Wo is'n unser trauriger Schriftsteller?«

Ich zucke mit den Schultern und schaue die anderen Teilnehmer an, die ebenfalls ahnungslose Gesichter machen.

»Na jut«, murmelt Werner, »heute ist eigentlich eh nur noch pro forma, ihr habt ja schon alles gelernt, was wichtig ist. Und …«

In diesem Moment fliegt die Tür von dem kleinen Container auf, und Paul kommt in die Klasse gehetzt. Bei seinem Anblick rast mein Herz schlagartig wieder so schnell, als wenn es gerade einen Marathon gelaufen wäre. Ich starre auf den Tisch vor mir, vor lauter Schreck, dass Paul nun doch da ist, und merke, wie mir die Röte ins Gesicht steigt. Paul lässt sich wie selbstverständlich auf den Stuhl neben mich fallen und entschuldigt sich kurz für seine Verspätung. Ich spüre seinen Blick auf mir, starre aber weiterhin auf die Tischplatte. Erst als Werner Behnke bereits eine gute halbe Stunde redet und uns noch einmal alles Gelernte vorbetet, traue ich mich endlich hochzuschauen. Paul dreht augenblicklich den Kopf, und unsere Blicke treffen sich. Ich versuche mich an einem Lächeln, bin mir aber sicher, dass ich wie dieses Geister-Emoji auf meinem Handy aussehe. Wir räuspern uns gleichzeitig, und Paul lächelt nun ebenfalls, was auch bei ihm ein wenig verzerrt aussieht. Aber egal was er tut, er sieht trotzdem wundervoll aus. Seine blauen Augen strahlen, seine Locken stehen wie immer in alle Himmelsrichtungen – und ich fürchte, das mit dem Vergessen wird erst dann was, wenn ich Paul nicht mehr tagtäglich sehe. Denn im Moment scheint die Nachricht, dass ich mit Markus verlobt bin und Paul lieber vergessen muss, noch gar nicht bei meinem Herzen angekommen zu sein, im Gegenteil. Pauls Anwesenheit, sein Geruch und die Tatsache, dass seine Schulter meine fast berührt, scheinen mein Herz nur noch weiter zu befeuern.

Ich merke plötzlich, dass ich seit einer ganzen Weile sogar unbewusst den Atem angehalten habe und versuche nun, langsam und gleichmäßig ein- und auszuatmen. Es ist doch verrückt, wie dieser Mann mich aus dem Konzept bringt. Selbst jetzt noch! Mir entfährt ein Seufzer, und Paul schaut mich nachdenklich an. Zwar spüre ich seinen Blick, aber ich bin fest entschlossen, diesen jetzt nicht zu erwidern. Linda, du musst stark bleiben, denke ich und wiederhole den Gedanken wie ein Mantra. Paul liebt dich nicht. Ihr habt keine Zukunft. Sei stark. Immer wieder sage ich mir das, bis mich Werner Behnke mit einer Frage aus den Gedanken reißt. Natürlich habe ich keine Ahnung, was er will, denn das Einzige, was ich gehört habe, war »Linda?«. Ich gucke ahnungslos, und Paul raunt mir etwas zu.

»Was?«, frage ich laut.

»Wie du nach deiner Hochzeit heißen wirst«, wiederholt Paul, und ich versuche, an seinem Tonfall zu erkennen, ob diese Nachricht ihn irgendwie tangiert. Aber er sagt es ganz teilnahmslos. Als wäre es eben ein Fakt, und als stünde es gar nicht zur Frage, wie er das findet.

Ich zucke unsicher mit den Schultern. »Ich weiß es ehrlich gesagt noch nicht«, sage ich leise.

»Okay«, ruft Werner und schreibt dann irgendetwas, »notfalls kommst du zu mir, und wir ändern das später.«

Als wir unsere Urkunden und Bescheinigungen bekommen haben, zieht Werner Behnke eine Flasche Sekt aus dem Rucksack, und ich denke sofort, dass ich unmöglich schon wieder trinken kann nach all diesem Anstoßen auf meine Verlobung heute Morgen (und gestern Abend!).

»Also Mädels und Jungs, allzeit gute Fahrt und immer eine Handbreit Wasser unter dem Kiel«, ruft unser Lehrer, und ein paar andere klatschen vergnügt in die Hände. Ich greife mir nun doch ein Glas (ab morgen bin ich abstinent!) und gehe auf Werner zu, um mich für seine Arbeit mit uns zu bedanken. Als ich ein paar Minuten später rausgehe, sitzt Paul gegenüber auf der Hafenkante. Er nickt mir zu, als er mich entdeckt, und kommt dann auf mich zugeschlendert.

»Jetzt haben wir es geschafft«, sagt er langsam, und ich nicke zustimmend.

Wir schauen eine Weile auf das Hafenbecken, in dem seichte Wellen gleichmäßig an die Mauer platschen. Eine ganze Weile sagt keiner von uns etwas. Schließlich seufzt Paul und unterbricht das Schweigen. »Es tut mir leid, Linda. Einfach alles. Aber ich möchte, dass du weißt …«

»Ist schon gut«, unterbreche ich ihn schnell. Ich weiß

selbst nicht genau, warum ich ihn nicht weitersprechen lassen will. Habe ich Angst vor dem, was er sagen könnte?

Paul schaut mich zögernd an. »Danke für alles«, sagt er dann doch noch.

Ich versuche, mir ein Lächeln abzuringen, auch wenn mich diese ganze Situation hier eigentlich tief traurig stimmt. Denn ich spüre, dass der Abschied naht. Und einerseits weiß ich, dass es dringend nötig ist, dass Paul sich wieder auf den Weg macht. Andererseits bricht es mir das Herz.

»Was wirst du jetzt tun?«, frage ich ihn und starre weiter auf die Segelboote vor uns, die der Wind und die Wellen leicht hin und her wiegen.

»Ich habe mich spontan entschlossen, eine Segeltour über die Ostsee zu machen. Morgen geht's los. Ich will erst einmal um Rügen herum. Um noch die weiteren Punkte für das Buch abzuarbeiten, und in zehn Tagen segle ich von Schaprode nach Hiddensee und von dort nach Dänemark und weiter …«

»Wow«, entfährt es mir. Mehr kriege ich in diesem Moment nicht raus. Paul hat diesen Plan zuvor mit keinem Wort erwähnt, und ich frage mich, ob meine Verlobung irgendetwas mit diesem »spontanen« Entschluss zu tun hat. Außerdem hat er nun gar nichts dazu gesagt, ob wir an dem Buch noch gemeinsam arbeiten oder nicht. Ich entschließe mich deshalb, das Thema einfach nicht noch einmal anzusprechen. Es ist wohl sowieso besser so.

»Das klingt nach einem guten Plan … da nutzt du deinen Bootsführerschein wenigstens gleich …«, sage ich stattdessen und merke, wie meine Stimme etwas erstickt klingt. Dann spüre ich, wie mir schon wieder die Tränen aufsteigen. Und kurz danach kullert auch schon eine über meine Wange. Ich hoffe inständig, dass Paul es hier, in diesem schummrigen Licht, nicht bemerkt. Schnell wische ich mir unauffällig über die Wange und schlucke den Kloß in meinem Hals runter. Vorsichtig schaue ich ihn dann an, und wir stehen uns nun direkt gegenüber. Er kommt einen Schritt auf mich zu, mit geöffneten Armen. Und weil es mir lächerlich vorkommt, jetzt so total auf Abstand zu gehen, lasse ich die Umarmung zu.

»Ich wünsche dir alles Glück dieser Welt«, flüstert er, und ich spüre seinen Atem an meinem Ohr kitzeln. »Ich wünsche dir ein Leben voller Glücksmomente, so wie du es verdient hast.«

Dass er ausgerechnet das Wort »Glücksmoment« erwähnt, lässt mich aufhorchen. Ich habe die Liste mit den 40 Glücksmomenten für Paul doch in den Müll geschmissen, und eigentlich kann er davon nichts wissen. Es fühlt sich wie Gedankenübertragung an. Aber vielleicht ist es auch nur Zufall.

»Und denk dran, jeden Tag ein bisschen Meer« sagt er dann noch und löst nun vorsichtig die Umarmung wieder. Ich stehe völlig erstarrt da und nicke nur. »Alles Gute, Paul«, presse ich noch gerade so hervor, ganz leise. Und zum Glück hat Paul, bevor ich so richtig in Tränen ausbreche, sich schon umgedreht und ist auf dem Weg zur »Nordwind«.

Ich hingegen bleibe noch lange Zeit auf dem Steg sitzen. Meine Füße baumeln über dem Wasser, und ich lasse den Tränen freien Lauf. Die anderen Schüler sind schon alle weg, und deshalb kann mich hier aus der Entfernung im Dunklen sowieso niemand sehen. Ich weine und weine und weine, bis ich das Gefühl habe, dass nun wirklich keine einzige Träne mehr in mir steckt. Dann bleibe ich noch eine ganze Weile länger sitzen. Erst als Paul schon lange verschwunden ist und die meisten Lichter in der »Nordwind« ausgegangen sind, kann ich mich endlich aufraffen und laufe langsam zu Markus' Haus.

To-do-Liste:

- ans Meer gehen, jeden Tag!
- einen Hochzeitstermin festlegen
- Liegengebliebenes in der »Nordwind« aufarbeiten
- Paul vergessen

Auf der Ostsee, 30. Juli

Liebe Paula,

so viel ist passiert. So. So. Viel.

Jetzt bin ich also 40 Jahre alt. Noch vor einigen Wochen hatte ich schreckliche Angst vor diesem Tag. Schon wieder ein Geburtstag ohne Deine süße kleine Torte am Morgen mit einer schiefen Kerze. Ohne die Geschenke, die Du immer so aufmerksam ausgewählt hast und die immer genau das waren, was ich mir wünschte. Jetzt ist der Tag da, und es fühlt sich okay an. Ja, ich traue mich zu sagen, es geht mir gut.

Ich schreibe fleißig an dem neuen Buch. Ich kann es selbst kaum glauben, wie die Worte plötzlich wieder aus mir herausfließen, als wären sie nie weg gewesen … Es war so ein schmerzhafter Prozess, aber ich finde wirklich, bisher ist das Buch absolut wundervoll. Vielleicht wird es sogar das beste Buch, das ich je geschrieben habe. Auch wenn es kein Mammutroman ist, wie ich eigentlich wollte (der kommt dann danach) – oder gerade deswegen. Na gut, dass das jetzt aber das beste Buch wird, denke ich ja eigentlich immer. Aber wirklich: Es sind so leichte, schöne, traurige und berührende Geschichten über diese einzigartige Insel.

Ich bin mir sicher, wenn Du sie lesen könntest, wärst Du überrascht. Und traurig. Und glücklich zugleich. Solche Geschichten sind es. Ich wünschte mir so sehr, ich könnte sie Dir zeigen. Deine Augen sehen, wie sie über die Seiten schnellen (Du hast ja immer viel zügiger gelesen als ich). Beobachten, wie sich Deine Stirn in Falten legt. Wie Deine Mundwinkel zucken. Wie Du lächelst. Wie meine Worte das bei Dir auslösen. Nun ja, es geht nicht. Und so musst Du mir einfach glauben, dass es wirklich gut wird. Dass ich wirklich gut geworden bin. Es ist wahrscheinlich das größte Geschenk, das ich mir selbst machen konnte.

Und das heißt nicht, dass es nicht immer noch wehtut. Dich zu verlieren ist das Schlimmste, Schwerste, Brutalste, was mir je passiert ist. Dein Verlust war wie ein Hurrikan, der das Haus, das sich mein Leben nannte, völlig weggepustet hat. Ich habe immer noch nicht alle Bestandteile wieder zusammengesetzt. Dinge stehen weiterhin nicht dort, wo sie vor der Katastrophe standen. Aber auch das ist okay. Es ist okay, dass das Haus nie wieder so aussehen wird wie früher. Es wird ein anderes Haus sein. Aber das Wichtigste ist: Es wird. Mein Leben wird. Alles ist im Werden begriffen, und irgendwie ist das ja auch spannend. Ja, Du hast richtig gelesen, ich finde das Leben wieder spannend. Und ich weiß jetzt, dass es immer weitergeht. Weil meine Zeit noch nicht gekommen ist. Weil ich mein Leben leben muss, für uns beide, aber auch für mich. Weil ich nur dieses eine Leben habe. Und so oft ich das Linda gesagt habe, um sie zu überzeugen, ihr Leben zu leben – es gilt ja schließlich auch für mich. Und es ist ihr Verdienst, dass ich das begriffen habe. Linda hat mir gezeigt: Es geht immer weiter nach vorne. Das Leben und ich gehen weiter. Und Du wirst immer bei mir sein. In meinen Gedanken und in meinem Herzen, aber es tut mir leid, ich brauche da jetzt auch ein bisschen Platz. Für neue Gedanken. Und für neue Gefühle. Aber das ist ja das Schöne: Ich weiß, dass Du genau das gewollt hast. Du hättest gar keine Entschuldigung gewollt, Du wolltest einfach nur, dass ich wieder raus in dieses Leben gehe.

Natürlich hat mich Lindas Verlobung wie ein Schlag getroffen. Aber ich bin irgendwie auch erleichtert. Sie verdient das Leben, das sie sich wünscht. Und wahrscheinlich bin ich noch lange nicht bereit dafür. Auch wenn es mir das Herz gebrochen hat, die »Nordwind« und damit auch Linda zu verlassen. Ich wünschte, unsere Geschichte wäre anders ausgegangen. Aber dafür hätte sie vor allem anders beginnen müssen.

Mit Linda noch einmal ganz von vorne anfangen, ohne den Ballast der Trauer, das wäre was. Alles noch einmal auf null setzen, wie toll wäre es, wenn das ginge. Aber die Chance dazu habe ich wohl für immer vertan.

Die Liebe ist trotzdem wie eine zarte Pflanze, die langsam wieder in mir keimt. Und ich bin fest davon überzeugt, es liegt an mir, dass sie Wurzeln schlagen kann. Dieses Glück ruht in meinen Händen. Ich muss mich nur trauen und auch dann weitermachen, wenn mich der Schmerz mal wieder zurückzuwerfen droht.

Ich verspreche es Dir. Ich mache weiter. Und werde besser, jeden Tag ein bisschen mehr.

Heute tröstet mich das, was mal war, über das, was ich verloren habe, hinweg. Ich habe zu mir selbst zurückgefunden. Und ich habe mich mit meinem Schicksal versöhnt. Ich spüre Frieden und Liebe. Und Zuversicht.

Für immer – Dein Paul

Kapitel 17

Es vergeht eine Woche, in der ich mich wie betäubt fühle. Das Leben geht weiter, aber es zieht so an mir vorbei wie Wolken an einem stürmischen Tag. Und alles, was ich tue, fühlt sich irgendwie gedämpft an. Ein wenig ist es, als würde ich mit riesigen Lärmschutz-Kopfhörern durch die Welt laufen. Ich spüre das Leben nur wie durch einen nebligen Filter.

Dass Paul abgereist ist, habe ich selbst tatsächlich nicht mehr mitbekommen. Er verschwand so früh, dass wohl nur meine Mutter ihn dabei beobachtet hat, wie er seinen Rucksack aus der »Nordwind« trug, weil sie da schon in ihrer Bäckerei die ersten Brötchen vorbereitet hat. Als ich dann am Morgen nichtsahnend an der Rezeption mit dem Arbeiten anfing, kam sie kurz dazu und legte mir die Hand auf den Arm. Dann sah sie mich an und meinte: »Linda, mein Schatz, jetzt ist alles wieder beim Alten. Und glaub mir, es ist das Beste so.«

Ich schaute sie nur verständnislos an, aber dann fügte sie noch hinzu: »Paul ist jetzt wieder in seinem Leben unterwegs. Und du kannst dich ganz auf Markus und eure Hochzeit konzentrieren. Glaub mir, meine Kleine, das ist alles genau richtig so.«

Völlig erschüttert hatte ich versucht, mir nichts anmerken zu lassen, und begann schnell einige Unterlagen zu sortieren, während meine Mutter mich besorgt beobachtete. Natürlich, meine Hände zitterten wie Espenlaub, aber trotzdem wollte ich das Gefühl, diesen Schwall von Traurigkeit, der sich über mich auszugießen schien, lieber überspielen. »Kleines …«, fing meine Mutter wieder an, doch ich wollte mich auf keine Diskussion einlassen.

»Mama, pass doch kurz auf die Rezeption auf, dann schaue ich schnell in der Dachkammer nach dem Rechten. Vielleicht können wir die ja auch bald wieder vermieten.«

Und schon lief ich die Treppen zu Pauls altem Zimmer hoch und stürmte dann geradezu durch die Tür dort. Aber wirklich: Die Kammer war nicht mehr bewohnt. Die Bettwäsche war schon abgezogen worden, und auf dem kleinen Schreibtisch lagen der Schlüssel und eine Quittung als Beweis, dass die Rechnung bezahlt worden war.

Für einen Moment habe ich mich dann auf den einzigen Stuhl in der Dachkammer gesetzt und mir gedacht, dass Paul in diesen vier Wänden so viel Zeit verbracht hat, dass doch eigentlich ein Stück von ihm noch immer hier sein musste. Aber nein, das Einzige, das ich hier noch spüren konnte, war nur meine Einsamkeit. Ich sah mich um, auf der Suche nach einem kleinen Fitzelchen, das noch Paul gehört hat, einer Notiz, einem vergessenen Stift, irgendetwas. Doch nichts, rein gar nichts. Paul war weg, wirklich weg, das wurde mir in diesem Moment schmerzhaft klar.

Seufzend stand ich auf und ging zurück an die Rezeption, wo ich den ganzen Tag dann nur wie auf Autopilot gearbeitet habe. Und seitdem auch jeden Tag so arbeite.

Zum Glück ist Markus so mit seinem Wellnessprojekt beschäftigt, dass meine seltsame Stimmung ihm gar nicht aufzufallen scheint. Zumindest sagt er nichts dazu. Seit wir uns verlobt haben, bin ich mehr oder weniger bei ihm eingezogen. Viele meiner Sachen habe ich schon in sein schönes Reetdachhaus geschleppt.

In meine kleine Dachwohnung ist fürs Erste mein Vater eingezogen, eine perfekte Lösung. Ihn hält in Braunschweig ja erst einmal nichts, und wir können so viel Zeit wie möglich miteinander verbringen. Ehrlich gesagt, habe ich das Gefühl, er und meine Mutter nähern sich mehr als nur freundschaftlich wieder an, aber das ist ein anderes Thema. Momentan jedenfalls gibt es immer wieder einfach schöne Momente mit den beiden. Dass ich abends plötzlich mit zwei Elternteilen beim Abendessen sitzen kann. Dass beim Spaziergang über den Wochenmarkt Mama auf meiner einen Seite läuft und Bernd auf meiner anderen. Oder dass mich einfach beide überraschend in der »Nordwind« auf einen Kaffee zwischendurch besuchen. Ganz kleine Situationen, die für die meisten Menschen wohl nicht der Rede wert sind, sind für mich gerade so besonders, weil ich plötzlich zwei Elternteile statt einem an meiner Seite habe. Zwei Menschen, die oft eine ganz andere Sicht auf manche Dinge haben, zwei Menschen, die ganz unterschiedliche Erinnerungen mitbringen – und zwei Menschen, die mich beide unglaublich lieben, was ich immer wieder ganz deutlich spüre. Und was mich, mitten in dieser traurigen Zeit ohne Paul, sehr glücklich macht.

Von meinem Vorhaben, jeden Tag ans Meer zu gehen, ist im Moment auch nicht mehr viel geblieben. Meist stehe ich früh auf, arbeite und arbeite (fast das Einzige, was mich im Moment überhaupt ablenkt), esse mit meinem Vater, meiner Mutter oder beiden zu Mittag, arbeite dann weiter und falle schließlich meist schon gegen 21 Uhr völlig erledigt ins Bett. Auch Markus hat im Moment kaum eine freie Minute. Wenn überhaupt, sehen wir uns höchstens auf einen schnellen Kaffee zwischendurch. Ich gehöre ja zur Sorte Frühaufsteher, während Markus eher bis spät in die Nacht arbeitet. Deswegen höre ich ihn im Moment meist nur leise ins Zimmer schleichen, wenn ich schon seit einer ganzen Weile im Bett liege. Und umgekehrt husche ich immer schnell aus dem Schlafzimmer, wenn ich morgens lange vor ihm aufstehe. Als ich ihn vor ein paar Tagen bat, mit mir ans Meer zu gehen – und ihm von meinem »Jeden Tag ein bisschen Meer«-Vorsatz erzählt habe – hat er nur gelacht und geantwortet: »Wenn ich das Projekt erst einmal abgeschlossen habe, können wir meinetwegen jeden Tag zweimal an den Strand …«

Ich wusste darauf nichts zu erwidern, und darum habe ich nur schweigend genickt. Auch wenn ich mich eigentlich ein bisschen geärgert habe, dass er meinen Vorschlag so einfach vom Tisch gewischt hat. Nur weil er es nicht so wichtig fand. Zugegebenermaßen könnte es aber auch sein, dass ich im Moment etwas empfindlich bin und sogar in der wenigen Zeit, die ich mit ihm verbringe, bei jedem Kleinkram gereizt auf Markus reagiere. Markus begreift schon, dass nicht alles so ist, wie es bei Frischverlobten wohl sein soll, aber so richtig sagen will er wohl auch nichts. Zwischen uns ist ein Graben entstanden. Aber was noch viel schlimmer ist: Seitdem Paul weg ist, fühlt es sich einfach so an, als hätte ich ein Loch im Herzen. Und ich kann nur hoffen, dass die Zeit die Wunde heilt.

Und dann gibt es immer diese kleinen Erlebnisse mit Markus, die mich noch mehr an allem zweifeln lassen. An einem etwas regnerischen Spätnachmittag zum Beispiel leistet mir Mila ein wenig Gesellschaft in der Pension, während ich in meiner Büroecke vor mich hin arbeite. Die Kleine ist jetzt schon ganz verliebt in die Ostsee und hatte den ganzen Tag am Strand herumgetollt, bis ein paar Regenwolken aufgezogen waren und sie darum zum Spielen reinmusste. Und gerade springt sie braun gebrannt von der Sonne durch die Lobby, singt irgendwelche polnischen Kinderlieder und versucht sich im Radschlagen. Zwischendurch erzählt sie mir außerdem, hauptsächlich auf Polnisch, gemixt mit den paar deutschen Wörtern, die sie schon beherrscht, von ihren Abenteuern an der Ostsee. Ich verstehe nicht alles, aber je trüber diese Tage ohne Paul für mich sind, umso angenehmer finde ich es, Milas Lachen und fröhliches Geplapper zu hören. Überhaupt, die Kleine mit ihrem sonnigen Wesen, das mich so sehr an ihre patente Mama erinnert, ist mir sehr ans Herz gewachsen.

Während ich also nur mit halbem Ohr hinhöre, was Mila da so plappert, und gerade ein paar Rechnungen sortiere, gibt es plötzlich einen lauten Rums. Noch bevor ich aus meiner Büroecke stürzen kann, höre ich schon lautes Schimpfen: »Pass doch auf! Jetzt ist wegen dir die Lampe kaputtgegangen! Was machst du hier überhaupt? Spiel gefälligst draußen!« Dann sehe ich Mila, die bei ihrem Radschlagen anscheinend eine Stehlampe umgehauen hat. Der Lampenschirm war einige Meter weggekullert. Und ich sehe Markus, zornesrot, wie er sich vor dem völlig verschreckten Kind aufgebaut hat und es anbrüllt. Stimmt, Markus wollte ja auf einen Kaffee vorbeikommen, aber so hatte ich mir das nicht mit seinem Besuch vorgestellt.

Milas Augen füllen sich sofort mit Tränen, so entsetzt ist sie von Markus – dessen Sprache sie ja nicht mal vollständig versteht, weshalb seine wütende Tirade sicher noch viel unheimlicher für sie klingt. Ich laufe auf die beiden zu und nehme Mila schnell in den Arm und streichle ihr beruhigend über den Kopf. Dann hebe ich die Lampe auf und setzte den Schirm wieder drauf – sie war nicht mal kaputt. »Schau, Mila, alles ist gut, nichts ist passiert. Die Lampe hat nur kurz ihren Hut abgesetzt. Und der böse Markus soll sich mal nicht so haben.«

Mila versteht sicher nur die Hälfte meiner Worte, aber sie merkt, dass ich es gut mit ihr meine und beruhigt sich dann wieder etwas. Sie zieht noch einmal die Nase hoch, umarmt mich kurz zurück und murmelt dann etwas, von dem ich glaube, dass sie sagen will, dass sie jetzt lieber in ihr Zimmer geht (Mila und ihre Oma sind in einem Zimmer bei uns in der Pension untergebracht). Mit einem misstrauischen Blick zu Markus läuft sie dann davon – und ich kann ihr diesen Blick wirklich nicht verübeln.

Markus fühlt sich wohl selbst nicht ganz so gut in seiner Haut, aber man merkt ihm gleichzeitig an, dass er das nicht zugeben will: »Kann Tamara denn nicht mal selbst auf ihre Tochter aufpassen? Das muss doch nicht sein, dass die hier aus der Lobby einen Spielplatz macht und alles zertrümmert.«

Ich schnaube förmlich vor Wut: »Alles zertrümmert?! Hier ist doch gar nichts kaputtgegangen! Und du musst der Kleinen doch nicht so eine Heidenangst einjagen!« Gerade fauche ich Markus regelrecht an, aber dieses Mal finde ich es auch gerechtfertigt. Markus muss sich wirklich nicht so vor einem kleinen Mädchen aufspielen. Aber er verdreht nur die Augen: »Ich meine ja nur, wenn Tamara schon Besuch von ihrer Tochter hat, dann soll sie sich schon darum kümmern. Immer diese Leute, die Kinder in die Welt setzen müssen und sich dann nicht darum kümmern. Wo ist Tamara denn überhaupt?«

Innerlich könnte ich heulen. Tamaras Mutter hatte sich auf der Reise hierher eine schwere Erkältung zugezogen, schon auf der Verlobungsfeier war ja zu sehen, dass es ihr nicht richtig gut ging – und wenn Markus auch nur ein wenig mehr Mitgefühl für andere mitbringen würde, dann wäre ihm das auch aufgefallen. Tamara ist deshalb jedenfalls gerade mit ihr zum Arzt gefahren. Einfach nur zur Vorsicht, ihre Mutter ist immerhin auch nicht die Jüngste. Auch wenn das Ganze nicht allzu schlimm zu sein scheint, fiel mir gleich auf, wie besorgt Tamara war.

Bevor sie losfuhr, hatten wir dann auch noch ein langes Gespräch deswegen. Dabei hat mir gestanden, dass sie am liebsten beide, also ihre Mutter und ihre Tochter, dauerhaft zu sich holen würde. Und dass sie überhaupt lieber dauerhaft hierbleiben würde, anstatt wie sonst während der Wintermonate in Tirol zu arbeiten, denn Rügen war auch für sie langsam zu einer neuen Heimat geworden. Dafür bräuchte sie aber eben erst einen Job hier – und in der »Nordwind« gab es während der kalten Monate einfach zu wenig zu tun. Leider konnte ich sie aus finanziellen Gründen während der Wintermonate nicht engagieren, so leid mir das auch tat, aber das wusste sie ja.

Ich fühlte mit ihr, und noch während wir uns darüber unterhielten, hatte ich plötzlich einen Geistesblitz! Was war denn mit dem Projekt von Fritz juniors Verlobter Anne? Die wollte doch eine Begegnungsstätte für Künstler hier in der Gegend schaffen, im Haus des Kahnweibs (das war eine legendäre Frau, die hier Anfang des letzten Jahrhunderts gelebt hatte und die schon Feministin war, bevor die meisten den Begriff überhaupt jemals gehört hatten). Anne bräuchte jedenfalls sicher eine so kompetente Kraft wie Tamara, die ihr in den nächsten Monaten helfen könnte und die ihr einfach zur Seite stand, um alles zu übernehmen, was Anne zu viel wurde – immerhin wollte Anne nach ihrer baldigen Hochzeit sicher auch etwas Zeit mit ihrem Ehemann verbringen. Tamara war gleich Feuer und Flamme, und ich versprach ihr, Anne so schnell wie möglich darauf anzusprechen – und Anne war gleich begeistert gewesen.

Aber so selbstverständlich und nachvollziehbar ich Tamaras Sorgen um ihre Mutter und Tochter finde, die ja sonst weit weg leben, so wenig schien Markus diese nachvollziehen, ja auch nur zu bemerken. Geschweige denn, dass er mal seine Hilfe anbieten würde. Und das wurde in diesem Augenblick deutlicher denn je. »Immer diese Leute, die Kinder in die Welt setzen müssen und sich dann nicht darum kümmern.« Was war das überhaupt für ein dummer Spruch? Irgendwie kann ich nicht anders und antworte dann so sarkastisch wie möglich: »Na ja, vielleicht sollten wir dann ja ganz darauf verzichten, Kinder in die Welt zu setzen!« Doch Markus erreicht dieser Sarkasmus nicht, und er nickt nur eifrig dazu und erwidert fast schon zufrieden: »Genau! Endlich sind wir uns da mal einig!«

Ich starre Markus entsetzt an, doch auch davon merkt er nichts. Über das Thema »Kinder« hatten wir bisher ja erst einmal wirklich gesprochen. Aber jedes weitere Gespräch hatte Markus abgebrochen. Weil er ja immer damit argumentierte, dass wir über so etwas gar nicht zu sprechen brauchten, wenn wir noch nicht einmal zusammenwohnten. Und jetzt waren wir verlobt, und er schien nicht im Traum daran zu denken, mit mir Kinder zu bekommen. Und auch wenn mir immer bewusst war, dass Markus nie von Kindern so geträumt hatte wie ich, damit hatte ich nun auch nicht gerechnet. Was uns betraf, so schien er sich ganz sicher zu sein, dass er wusste, was das Beste ist. Nämlich keine Kinder zu haben. Noch mehr als diese Aussage schockiert mich eigentlich nur, dass Markus so felsenfest überzeugt ist, dass er mich inzwischen auch davon überzeugt hatte.

Gerade weiß ich nicht, was ich dazu noch sagen soll.

Also bitte ich Markus nur, ein paar Minuten auf die Rezeption aufzupassen, damit ich kurz nach Mila schauen kann. So schnell wie möglich laufe ich aus der Lobby, weg von Markus und diesem furchtbaren Gespräch. Die kleine Mila finde ich dann wirklich auf ihrem Zimmer in der Pension, in ein buntes Büchlein vertieft. Sie strahlt, als ich ins Zimmer komme – Gott sei Dank hat sie den Schrecken von vorhin offenbar gleich wieder verdaut. Trotzdem versuche ich, ihr noch mal zu sagen, dass ihr kleines Missgeschick nicht schlimm war – als mir plötzlich ein Stein auf dem Schreibtisch ins Auge fällt. Ein Stein mit einem Loch darin. »Mila, wo hast du denn diesen Hühnergott her?«, frage ich sie erstaunt. Mila strahlt mich noch mehr an und erzählt mir dann in einer wilden Mischung aus Polnisch, etwas Deutsch und vielen Gesten, dass ihr der nette Mann aus der Pension den geschenkt habe. Und ich ahne, dass es nur um einen gehen kann: um Paul.

Dann kommen auch schon Tamara und ihre Mutter vom Arztbesuch zurück, Tamaras Mutter lässt sich gleich erschöpft in den Sessel im Zimmer fallen. Tamara erzählt mir, dass es wirklich nur eine Erkältung sei und ihre Mutter nur ein Antibiotikum und viel Ruhe brauche, doch dann hält sie inne: »Linda, was ist mit dir? Du siehst aus, als ob du gesehen einen Geist?«

Ich deute ganz verwirrt auf den Hühnergott. »Ist der … ist der von Paul?«

Tamara sieht mich besorgt an und nickt dann. Und erzählt mir schließlich, dass sie am frühen Nachmittag nach meiner Verlobungsfeier ein wenig mit Mila auf der Terrasse saß, als plötzlich Paul vorbeikam und sich etwas von ihnen entfernt hinsetzte. Mila fiel Paul gleich auf, weil sie sich wunderte, wie jemand an einem so schönen Tag so traurig aussehen konnte. Und bevor Tamara sie aufhalten konnte, lief sie zu ihm und zeigte ihm auf einem Block ihre neuesten Bilder. Paul schien sich in diesem Moment sehr über Milas Gesellschaft zu freuen, und dann begannen sie, zu Tamaras Erstaunen, miteinander zu malen. Mila kritzelte etwas und erzählte etwas auf Polnisch, und Paul malte etwas dazu und erklärte es ihr auf Deutsch. Und so hatten die beiden offenbar etwas Zeit verbracht, bis Paul losmusste, zum Bootskurs. Davor hatte er ihr noch den Hühnergott geschenkt – damit sie immer gut geschützt sei.

Mila hält mir in der Zwischenzeit die Bilder vor die Nase – sogar in ihr hat Paul also einen Fan gewonnen. Fassungslos schaue ich mir mit der fröhlich plappernden Mila ein paar dieser Bilder an, eines zeigt eine lustige Familie aus Steinen, eines ein Boot mit Robben darauf, alle Bilder ein Mix aus krakeligen Kinderzeichnungen und schön geschwungenen Erwachsenenskizzen. Aber eines der Bilder lässt mich gar nicht mehr los: Darauf sieht man auf der einen Seite einen Regenbogen, definitiv von einem Kind gemalt, und darunter das Meer und den Strand, auf dem, eindeutig von einem Erwachsenen gezeichnet, ein Fliegenpilz steht. Ich kann gar nicht sagen, was es ist, aber irgendwas an diesem Bild berührt mich besonders. Vorsichtig streichle ich darüber.

»Und weißt du, Linda, was er noch gesagt hat? Er hat gesagt: ›Mila, immer daran denken: Jeden Tag ein bisschen

Meer.‹ Ist das nicht süß? Du hast doch genau das Gleiche zu Mila gesagt!« Tamara strahlt mich an, und ich weiß noch viel weniger, was ich sagen soll. Oder wie ich überhaupt je wieder etwas sagen soll.

Kurz darauf bin ich dann wieder zurück in die Rezeption, wo Markus sehr erleichtert war, endlich wieder wegzudürfen. Auf den Kaffee, den wir beide eigentlich gemeinsam trinken wollten, hatte irgendwie keiner mehr Lust. Tamara hatte mir zwar besorgt angeboten, die Schicht für mich weiterzuführen – »Linda, inzwischen bist du so blass, ich weiß nicht: Hast du Geist gesehen oder bist du einer?« –, aber ich lehne ihr Angebot ab, denn ich will mich unbedingt mit der Arbeit ablenken. Ablenken von Paul und den Erinnerungen und auch von diesem Fliegenpilz, der mir so seltsam bekannt vorkommt und den ich doch gerade einfach nicht einordnen kann.

Das Ganze lässt mich trotzdem bis zum Abend nicht los, und dieses Mal fliehe ich noch viel früher als sonst vor Markus ins Bett. Ich höre noch, wie Markus unten weiter einen Film schaut, aber ich ziehe mir einfach die Decke über den Kopf. Gerade will ich nichts mehr sehen oder hören und schon gar keine wichtigen Themen mehr besprechen oder mir den Kopf über abgereiste Schriftsteller zerbrechen, ich will nur noch schlafen.

Dann stehe ich auf einmal wieder am Hafen, vor zwei Booten – auf einem wartet Markus auf mich und auf einem Paul. Eigentlich habe ich schon einen Fuß auf das eine Boot gesetzt. Doch dann zögere ich wieder. Wo ist das kleine Mädchen, das mich beim letzten Mal begleitet hat? Vielleicht weiß sie ja, was ich tun soll? Plötzlich höre ich das Lachen der Kleinen und sehe, wie sie mir von dem anderen Boot aus zuwinkt. »Komm her, wir wollen los!«, ruft das Mädchen mir lachend zu. Mit einem Schlag weiß ich, was zu tun ist. Ohne weiter zu grübeln, laufe ich zu dem anderen Boot und springe darauf.

Und bevor ich weiß, was geschieht, sind wir schon mitten auf dem Meer. Um uns nur türkisblaues Wasser, wie an den Kreidefelsen, so weit das Auge reicht. Und über uns nur strahlend blauer Himmel, verdeckt durch keine einzige Wolke.

Ich weiß nicht, wer noch auf dem Boot ist außer dem kleinen Mädchen und mir. Aber ich weiß, dass da noch jemand ist. Doch bevor ich suchen kann, zieht auf einmal ein Sturm auf. Genauso blau wie der Himmel eben noch war, so ist er mit einem Mal tiefschwarz, und die Wellen türmen sich hoch auf. »Schnell, lauf unter Deck«, rufe ich der Kleinen zu, die sofort meinen Worten folgt. Und dann beginne ich darum zu kämpfen, das Boot bei diesem Sturm nicht untergehen zu lassen. Ich versuche, unter Sturmbesegelung weiter aktiv zu segeln, so wie wir es im Bootsführerscheinkurs gelernt haben. Eiskalte Gischt schlägt mir ins Gesicht. Aber ich spüre keine Angst. Wer auch immer sich neben dem kleinen Mädchen noch mit mir auf dem Boot befindet, ich spüre ganz genau, wie gut wir zusammenarbeiten. Jede Aktion von mir wird unterstützt, und was auch immer ich mache, ich weiß ganz genau, dass ich nicht allein bin.

Auf diese Weise schaffen wir es schließlich durch den Sturm hindurch. Ganz plötzlich, als die Wolken sich lichten und der Himmel wieder hellblau wird, glaube ich plötzlich ein Gesicht in den Wolken zu sehen. Ist das ... kann das wirklich Paula sein? Ich stehe völlig fassungslos da und starre auf die Gestalt, die über dem Boot zu schweben scheint. Ja, das muss Paula sein, und, ganz im Gegensatz zum letzten Mal, lächelt sie. Aber bevor ich etwas sagen oder machen kann, spüre ich etwas rechts und links von mir. Links schiebt sich eine kleine Kinderhand in meine Hand, und ich weiß, dass das Mädchen neben mir steht. Und rechts? Rechts spüre ich, wie eine schmale Hand mit langen Fingern sich in meine schiebt und ...

Bevor ich sehe, wer neben mir steht, schrecke ich hoch. Neben mir hat sich gerade Markus in unser Bett fallen lassen, und davon muss ich aufgewacht sein. Als er merkt, dass ich wach bin, murmelt er noch ein »Gute Nacht«, aber fängt dann selbst fast augenblicklich an zu schnarchen. Während ich nicht mehr einschlafen und vor allem nicht aufhören kann, über diesen Traum nachzudenken. Seit wann haben Träume denn Fortsetzungen? Und so sehr ich mich auch bemühe, ich finde in dieser Nacht einfach keinen Schlaf mehr. Zusätzlich zu all dem begleitet mich jetzt auch noch die Erinnerung an diesen Traum und bleierne Müdigkeit durch den ganzen nächsten Tag.

Genau zehn Tage, nachdem Paul die »Nordwind« verlassen hat, sitze ich in meinem Büro und starre auf den Kalender.

Bald wird er weiter nach Hiddensee segeln und endgültig meine Insel verlassen. Ich denke natürlich noch viel zu oft an ihn. Er ist wie ein unsichtbarer Schatten, der mich überallhin begleitet. Und so oft sehe oder denke ich etwas, was ich ihm gerne erzählen würde. Es ist schon Wahnsinn, wie nah wir uns in so kurzer Zeit gekommen sind. Und wie plötzlich wir dann doch auseinander gelaufen sind. Ich frage mich eigentlich jeden Tag mehrmals, wie es ihm wohl geht. Ob es ihm jetzt besser geht. Ob er weiter an dem Buch schreibt. Was er an seinem 40. Geburtstag gemacht hat. Ob er alleine war. Ob er manchmal an mich denkt. Vor allem Letzteres beschäftigt mich viel mehr, als mir lieb ist.

Natürlich habe ich noch seine Telefonnummer, und natürlich könnte ich ihn einfach anrufen, aber egal, wie lange ich auf den Kontakt mit seiner Nummer starre – es ist, als wären meine Finger eingefroren. Und dieser Schritt, Paul Schumann tatsächlich anzurufen, scheint mir völlig abwegig. So als würde ich damit eine Grenze überschreiten, die nicht überschritten werden sollte. Wahrscheinlich wäre es das Beste, dass ich die Nummer einfach lösche. Also tippe ich auf den Bildschirm meines Handys, »bearbeiten«, dann scrolle ich runter und gelange zu dem Feld »Kontakt löschen«. Ich schaue auf die Worte, und sie scheinen fast vor meinen Augen zu verschwimmen. Bevor ich es mir anders überlegen kann, drücke ich auf das Feld. Bestätige. Und weg ist die Nummer.

Ich bereue den Schritt augenblicklich! Sofort versuche ich mir einzureden, dass es so besser ist. Dass ich das Richtige getan habe. Aber egal, wie sehr ich mich auch selbst versuche davon zu überzeugen, es fühlt sich einfach nur schrecklich an.

Als mein Vater kurz darauf in meine Büroecke kommt, bin ich geradezu dankbar für die Störung.

»Na meine Kleine«, begrüßt er mich und drückt mir einen Kuss auf den Kopf, »Du guckst so traurig. Alles in Ordnung? In letzter Zeit wirkst du so betrübt…«

Ich zucke seufzend mit den Schultern, und einen Moment lang überlege ich, ob ich meinem Vater einfach von Paul erzählen sollte. Von meinen Gefühlen für ihn und davon, wie schwer es mir immer noch fällt zu akzeptieren, dass er jetzt weg ist und dass aus uns nie etwas werden wird. Stattdessen springe ich auf und sage spontan: »Ich brauche jetzt unbedingt ein bisschen frische Luft. Hast du Lust auf einen Strandspaziergang?«

Bernd nickt, und nachdem ich das Bürotelefon auf mein Handy umgestellt und Tamara Bescheid gesagt habe, laufen wir eingehakt los in Richtung Ostsee.

Man spürt, dass der Sommer sich langsam verabschiedet, selbst wenn er immer noch nicht ganz überzeugt davon scheint, ob er wirklich gehen soll. Aber die Morgen- und Abendstunden haben sich schon deutlich abgekühlt, und es ist nur noch eine Frage der Zeit, bis auch die Tage nicht mehr so warm sind und die ersten Herbststürme kommen. Die Ostsee liegt auf jeden Fall noch da, als wüsste sie von alledem nichts, und weil in ein paar Bundesländern noch Schulferien sind, gibt es immer noch ein paar Urlauber, die ihre Windschutze und Strandmuscheln im Sand aufgestellt haben.

Wir streifen unsere Schuhe ab und laufen in Richtung Lobbe. Es ist der gleiche Spaziergang, den mein Vater und ich gemacht haben, als wir uns zum ersten Mal getroffen haben. Nur dass wir dieses Mal viel weiter gehen. Wir laufen und laufen, während der Sand unter unseren Füßen knirscht. Es ist das einzige Geräusch neben dem Meeresrauschen, das unseren Spaziergang begleitet. Ich habe das Gefühl, mein Vater spürt, dass ich viel zu sehr in Gedanken versunken bin und keine große Energie für ein Gespräch habe. Und ich bin froh, dass er meine Wortkargheit akzeptiert. Es ist schön, dass wir auch gemeinsam schweigen können. Das kann man schließlich nicht mit jedem!

Das Wetter ist heute perfekt für einen ausgedehnten Spaziergang. Am Himmel ziehen ein paar Schäfchenwolken entlang, die so malerisch aussehen, dass man sie für Attrappen halten könnte. Wir laufen immer weiter, bis wir sogar an Göhren vorbeimarschiert sind und nun auf das Mönchguter Nordperd mit seinem hohen Sandkliff zukommen. Neben der Steilküste läuft mittlerweile nur noch ein schmaler Strandstreifen entlang, und wir müssen ein paar Meter durch die Ostsee laufen. Das Meer ist kühl, aber immer noch erträglich. So etwa siebzehn bis achtzehn Grad, schätze ich. Für einen kurzen Moment ärgere ich mich, dass ich meine Badesachen nicht mitgenommen habe, denn die Gelegenheit, schwimmen zu gehen, werde ich nicht mehr lange haben. Bald ist es selbst für eine Ostsee-erprobte Schwimmerin wie mich zu kalt.

Ich bleibe stehen und schaue auf das Wasser. Von hier sieht man, wie die Küste auf der einen Seite in Richtung Lobbe und Thiessow (aus der Richtung kommen wir) und auf der anderen Seite nach Baabe und Sellin entlangläuft. Das Nordperd, ein Kap, das den östlichsten Punkt Rügens bildet, erstreckt sich weit ins Meer hinein. Findlinge säumen den Weg. Ich atme tief ein, während ich mein Gesicht mit geschlossenen Augen in die Sonne halte.

Als ich sie wieder öffne, sehe ich plötzlich neben einem großen Stein etwas in der Sonne glänzen. Im flachen Wasser neben mir ist eine grüne Flasche angespült worden. Im nächsten Moment schwappt sie mir auch schon vor die Füße. Ich rufe meinem Vater zu, dass er mal kurz auf mich warten möchte. Er schaut prüfend aus der Entfernung, was ich tue, während ich die Flasche aus der Ostsee fische. Ich schüttle sie hin und her und höre ein dumpfes Geräusch. Ist da etwas drin?, denke ich überrascht.

Und plötzlich fällt mir das Gespräch mit Paul ein, damals, als wir zum ersten Mal gemeinsam am Meer waren. Als er mich gefragt hat, ob ich schon einmal eine Flaschenpost gefunden habe und ich lachend geantwortet habe, dass die Rüganer wohl nicht so die Flaschenpost-Verschicker seien. Aber das hier ist eindeutig eine Flaschenpost, denn man kann deutlich ein Stück Papier im Inneren erkennen. Unglaublich! Mein Herz beginnt ganz schnell zu schlagen, als wollte es mir damit etwas sagen. So schnell wie möglich ziehe ich den Korken aus der Flasche und befördere das Papier mit einem Klopfer auf den Flaschenboden heraus.

»Ist das etwa eine Flaschenpost?«, ruft mein Vater und kommt nun langsam auf mich zugelaufen. Aber ich höre ihn schon nicht mehr. Denn ich habe das Papier bereits auseinandergerollt und beginne nun aufmerksam zu lesen …

Im Hafen in Gager, 22. Juli

Geliebte Paula,

ich muss Dir etwas sagen. Ich weiß gar nicht genau, wie ich das tun soll.

Heute ist etwas passiert, das ich noch gestern nicht für möglich gehalten hätte. Eigentlich wollte ich es Dir erst gar nicht sagen. Eigentlich würde ich es am liebsten auch vor mir selbst verheimlichen. Es wegwischen, oder so tun, als wenn es nicht passiert wäre.

Das kann doch nicht sein?, fährt es mir durch den Kopf. Das ist ein Brief von Paul! Von Paul an Paula. Dass er den Brief geschrieben hat, erkenne ich sofort. An der Schrift. Aber auch an der Art, wie er sich ausdrückt. Ich lese ungläubig weiter …

Aber als Du von mir gegangen bist, habe ich mir geschworen, dass ich nichts verdrängen werde. Und dass ich meine Gefühle annehmen werde, vielleicht, weil ich geahnt habe, dass ich nur so mit dieser übermenschlichen Trauer klarkommen würde. Dass ich nur so wenigstens im Kern ich selbst bleiben kann.

Und so habe ich die ganze Trauer in mein Leben gelas-

sen. Den Schmerz, die Verzweiflung und die Hoffnungslosigkeit. Alles, selbst den letzten kleinen Rest. Und ich glaube fest daran, dass mir das geholfen hat. Denn hätte ich diese Gefühle nicht zugelassen, wäre das gewesen, als ob ich mit angehaltenem Atem durch die Welt laufe. Und irgendwann wäre ich explodiert.

Mein Herz klopft wie verrückt, während ich diese Worte lese. Auf einmal ist Paul wieder da. In seiner ganzen Wucht. Ich sehe vor meinem inneren Auge, wie er im Hafen auf einem der Poller sitzt und diesen Brief schreibt. Seine Locken, die ihm ab und zu ins Gesicht fallen. Und seine blauen Augen, wenn er kurz innehält und abwägt, was er schreiben will. Es ist, als wäre er mir plötzlich wieder ganz nah. Ich atme tief ein, auch weil ich versuchen will, mich etwas zu beruhigen. Meine Knie zittern richtig, und ich lasse mich auf einem Findling nieder, um mich etwas sicherer zu fühlen. Mein Vater steht dicht hinter mir und scheint ebenfalls aufmerksam die Worte zu lesen …

Ich will also ehrlich zu Dir sein. Aber vor allem will ich ehrlich zu mir selbst sein.

Ich habe heute etwas gespürt, von dem ich dachte, dass es mir für immer verloren gegangen wäre. Ein Gefühl, das ich nur noch als Erinnerung kannte. Es war, als hätte jemand nach langer Dunkelheit wieder das Licht in mir angeknipst.

Linda und ich standen auf diesem alten, stinkenden und deswegen umso schöneren Fischkutter (Du weißt ja, wie ich solche Dinge liebe). Es begann zu nieseln, und sie zog sich diesen seltsamen Regenponcho über. Rot mit weißen Punkten. Ihre grünblauen Augen blitzten unter der Kapuze hervor, und sie lächelte, wie nur Linda lächeln kann. Mit dieser Offenheit und Zugewandtheit, dass man ihr sofort sein Leben anvertrauen würde. Und ich habe einen Witz darüber gemacht, dass sie wie ein gigantischer Fliegenpilz aussähe, und sie lachte noch mehr, noch breiter, und um ihre strahlenden Augen bildeten sich feine Lachfältchen. Dann hat sie einen Regenbogen entdeckt und vergaß auf einmal die ganze Welt um sich herum, vergaß mich und meinen Witz und fing an, dieses Naturspektakel zu fotografieren. Und ich sah sie von der Seite an, wie ein stiller Beobachter. Auf einmal wurde mir heiß und kalt, und es war, als wenn die Welt sich plötzlich viel zu schnell drehte. Erst dachte ich, das sei das Geschaukel des Bootes, das mir gar nicht gut bekam. Doch dann begriff ich, dass gerade etwas anderes passierte. Ich beobachtete Linda, blieb mit meinem Blick an ihr hängen. Sah ihre filigranen Hände auf der Kamera. Wie sie beim Fotografieren leicht ihre geschwungenen rosafarbenen Lippen spitzte, und mir flogen Schmetterlinge durch den Bauch. Auf einmal spürte ich das unendliche Bedürfnis, sie zu berühren. Ihr noch näher zu sein. Ihr Gesicht in meine Hände zu nehmen und ihre Lippen zu küssen. Meine Arme um sie zu schlingen und sie nicht wieder loszulassen.

Und in dem Moment, als ich das realisiert habe, bin ich vor lauter Schreck geradezu zurückgewichen. Fast so, als hätte ich mich verbrannt. Ich hoffe, dass sie genug in ihre Arbeit vertieft war, um nicht zu bemerken, wie seltsam ich mich verhalten habe. Im Auto, als wir nach Hause fuhren, konnte ich die gesamte Fahrt lang auch kaum ein Wort sagen. Mir war immer noch ganz schwindlig. Von ihrem Geruch und dem Klang ihrer Stimme. Und davon, wie unendlich schön ich ihren Körper finde. Als wir schon in der Dämmerung in der »Nordwind« ankamen, habe ich mich schnell von ihr verabschiedet und bin auf mein Zimmer geflüchtet. Und hier sitze ich nun seit Stunden und kann keinen klaren Gedanken fassen. Und so schreibe ich Dir diesen Brief.

Ich lasse meine Hand mit dem Brief kurz sinken. Die gelesenen Worte echoen mir durch den Kopf. Kann das sein? Hat Paul diesen Brief wirklich geschrieben? Ratlos drehe ich mich um und sehe in die Augen meines Vaters, der hinter mir steht und ebenfalls erstaunt scheint. »Lies weiter«, fordert er mich sanft auf, indem er meine Hand anstößt.

Sitzt Du jetzt irgendwo da oben und lachst über mich? Oder bist Du gar etwas wütend? Ich kann Dir auf jeden Fall eines sagen: Ich bin völlig geschockt. Durcheinander. Verwirrt. Ich kann gar nicht glauben, was ich da fühle. Und ein bisschen hoffe ich, dass es wieder vorbei ist, wenn ich Linda das nächste Mal sehe. Denn diese Schmetterlinge in meinem Bauch, die kommen mir falsch vor. In jeder Hinsicht. Und gleichzeitig scheint nichts richtiger, als das mit Linda und mir.

Paula, ich wünschte, Du wärst hier. Ich wünschte, Du wärst immer noch bei mir, so nah, dass ich gar keinen Grund, ja keine Gelegenheit finden würde, überhaupt eine andere Frau anzuschauen.

Und das mit Linda – das kann doch nichts werden mit all diesem Trauergepäck, das ich mit mir herumtrage. Ich wünschte, ich könnte sie noch einmal kennenlernen. Etwas später, wenn die Wunden nicht mehr ganz so frisch sind. Falls das jemals der Fall sein wird.

Ach Paula, warum hast Du mich verlassen? Ich fühle mich so verloren. Wie ein Blatt, das vom Baum gefallen ist und mit dem der Wind nun macht, was er will.

Ich vermisse Dich!
In Liebe
Dein Paul

Als ich zu Ende gelesen habe, entfährt mir ein tiefer Seufzer. Auch mein Vater scheint von den Worten Pauls ganz ergriffen und steht schweigend neben mir.

Tausend Gedanken rasen mir durch den Kopf. Und da fällt mir in dem Moment auch das Bild mit dem Fliegenpilz ein, das Mila und Paul gemeinsam gemalt haben. Alles macht auf einmal Sinn – mir wird jetzt klar, was er da gezeichnet hat.

Mein Vater und ich setzen uns beide auf einen großen Findling, der hier im Wasser ruht, und auf dem wir beide Platz haben. Und schauen auf die Ostsee hinaus, so als wenn dort, wo die Flasche herkam, die Antworten auf die vielen Fragen, die in der Luft hängen, lägen. Eine ganze Weile sagen wir beide gar nichts. Dann steht mein Vater auf und nimmt meine Hand. Er drückt sie leicht und schaut mich fragend an. Ich schaue verwirrt zurück. Die Briefrolle und die Flasche immer noch fest an mich gedrückt, wie ein Schatz, den ich hier am Strand gefunden habe. Nein, nicht nur wie ein Schatz – es ist ein wirklicher Schatz für mich.

»Was soll ich denn jetzt machen?«, sage ich schließlich. Gerade bin ich völlig orientierungslos.

»Was willst du machen?«, fragt mein Vater schlicht zurück. Und ich spüre, dass für ihn jede Antwort okay wäre. Er verurteilt mich nicht. Egal, was ich jetzt entscheide. Wahrscheinlich weil er weiß, wie fragil das Leben manchmal ist und wie die Erwartungen, von denen man denkt, dass andere Menschen sie an einen haben, alles beeinflussen können. Und das nicht immer zum Positiven.

»Dieser Brief… dass Paul ihn geschrieben hat, über mich… und dass ich ihn gefunden habe…«, stammle ich immer noch völlig ungläubig, »das kann kein Zufall sein!«

Mein Vater schaut mich zärtlich an und nickt einfach nur als Bestätigung, dass ich einfach nur weiterreden soll, ihm alles erzählen soll.

»Meinst du, dass das Schicksal ist? Dass ich diesen Brief gefunden habe?« Ich schaue ihn flehend an, ich wünsche mir in diesem Moment nichts sehnlicher, als dass mir jemand die

Entscheidung abnimmt. Dass mir jemand sagt, was ich jetzt tun soll. Diesen Brief einfach vergessen? Oder etwa doch …

»Mein Mädchen«, sagt mein Vater mit seiner tiefen beruhigenden Stimme und schaut mich dabei aufmerksam an, »Ich weiß nicht, was Schicksal ist. Gott, ich weiß ja nicht einmal, ob ich an so etwas wie Schicksal überhaupt glaube. Aber ich weiß, was ich sehe. Und was ich sehe, ist, dass du nur noch ein Schatten deiner selbst bist, seitdem dieser Paul abgereist ist. In den letzten Tagen wirkst du nur noch traurig, ja regelrecht unglücklich. Ich weiß nicht, was die richtige Entscheidung für dich ist. Aber ich glaube, dass man selten komplett falschliegt, wenn man seinem Herzen folgt.«

»Meinem Herzen folgen«, wiederhole ich andächtig. »Meinem Herzen folgen«, sage ich dann noch mal, dieses Mal ein gutes Stück entschlossener. Paul hat geschrieben, dass er sich wünschte, mich noch einmal von Neuem kennenzulernen. Ohne den Ballast der Trauer. Ich denke über seine Worte nach und wünsche mir auf einmal nichts sehnlicher, als dass ich bei ihm sein könnte. Um noch einmal von vorne anzufangen.

Mein Vater lächelt mich an. »Ich glaube, tief in dir drin hast du bereits eine Entscheidung getroffen, als du die ersten Worte dieses Briefes gelesen hast …«

Nachdenklich nicke ich. Ich weiß nicht, was das mit mir und Paul werden kann. Ich weiß nicht, ob er wirklich schon bereit ist für diese Art von ernsthafter Bindung, die ich suche. Dafür, eine Familie zu gründen, all das. Aber ich weiß eines: Wenn ich es nicht wage, werde ich das wahrscheinlich bis zum Rest meines Lebens bereuen. Nein, ich werde es sogar mit Sicherheit bis zum Rest meines Lebens bereuen. Weil ich mir meiner Gefühle für einen anderen Menschen noch nie so sicher war wie bei Paul. Trotz aller Argumente, trotz all dieser guten Gründe, die gegen ihn sprechen.

»Aber was sage ich Markus?«, frage ich Bernd leise. »O Gott, was soll ich nur Markus sagen?«

»Am besten die Wahrheit.«

To-do-Liste:

- Paul finden

Epilog

Als ich zwei Stunden später in meinem Drachenmobil sitze, bin ich so aufgeregt, dass ich immer wieder auf dem Fahrersitz hin und her rücke. Mich nach vorne und zurück lehne. So als würde es mich kaum auf dem Sitz halten. Ich fahre so schnell wie möglich und überhole ein paar Touristen, die mit ihren Cabrios und Familienkutschen über die Insel kriechen, um auch ja keinen Grashalm zu verpassen.

In mir hallt noch immer das schwere Gespräch mit Markus nach, aber was hätte ich anderes tun sollen? Ihn heiraten und mir immer denken, wie mein Leben wohl anders ausgesehen hätte? Markus wäre mir mit Sicherheit immer ein guter Ehemann gewesen, aber wahrscheinlich hätte auch er irgendwann gespürt, dass etwas fehlt. Und diese ewige Frage, ob wir Kinder kriegen oder nicht, hätte uns wahrscheinlich schnell zermürbt.

Seine traurigen Augen waren kaum auszuhalten, aber gleichzeitig weiß ich: Ich kann niemand anderen glücklich machen, wenn ich mich nicht selbst glücklich mache. Und Markus und ich waren in den letzten Monaten ja sowieso nicht mehr wirklich harmonisch, in unserer Beziehung war ein Riss, den nicht einmal die Verlobung kitten konnte.

Markus ist sicher ein guter Mensch – aber ich kann nicht den Rest meines Lebens mit ihm verbringen, nur damit er glücklich ist. Er und meine Mutter.

Auch der Gesichtsausdruck meiner Mutter, als ich mich von ihr verabschiedet und ihr alles erklärt habe, wird mich sicher noch lange verfolgen. »Linda, das kann doch nicht dein Ernst sein! Wie kannst du Markus das antun? Und das alles für einen Mann, den du kaum kennst? Linda, ich will doch nur das Beste für dich, bitte denk da doch noch ein bisschen darüber nach, komm erst mal zur Ruhe, das ist doch …«

»Mama!«, hatte ich sie wütend unterbrochen und nur mit großer Kraftanstrengung war es mir gelungen, danach einigermaßen ruhig weiterzusprechen: »Mama, ich weiß, dass du mich liebst und nur das Beste willst, aber glaub mir: Ich werde mit Markus nicht glücklich. Ich bin ja schon seit Monaten nicht mehr glücklich mit ihm. Und Paul … du musst das nicht verstehen, aber ich weiß, dass das richtig so ist. Ich weiß es einfach. Und du musst einfach einsehen, dass ich selbst meine Entscheidungen treffe, und das ist gerade die wichtigste Entscheidung in meinem Leben.«

»Aber …«, begann meine Mutter mit ihrem Einspruch, doch in dem Moment tauchte mein Vater plötzlich an ihrer Seite auf, der sich während des Gesprächs dezent im Hintergrund gehalten hat. Er legte eine Hand auf ihre Schulter und strich ihr mit der anderen sanft über ihre Wange.

»Astrid, deine Tochter ist genauso eine starke Frau wie du«, meinte er nur, »und genau wie du trifft sie ihre eigenen Entscheidungen. Lass sie einfach machen, Linda weiß genau, was sie gerade tut.«

Meine Mutter sah immer noch traurig aus, aber sie lehnte sich an meinen Vater. Seine Nähe schien ihr gutzutun – und ich war ganz bewegt davon, meine Eltern so vertraut nebeneinander zu sehen. Endlich hatte meine Mutter auch mal jemanden – gerade wortwörtlich! – an ihrer Seite. Der ihr ehrlich die Meinung sagte und trotzdem – wortwörtlich – eine Schulter zum Anlehnen bot. Und auch wenn meine Mutter Markus vielleicht immer für den perfekten Schwiegersohn halten würde – meine Entscheidung, Paul zu suchen, würde das nicht mehr beeinflussen.

Tamara hatte jedenfalls gestrahlt, als ich nach meinem Strandspaziergang ganz aufgeregt bei ihr angelaufen kam und ihr, völlig außer Atem (ich bin mit meiner Flaschenpost fest in der Hand so schnell zurückgejoggt, dass ich garantiert jeden Marathon gewonnen hätte!) in wenigen Worten alles geschildert habe. Sie hatte mich vor Freude umarmt und sofort gesagt: »Linda, das ist, als ob ich mitten wäre in einem echte Hollywoodfilm! Du und der traurige Schriftsteller! Ich bin so aufgeregt – und ich freu mich so für dich! Jetzt husch, husch, fahr los, ich kümmer mich um alles in der ›Nordwind‹!«

Und während ich noch beteuerte, dass ich so schnell wie möglich zurückkommen würde, schob sie mich schon lachend in Richtung Ausgang: »Linda, du bist immer so fleißig, nimm dir einmal alle Zeit der Welt! Und ich halte Stellung für dich!« Sie hat mir noch lange nachgewinkt, als ich schon längst mit meinem Drachenmobil losgedüst bin – Tamara ist einfach die Beste!

Auf der Rückbank liegt eine Reisetasche, in die ich spontan nur das Nötigste gepackt habe. Alles stehen und liegen zu lassen ist für mich geradezu artfremd. So ins Blaue zu fahren, eine Entscheidung zu treffen, die ich mir vorher nicht wochenlang überlegt habe – Gott, das fühlt sich wie eine Revolution an. Und gleichzeitig so gut und richtig. Ich muss unwillkürlich lächeln.

Ich habe ja auch wirklich nicht vor, für immer wegzubleiben (das geht ja auch gar nicht, immerhin muss sich jemand um die »Nordwind« kümmern, und meinen Vater möchte ich auch gerne bald wieder sehen). So oder so: Dieses Mal bin ich nicht mehr bereit, mich nur um andere zu kümmern und meine eigenen Wünsche hintanzustellen. Wenn ich wieder zurück bin, kann ich wieder die liebe Linda sein, die sich in der Pension um alle kümmert. Aber dieses eine Mal muss ich mich auch mal als Erstes um mich kümmern. Und das tun, was mein Herz mir sagt, ach was, zuschreit!

Und hoffentlich werde ich, wenn ich zurück nach Gager komme, nicht alleine sein. Aber so weit kann ich im Moment noch gar nicht denken. Erst einmal muss ich Paul finden, das ist die erste Station in meinem Plan. Hätte ich doch bloß seine Nummer nicht gelöscht. Das würde alles einfacher machen!

Mein Navi zeigt mir an, dass die Fahrt nach Schaprode, die mich einmal quer über die Insel führt, eine gute Stunde dauern soll. Und ich kann nur hoffen, dass ich es rechtzeitig schaffe. Ansonsten muss ich nach Hiddensee weiter und dort, wenn es sein muss, die ganze Insel nach Paul durchkämmen. Im Notfall bin ich auch bereit, die ganze Ostsee nach ihm abzusuchen!

Ich rase über die Landstraße, auf der die wunderschönen Alleebäume ihre Schattenbilder werfen, wobei ich fast keinen Blick für die spätsommerliche Schönheit meiner Insel habe. Aber das ist auch okay, ich habe das alles schließlich oft genug gesehen. Es wird Zeit für etwas Neues. Ich habe nicht mal das Radio angeschaltet, und meine Gedanken sind hochkonzentriert auf die Fahrt und darauf, dass ich so schnell wie möglich zu Paul komme. Der Weg ist das Ziel? Na ja, momentan ist erst mal Paul das Ziel. Und dann sehen wir weiter, sage ich mir, und drücke noch etwas heftiger auf das Gaspedal.

Kurz vor Trent, nur noch wenige Kilometer von Schaprode entfernt, stoße ich dann plötzlich auf eine lange Autoschlange vor mir. Ich kann zwar nicht erkennen, woher der Stau rührt, aber er scheint ziemlich weit zu reichen. Ungeduldig tippe ich mit den Fingern aufs Lenkrad. Es scheint überhaupt nicht weiterzugehen. Die Blechkarawane steht und steht und steht. Nach einigen Minuten, die mir aber wie Stunden vorkommen, steige ich aus meinem Wagen und suche einen anderen Fahrer mit Rüganer Kennzeichen, denn vielleicht weiß der, was hier los ist. In der Schlange stoße ich nach kurzer Zeit auf einen Lieferwagen von einem Elektrikermeister aus Bergen, der gerade dabei ist zu wenden, um so dem Stau zu entkommen.

»Was ist denn da los?«, rufe ich ihm durch sein geöffnetes Fahrerfenster zu.

Er winkt genervt ab. »In Schaprode ist irgendein Triathlon oder so was. Bis 17 Uhr ist da alles dicht …«

Nervös schaue ich auf meine Uhr. Das sind ja noch zwei Stunden! Und dann muss ich ja auch immer noch erst auf die Suche nach Paul gehen. Mist. Und was nun? Ich kann unmöglich so lange warten, denke ich panisch. Sonst verpasse ich Paul auf jeden Fall. Mir fällt auf einmal ein, dass mein Vater mir damals erzählt hat, dass er aus Ummanz in die Freiheit gesegelt war. Ich könnte von Ummanz über den Wasserweg ganz schnell nach Schaprode gelangen und notfalls nach Hiddensee weitersegeln. Während ich zurück zu meinem Auto laufe, wähle ich seine Nummer, er nimmt sofort ab.

»Wie komme ich am schnellsten von Ummanz nach Schaprode? Übers Wasser?«

Er antwortet mir sofort, ohne zu fragen, warum ich auf dem Wasserweg nach Schaprode muss. »Pass auf Linda, du fährst am besten nach Waase. Da im Hafen ist ein kleiner Leuchtturm. Daneben hat mein Cousin Uwe einen Bootsverleih. Du hast doch jetzt den Führerschein. Ich sag ihm Bescheid, dass du kommst und dass du das Boot nach Schaprode bringst, und er wird sich um alles kümmern. Versprochen!«

»Danke, Papa«, antworte ich schnell, und da fällt mir plötzlich auf, dass ich Bernd eben zum ersten Mal Papa genannt habe. Meinem Vater ist es auch sofort aufgefallen. Nach einem kurzen verblüfften Stutzen auf beiden Seiten lachen wir auf einmal beide. Papa – dieses Wort, das für mich lange gar keine Bedeutung hatte, kann ich auf einmal zu einem so wunderbaren Menschen sagen. Und noch schöner ist, dass ich durch das Telefon höre, dass mein Vater mindestens genauso aufgeregt ist wie ich. Er fiebert förmlich mit und gibt mir die beste Unterstützung, die ich mir wünschen könnte. Ich verspreche ihm, dass ich mich so bald wie möglich melde, und springe dann in mein Auto und drehe um.

Ohne größere Probleme steuere ich mein Boot aus dem Hafen, und als ich mich umdrehe, habe ich noch einen tollen Blick auf den Leuchtturm von Waase, der langsam immer kleiner hinter mir wird. Was für ein wunderschöner kleiner Ort das ist, geht es mir durch den Kopf. Es ist tatsächlich das erste Mal, dass ich hier bin. Auch wir Rüganer kennen ja auf unserer Insel nicht jede Ecke, aber dieses Örtchen hier, das muss ich unbedingt Paul zeigen, denke ich sofort. Wenn ich ihn doch nur erst einmal finden würde! Uwe hat mir zum Glück gleich schnell und unkompliziert geholfen. Mein Vater hatte wirklich bereits mit ihm telefoniert und seinen Cousin, der ja, hoppala, damit mein Großcousin ist (wie toll!), angewiesen, mir alles zur Abfahrt vorzubereiten. Uwe hat mir netterweise sogar zugesagt, dass es kein Problem ist, wenn ich das Segelboot in Schaprode im Hafen zurücklasse (vorausgesetzt, ich finde Paul dort!) oder womöglich damit weiter nach Hiddensee segle (wenn Paul schon nicht mehr in Schaprode ist). Zum Abschied haben wir uns sogar kurz umarmt, denn trotz aller Eile: Man lernt nicht jeden Tag ein neues Familienmitglied kennen!

Ich schaue auf die Ostsee, die vor mir liegt. Es ist das erste Mal, dass ich alleine segle, und ich versuche angestrengt, mich an alle Lektionen von Werner Behnke zu erinnern.

Gott sei Dank war er ja ein wirklich guter Lehrer. Gestartet bin ich in jedem Fall schon mal recht gut. Und nach Schaprode ist es ja wirklich nicht weit, das sollte also hinzukriegen sein. Dafür muss ich nur die Halbinsel Ummanz umfahren, und dann bin ich auch schon fast da. Wenn ich danach allerdings noch weiter nach Hiddensee segeln muss, wird das etwas komplizierter. Aber auch das kriege ich notfalls hin. Ich bin schließlich so oft mit Markus gesegelt, dass ich eigentlich alle Schritte im Schlaf kenne. Und während er mir nicht selten das Gefühl gab, dass ich eigentlich keine Ahnung hätte, was zu tun ist, weiß ich jetzt, dass das nicht stimmt.

Ich schaue zuversichtlich über das Meer, das sich für mich extra glatt hingelegt zu haben scheint. Dann lenke ich die Jolle vom Ufer weg und ziehe das Großsegel mit der Schote ein wenig straffer an mich heran. Meine Hand liegt auf der Pinne, sodass ich das Boot jederzeit so steuern kann, wie ich es brauche. Ich lege sie hart auf Backbord, und als ich weit genug vom Ufer entfernt bin, lege ich sie wieder in die Mitte. An Land steht nun hohes Schilf, das der Wind seicht hin und her wiegt. Ich blinzle gegen die Sonne an und fahre meinem Ziel Schaprode immer weiter entgegen.

Nachdem ich den Schaproder Bodden durchquert und die Ortschaften Haide und Markow passiert habe, sehe ich schon die Spitze der Privatinsel Öhe, die vis-à-vis mit dem Schaproder Hafen liegt. Von der Insel Öhe weiß ich eigentlich nur, dass dort im 19. Jahrhundert die beiden Schwestern Loretta und Ida gelebt haben, die sich unter dem Motto »erst wägen, dann wagen, dann nimmer verzagen« schon auch mal mit der Waffe gegen aufdringliche Besucher verteidigt haben. Und wer heute auf der Insel lebt? Keine Ahnung, ich glaube, ein Paar mit zwei Kindern. Wahrscheinlich stammen die ebenfalls aus genau dieser Familie Schilling, denn selbst zu DDR-Zeiten hat ihnen dieses kleine Stückchen Land gehört.

»Erst wägen, dann wagen, dann nimmer verzagen« ist auf jeden Fall auch ein wunderbares Motto für mich. Denn ich nähere mich Meter um Meter meinem Ziel, und mein Herz klopft immer schneller, je näher ich komme. Jetzt melden sich auch erste zweifelnde Stimmen von tief drinnen. Wie wird Paul reagieren, wenn er mich sieht? Wie wird es sich anfühlen, endlich wieder vor ihm zu stehen? Wird er sich denn wirklich freuen, mich zu sehen? O Gott, mir wird ganz bang bei all diesen Möglichkeiten – aber so oder so, erst einmal muss ich ihn finden. »Nimmer verzagen« sage ich mir noch mal und steuere weiter.

Langsam fahre ich nur eine knappe Stunde später in den Schaproder Hafen ein und lege die Jolle an einem mir zugewiesenen Platz an.

»Bist du die Großcousine von Uwe?«, ruft mir da schon ein Bär von einem Mann zu, der so wirkt, als ob er im Hafen das Sagen hat. Seine Worte zieht er lang wie Kaugummi. Nordisch by nature, sozusagen.

Ich nicke heftig. »Ja genau!« Dann springe ich vom Boot und gehe auf den Bärtigen zu. »Ich suche einen Mann, blaue Augen, dunkle Locken. Er will heute nach Hiddensee segeln. Weißt du, ob er schon weg ist?«

»Wat? Der Schriftsteller?«, brummt der Bär zurück, und sein Ton klingt wohlwollend.

Ich muss lächeln bei seinen Worten. Natürlich kennen auch hier alle sofort Paul. Er hat einfach so eine Art, auf Menschen zuzugehen, dass man ihn sofort ins Herz schließt. Und Rüganer zu erobern ist wirklich kein leichtes Unterfangen. Aber Paul gelingt das mit links, weil er echt ist und ehrlich interessiert an den Geschichten der Leute. Besser gesagt, es gelingt ihm wieder. War er vor wenigen Wochen noch so abweisend und traurig, so lieben ihn eben jetzt sogar die Rüganer.

»Genau der!«, rufe ich aus, und meine Stimme klingt schrill vor Begeisterung.

»Joa, der ist nich hier …«

Ich gucke den Hafenmeister enttäuscht an. »Oh … er ist schon weg …?«

»Na, na, Deern, der streunt da noch irgendwo am Strand rum. Wollte unbedingt einen Hühnergott finden, bevor er nach Hiddensee rübersegelt …«

Auf meinem Gesicht breitet sich ein Strahlen aus. Natürlich! Ein Hühnergott! Ich winke dem Bärtigen zu und gehe dann los in Richtung Strand. Das heißt, ich laufe. Ich laufe, so schnell ich kann, so als ob mich jetzt nichts mehr aufhalten könnte.

Als ich endlich den Strand erreiche, bin ich völlig aus der Puste. Ein paar Strandkörbe stehen vereinzelt auf dem Sandstreifen, und ich schaue mich, gegen die Sonne anblinzelnd, hektisch nach Paul um. Um mich herum spielen Kinder, unterhalten sich Paare hinter ihrem Windschutz, überall sehe ich Touristen jeden Alters – aber weit und breit kein Paul in Sicht! Ob er am Ende doch schon wieder unterwegs ist? Vielleicht wimmelt es ausgerechnet hier am Strand ja von Hühnergöttern, und er hat gleich einen gefunden und ist dann los.

Nach ein paar Sekunden, die sich wie Stunden anfühlen, entdecke ich ihn endlich. Er steht mit hochgekrempelten Hosen knöcheltief im Wasser und pult im Sand herum. Ich rufe seinen Namen. Erst zögerlich und leise. Dann lauter. Dann brülle ich über den ganzen Strand. Ein paar Leute drehen sich um, und schließlich hebt endlich auch Paul den Kopf und sieht in meine Richtung. Er hält die Hand an seine Stirn, so als ob er besser erkennen wolle, wer ihn da ruft. Ich bin immer noch so aus der Puste und habe jetzt so schlimme Seitenstiche, dass ich nur noch vergleichsweise langsam weiter in seine Richtung gehen kann. Dann scheint Paul einen Moment lang wie erstarrt. Endlich hat er mich erkannt – und er kann es wohl gar nicht fassen. Ungläubig schaut er in meine Richtung. Dann setzt auch er sich in Bewegung, erst zögerlich und dann immer schneller, und kommt auf mich zu.

Wir treffen uns in der Mitte. Wie auf Befehl bleiben wir beide abrupt stehen. Einige Momente lang stehen wir einfach nur voreinander und sehen uns an. Tasten uns mit Blicken ab, als ob wir uns jahrelang nicht mehr gesehen hätten. Und lange Zeit kommt uns beiden kein Wort über die Lippen. Trotzdem wissen wir beide: Jetzt beginnt eine neue Geschichte.

»Na? Letzter Strandspaziergang vor der Abfahrt?«, sage ich schließlich, weil mir nichts Besseres einfällt. Und weil ich immer noch etwas aus der Puste bin.

Paul grinst. »Jeden Tag ein bisschen Meer.« Dann fährt er sich durch die Locken und streckt mir seine Hand entgegen. »Lust auf einen Spaziergang? Ich bin übrigens Paul …«

Ich greife nach seiner Hand und halte sie so fest, als wenn ich sie nie wieder loslassen will. »Hey Paul, ich bin Linda«, erwidere ich lächelnd.

Und dann laufen wir los.

Ende

40-mal Glücksmoment – Für Paul von Linda

(und natürlich auch für alle anderen, die die die Ostsee lieben und noch ein wenig mehr Glücksmomente dort erleben wollen)

1. Das Rauschen des Meeres in Deinen Ohren. *(Beruhigt auch den gestresstesten Stadtmenschen, versprochen.)*

2. Der Geschmack von selbst gesammelten Blaubeeren. *(Die gedeihen hier mit Ostsee-Aroma. Und auch alle Verarbeitungen davon sind superlecker, ob im Muffin oder in der Marmelade!)*

3. Das zischende Flattern von Drachen im Wind. *(Gut, Drachen-Fliegenlassen will gelernt sein, aber es lohnt sich – auch ohne einen Kuss von Paul. Mit einem Kuss ist aber natürlich noch schöner.)*

4. Das Glänzen von nassen Robbenrücken in der Sonne. *(Paul unternimmt diesen Ausflug zu den Robben ohne Linda, dabei machen*

Robbentouren vor allem mit mehreren Personen besonders viel Spaß.)

5. Das aufgeregte Schreien der Möwen, wenn Fritz morgens mit dem Kutter wiederkommt. *(Ob der dazugehörige Fischer dann immer Fritz heißt, kann man nicht versprechen. Aber die aufgeregten Möwen sind auf jeden Fall sehenswert. Und hörenswert!)*

6. Das Knirschen der Steine unter den Schuhen in den Feuersteinfeldern bei Mukran. *(Und Steine sind aufregender, als man denkt, da hat Linda schon recht – werfen Sie mal einen genauen Blick darauf! Jeder Stein ist ein echtes Individuum.)*

7. Das aufgeregte Pfeifen und Dampfen vom *Rasenden Roland* in Aktion. *(Wenn hier ein Zug vorbeifährt – das ist mal wirklich sehenswert! Und eine Fahrt in dieser dampflokbetriebenen Schmalspureisenbahn ist natürlich noch schöner.)*

8. Der Wind im Haar, wenn man mit dem Fahrrad über den Deich nach Klein Zicker fährt. *(Der Blick ist natürlich auch nicht schlecht! Und vergessen Sie nicht, die anderen Radfahrer zu grüßen, das gehört sich so auf der Insel.)*

9. Das schnell schlagende Herz, nachdem man den Bakenberg in Zicker bestiegen hat. *(Auf Rügen ist der Bakenberg so etwas wie die Zugspitze in den Alpen – auf die Größe kommt es gar nicht an, sondern auf das ganze Ambiente. Und nicht nur für Paul hat der Ausblick von hier oben etwas Therapeutisches.)*

10. Dieses Kribbeln, wenn die ersten Töne von Richard Strauss' *Zarathustra* ertönen und das Feuerwerk nach der Störtebeker-Vorstellung beginnt. *(Das ist wirklich großartig, und auch die ganzen Geschichten rund um den berühmten Seeräuber Klaus Störtebeker lohnen, deshalb ist ein Besuch der jährlichen sommerlichen Störtebeker Festspiele quasi Glücksmoment-Pflicht.)*

11. Ein gutes Stückchen Fisch auf der Zunge zergehen lassen. *(Ob Dorsch, Hering oder Scholle. Gebraten, eingelegt oder im Ofen – Sie haben die Qual der Wahl. Und auch wenn Sie keinen Fisch mögen, an der Ostsee sollte man zumindest einen neuen Versuch wagen.)*

12. Leckereien auf dem Wochenmarkt von Thiessow probieren. *(Auf den Wochenmärkten*

auf ganz Rügen gibt es wirklich eine Menge zu entdecken! Und das meiste handgemacht bzw. selbst hergestellt – ein Traum für Genießer!)

13. Nach einem Herbststurm Bernsteine am Strand suchen *(Sie erkennen einen echten Bernstein an der Farbe – gelbgrün bis dunkelbraun – und daran, dass er im Salzwasser schwimmt. Und wenn Sie ihn an Wolle reiben, zieht er Papierschnipsel an – also, gleich auf die Suche gehen!)*

14. Ein Glas Wein am Hafen von Gager genießen. *(Und einfach mal die Seele baumeln lassen, am besten, wenn die Sonne gerade farbenprächtig im Bodden versinkt.)*

15. Die Nehrung der Schaabe erkunden. *(Auch wenn sich Linda nicht ganz sicher ist, ob das wirklich der allerschönste Strand auf Rügen ist – er ist definitiv einer der schönsten!)*

16. Das prächtige Jagdschloss Granitz erforschen *(Ob Paul hier wohl eine Geschichte über Könige und Fürsten erdacht hätte? In jedem Fall lohnt sich ein Besuch in diesem wunderschönen kastellartigen Schlösschen.)*

17. Kindern beim Spielen am Ostseestrand zusehen. *(Und wie sagt Paul im Roman? »Kinder sind das Beste überhaupt. Stell dir eine Welt ohne Kinder vor, das wäre der reinste Horror! Nur Kriege und Erwachsene, die dem schnöden Mammon und falschen Werten hinterherlaufen.« Und darum sorgt ein Blick auf spielende Kinder wirklich immer für einen Glücksmoment, weil man damit auch stets selbst wieder ein Stück zum Kind wird).*

18. Den Rosengarten-Strand entdecken. *(Das ist wirklich ein echter Geheimtipp, und allein der Weg dahin ist schon ein Erlebnis!)*

19. Über die Seebrücke in Sellin schreiten. *(Sie ist wirklich die prächtigste aller Seebrücken auf Rügen – auch hier kann es bei Sonnenuntergang besonders schön werden.)*

20. Den Leuchtturm von Kap Arkona besteigen. *(Da kann man übrigens auch heiraten, ich sage es ja nur …)*

21. Fotos machen und den Moment einfangen. *(Egal ob mit einer Profi-Kamera oder mit dem Smartphone, egal ob Steine im Fokus stehen oder die Gesichter der Liebsten: wenn man sich beim Fotografieren wirklich mal Mühe gibt*

und nicht nur schnell mal etwas knipst, kann man Glücksmomente aller Art für die Ewigkeit festhalten.)

22. Eine Flaschenpost ins Meer werfen. *(Vielleicht treibt sie auf ewig im Meer, vielleicht findet sie ein lieber Mensch – doch viel wichtiger ist eigentlich, dass man ein paar gute Worte findet, die man dem möglichen Finder schreiben kann – wer weiß, was der damit anzufangen weiß.)*

23. Am Strand picknicken. *(Sicher gelangt da auch mal das eine oder andere Sandkorn zwischen die Zähne, aber trotzdem schmeckt das Essen draußen einfach am besten. Vor allem das salzige Meer macht noch mal extra Hunger!)*

24. Muscheln sammeln und durch sie das ganze Meer am Ohr rauschen lassen können. *(Ein Klassiker – aber immer wunderbar! Und ein paar schöne Muscheln bringen das Strandglück dann auch nach Hause, wo man so ein bisschen Meeresrauschen dann auch auf kleinsten Raum genießen kann.)*

25. Eine kleine Bootstour in Waase. *(Man muss ja nicht gleich alles stehen und liegen lassen und bis Schaprode segeln, so wie Linda. Aber*

das kleine Dorf Waase ist definitiv eines der unbekannteren Juwele auf der Insel und lohnt eine Entdeckungstour.)

26. Der Anblick der Rapsfelder im Mai, wenn die ganze Insel in ein strahlendes Gelb getaucht wird. *(Gelb, gelb, gelb sind alle Glücksmomente dann! Und Gelb macht von allen Farben bekanntlich am glücklichsten.)*

27. Nach einem Regenguss nach draußen gehen und die saubere Luft genießen. *(Natürlich kann so ein Regenguss auch stören, gerade im Urlaub. Aber spätestens danach ist die Luft so gut wie selten. Und wer einen rot-weißen Fliegenpilz-Poncho wie Linda hat, der kann ja auch mal einen Spaziergang im Regen wagen.)*

28. Einen Stein mit den Fingern erforschen. *(Kein Stein gleicht dem anderen – und das kann man auch mal ertasten. Es ist die reinste Meditation, wenn man einfach mal genau fühlt, was ein Stein an Ecken, Kanten und Rissen besitzt. Eine Entdeckungstour der ganz eigenen Art!)*

29. Eine aufregende Radtour durch den Dschungel von Rügen. (*Sie starten am besten in Middelhagen, radeln bei der Töpferei rechts*

rein und dann durch das dicht bewachsene Waldstück am Bach entlang. Die Strecke geht bis nach Göhren über den Landweg, zwischen Korn- und Mohnblumen, vorbei an einer der schönsten Kuhherden Rügens … Und ein anderes Mal kommen Sie wieder und kaufen beim Töpfermeister ein, da kauft ja auch Linda am liebsten ihr herrliches Porzellan für die »Nordwind«.)

30. Sich die Sonne auf den Kopf scheinen lassen. *(Natürlich die Sonnencreme nicht vergessen! Aber die Sonne lädt einen förmlich mit Energie auf, die man vor allem in den Wintermonaten dringend braucht!)*

31. Der Duft der Rosenhecken in Groß Zicker. *(Auch der Geruchssinn braucht ein paar Glücksmomente ganz für sich, sonst fühlt er sich ja noch vernachlässigt – und Rosenduft ist ja auch Entspannung pur.)*

32. Ein Spaziergang durch das kleine versteckte Dorf Neu Reddevitz. *(Über einen Kopfsteinpflasterweg läuft man entlang wunderschöner kleiner Reetdachhäuser – die fast alle auf der linken Seite stehen – bis zum Ende des Dorfes, wo der Bodden auf einen wartet.)*

33. Ein Besuch der Großsteingräber bei Lancken Granitz, acht Grabanlagen der jungsteinzeitlichen Trichterbecherkultur. *(Im Angesicht dieser Geschichtsträchtigkeit der riesigen Findlinge, die auf Tausende Jahre vor Christus datiert werden, fühlt sich alles andere ganz klein an oder, wie Paul im Roman gesagt hat – wenn auch in Bezug auf die Hühnergötter, aber genauso passend: »Die Welt um sie herum hat sich in der Zwischenzeit tausendmal neu erfunden. Kriege sind gekommen und gegangen. Menschen haben Dinge entwickelt und zerstört. Kinder wurden geboren und haben laufen gelernt. Und diese Steine, die liegen hier immer am gleichen Platz.« Insoweit ein Erlebnis, das einem den Lauf der Zeit mal richtig klarmachen kann!)*

34. Eine Zugfahrt von Stralsund nach Binz, man durchquert dabei wirklich wunderschöne Boddenlandschaften und kann währenddessen so herrlich träumen … *(Außerdem kann man beim Zugfahren sehr gut neue Glücksmomente planen.)*

35. Im Garten des Pfarrwitwenhauses in Groß-Zicker sitzen und die Stille und vielen Farben und Blumen genießen. *(Das kleine Museum im*

Pfarrwitwenhaus ist natürlich auch immer einen Besuch wert.)

36. Die Kreidefelsen und das oft so türkisfarbene Meer dort bewundern. *(Klar, das ist das kleine Touristen-Einmaleins, aber die Landschaft ist einmalig und gehört zu Rügen wie der Fisch und die Ostsee.)*

37. Über die Stege der schwimmenden Häuser in Lauterbach hüpfen. *(Hier kann man sogar übernachten…)*

38. Ein Theaterbesuch im wunderschönen Putbus. *(Und ein wenig Kultur beflügelt dann auch den restlichen Urlaub – künstlerische Glücksmomente sind da doch das Salz in der Suppe.)*

39. Eine Wanderung von Thiessow bis Göhren an der Ostsee entlang. Sicherlich eine der schönsten Strecken, die Rügen zu bieten hat. Und ein wunderschöner, breiter weißer Strand… *(Ja, noch ein Strand, aber was für einer!)*

40. Na klar, das Meer, das Meer, das Meer… jeden Tag ein bisschen Meer! *(Was soll man da noch anfügen? Jeden Tag ein bisschen*

Meer ist wohl das Schönste, was man an der Ostsee tun kann.)